战象连
ELEPHANT COMPANY

智慧、信任与勇气，战象缔造英雄

〔美〕薇姬·康斯坦丁·克罗克（Vicki Constantine Croke） 著

向梦龙 张敬 译

Elephant Company: The Inspiring Story of an Unlikely Hero and the Animals Who Helped Him Save Lives in World War Ⅱ by Vicki Constantine Croke

Copyright © 2014 by Vicki Constantine Croke

Map Copyright © 2014 by Simon M.Sullivan

Simplified Chinese translation copyright © 2017 by Chongqing Pubilshing House Co.,Ltd.

Published by arrangement with Curtis Brown Ltd.though Bardon-Chinese Media Agency

All rights reserved.

版贸核渝字（2015）第153号

图书在版编目（CIP）数据

战象连 ／（美）薇姬·康斯坦丁·克罗克著 ；向梦龙，张敬译. — 重庆：重庆出版社，2019.5
书名原文：Elephant Company
ISBN 978-7-229-14021-2

Ⅰ.①战… Ⅱ.①薇… ②向… ③张… Ⅲ.①长篇小说—美国—现代 Ⅳ.①I712.45

中国版本图书馆CIP数据核字（2019）第023036号

战象连
ELEPHANT COMPANY
〔美〕薇姬·康斯坦丁·克罗克（Vicki Constantine Croke） 著
向梦龙 张敬 译

责任编辑：连 果
责任校对：刘小燕
书籍设计：博引传媒

重庆出版集团 出版
重庆出版社

重庆市南岸区南滨路162号1幢 邮政编码：400061 http://www.cqph.com
重庆长虹印务有限公司印制
重庆出版集团图书发行有限公司发行
E-MAIL:fxchu@cqph.com 邮购电话：023-61520646
重庆出版社天猫旗舰店
cqcbs.tmall.com
全国新华书店经销

开本：710mm×1000mm 1/16 印张：17 字数：245千
2019年5月第1版 2019年5月第1版第1次印刷
ISBN 978-7-229-14021-2
定价：49.80元

如有印装质量问题，请向本集团图书发行有限公司调换：023-61520678
版权所有 侵权必究

By Vicki Constantine Croke

The Lady and the Panda:
True Adventures of the First American Explorer to Bring Back
China's Most Exotic Animal

Animal ER:
Extraordinary Stories of Hope and Healing from One of the World's
Leading Veterinary Hospitals

The Modern Ark:
The Story of Zoos—Past, Present and Future

薇姬·康斯坦丁·克罗克的其他著作

《女士和熊猫：美国冒险者与首例来自中国熊猫的故事》
《动物急诊室：世界上最先进兽医院的关于希望和治愈的故事》
《现代方舟：动物园的故事——过去、现在和未来》

For Christen Goguen

献给
克里斯蒂·戈根

发行评语
ADVANCE PRAISE FOR *ELEPHANT COMPANY*

《战象连》一书与书名中的这种动物一般强大和博爱。比利·威廉姆斯是一个非凡的人物，一个与人猿泰山相反的真实人物。他在文明世界中长大，丛林中的生活让他发现了生存的智慧和真正的自我。薇姬·康斯坦丁·克罗克奉献了一个象语者兼战争英雄的传奇故事，同时美妙地给读者再现了动物与人之间长久的羁绊。

——米切尔·祖柯夫（Mitchell Zuckoff）
《迷失在香格里拉》（*Lost in Shangri-La*）
和《时如逝水》（*Frozen in time*）图书作者

《战象连》叙述了第二次世界大战中的真实的英雄故事。图书告诉了读者人类和动物如何协同并完成了伟大的历史创举。克罗克对动物与人的关系的透彻理解生动地再现了"大象比尔"巨大的热情以及他与大象间的神秘联系。这是一次美妙的阅读体验。

——伊丽莎白·莱茨（Elizabeth Letts）
《八十美元冠军》（*The Eighty-Dollar Champion*）作者

发生在第二次世界大战期间，世界上最为奇异的丛林中关于大象与人类勇气的引人入胜的真实的故事。《战象连》是一本杰作，阅读它可以让你心智受到鼓舞！

——西·蒙哥马利（Sy Montgomery）
《好好猪》（The Good Good Pig）
和《粉海豚之旅》（Journey of the Pink Dolphins）作者

我必须得坦白——我对大象的偏爱让我对评论一本关于大象在第二次世界大战中的作用的书感到困惑。但翻开《战象连》，我就认识到我的担心是多余的。本书并非单纯地描述战争，也非单纯地描述大象，这是一本超越物种友谊、忠诚和惊人勇气的故事……克罗克描绘了一幅丰富而亲密的画面，一个非凡的人类生活在非比寻常的环境里，还有他周围那些非比寻常的"人"——大象。

——萨拉·格伦（Sara Gruen），《纽约时报》

痛快……克罗克的故事鲜活地描述了威廉姆斯，他赢得了"大象比尔"的绰号，以及他与地球上最大的陆地哺乳动物之间不寻常的联结。克罗克将传记、历史和野生动物生物学糅杂成团，围绕威廉姆斯的异国历险经历打造了她的故事……克罗克对威廉姆斯所受到的大象教育的描述形成了这本插述式、轶闻式的书的核心。

——《波士顿环球报》（The Boston Globe）

第二次世界大战中几个最杰出的英雄，甚至超越你的想象。克罗克在她最新的著作里，述说了比利·"大象比尔"·威廉姆斯和他壮观的大象军团的故事……你再也不能称狮子为丛林之王了。

——《纽约邮报》（New York Post）

如果你对动物的精神和感情生活以及对人与动物之间可以发展出来的通感感兴趣，读一读薇姬·康斯坦丁·克罗克的《战象连》……这是大象和一个理解大象的男人的非凡故事。

　　　　　　　　　　——《今日心理学》（*Psychology Today*）

　　一本引人入胜的非小说，它读起来就像一本关于一名非凡的大象专家及英雄的小说。

　　　　　　　　　　——《密苏里人报》（*The Missourian*）

目 录
CONTENTS

序言   1
缅甸地图   1

PART ONE
THE MAKING OF AN ELEPHANT WALLAH
大象达人炼成记

CHAPTER 1	巨象之肩	3
CHAPTER 2	进入丛林	8
CHAPTER 3	拜见老板和大象	22
CHAPTER 4	成人礼	29
CHAPTER 5	如何读懂大象	51
CHAPTER 6	最英俊的长牙象	60
CHAPTER 7	着火的老板	66
CHAPTER 8	性、板球和蓝纹奶酪	70
CHAPTER 9	大象和人的学校	74
CHAPTER 10	沉醉在睾酮	83
CHAPTER 11	信任和勇气的大师班	89
CHAPTER 12	没有主妇的丛林之家	97
CHAPTER 13	"谋杀自己"	101
CHAPTER 14	班杜拉：英雄还是歹徒？	106

| CHAPTER 15 | 谋杀调查 | *113* |
| CHAPTER 16 | 反叛与重聚 | *116* |

PART TWO
LOVE
AND ELEPHANTS

爱与大象

———

CHAPTER 17	老虎时间	*129*
CHAPTER 18	食人群岛	*142*
CHAPTER 19	阳光和阴影	*149*
CHAPTER 20	进入熔炉	*158*

PART THREE
WAR
ELEPHANTS

战象

———

CHAPTER 21	逃离缅甸	*175*
CHAPTER 22	战象1号	*185*
CHAPTER 23	"大象比尔"的由来	*196*
CHAPTER 24	高歌猛进的战象连	*204*
CHAPTER 25	疯狂的主意	*214*
CHAPTER 26	大象天梯	*226*
	后记	*239*
	致谢	*245*

序　言
INTRODUCTION

詹姆斯·霍华德·威廉姆斯（James Howard Williams）是第二次世界大战中的传奇人物。世界各地的报纸和杂志，包括《泰晤士报》(The Times of London)、《墨尔本先驱报》(The Melbourne Herald)、《纽约时报》(The New York Times)、《纽约客》(The New Yorker)杂志和《生活》(Life)杂志都爱讲述这名带着些许神秘色彩和充满沉静魅力的战争英雄的故事。他能和大象对话。他曾工作于1920年的缅甸柚木行业，他拥有惊人的天赋，他可以与那些搬运原木的大象互通心灵和思想。威廉姆斯未接受过任何正统的兽医训练，但他可以依靠直觉娴熟地给动物看病。曾有篇文章这样报道，"他比'任何一名白人'更了解大象"。

第二次世界大战爆发时，威廉姆斯为盟军组建了一支独特而不可替代的部队。他的战象连不仅帮忙击败了缅甸的日军，还拯救了无数难民的生命。在战争的大部分时间中，他远离盟军的主力部队，在偏远的山区抗击敌人。

事实证明，大象的工作对部队的转移调动起了积极作用。它们使"桥梁"建造成为可能，它们能给骡子都没法到达的地方的部队拖运补给。它们的服役为战争带来了帮助，以至于它们同时被盟军和日军部队垂涎。

威廉姆斯无畏地把大象从日本人手中抢走的故事登上了新闻头条，并为他赢得了一个大受欢迎的绰号，"大象比尔（The Elephant Bill，'比尔'为威廉姆斯的昵称）"。作为在敌人后方作战的精英部队英军第136特遣队（Force 136）的成员，他发起了《每日镜报》（*Daily Mirror*）所称的"抗日神圣战争"。在拯救了一群撤离者后，就像公元前218年那位著名的战争英雄领导的"汉尼拔远征（Hannibal trek）"一样，他非比寻常的英勇行为几乎成为了神话，只是他翻越的不是阿尔卑斯山（Alps）。他带着他的大象越过了缅甸和印度之间的山脉。

如果说，《每日邮报》（*The Daily Mail*）的头条新闻"'大象比尔'赢得了自己的战争：击败缅甸日军"的描述稍显平淡，威廉姆斯被授予大英帝国勋章并因其面对敌人时的英勇在电报中被两次提名则显得分量十足。他的成就使著名的英国陆军元帅威廉·斯利姆（William Slim）爵士动情地写道，"我是如此地感激威廉姆斯和他的大象"。

当时，所有的媒体都争相报道威廉姆斯如何帮助了大象。但威廉姆斯认为他们弄反了，是大象帮助了他。不仅是因为它们赐予了他快乐并在孤独丛林里陪伴他生存，还因为它们成为了他的老师。"听我说，"他告诉一名记者，"关于生活，我在大象身上所学远超人类。"隐藏在那些报纸文章中的，还有一个更加惊人的故事：大象如何将一名无忧无虑的年轻人转变为了战争英雄。

在和大象朝夕相处的日子里，威廉姆斯吸收了它们的美德和生活观。事实上，他在它们身上发现了他致力在自己身上试图开发的美德：勇气、忠诚、信任（以及对信任的判断力）、公平、耐心、勤奋、友善和幽默。"这是不赖的学习对象，"他说，"因为大象用一种比我们更友好的观点看待生活。"

"大象信条"一直贯穿威廉姆斯的生活。他看到公象在面对体型更大年龄更老的公象的挑战时，做到了无畏。他学会了无畏，因而得到了一位严厉老板的信任。第二天，之前打架的公象又结伴觅食，威

序　言

廉姆斯从中学会了彼此尊重。威廉姆斯曾原谅了试图刺杀自己的部下，他认为，如果他像大象那般懂得互相尊重，袭击或许就不会发生。他不允许自己再犯同样的错误。甚至，他对妻子苏珊（Susan）的追求也模仿了优雅的长牙象，长牙象会温柔地跟随雌象，阅读雌象的情绪并在其许可的情况下靠近。在理解了这些"大象信条"后，当威廉姆斯在战争中发号施令时，人们则体会了领导者和暴君的区别。大象教会了他很多东西。威廉姆斯发现，他在丛林里观察到的普遍真理不但适用于大象也适用于人类。

威廉姆斯见证了大象的生活，外人难以想象。事实上，他报道了当时很多人难以理解和相信的事情，直到几十年后，该领域的生物学家才将其确认。他看到这些生命考虑周全地解决问题、使用工具、保护彼此、表达欢乐和幽默、为某些比自身安全更重要的东西挺身而出，甚是理解死亡的概念。它们身上存在着比它们巨大身躯更宏大的东西，一种在它们的良知或者愤怒被唤起时特别容易触发的特质。

真能将之称作良知吗？威廉姆斯认为的确如此，它们定义了勇气。他曾目睹过它们的勇敢——长牙象彼此拉开架势保护象群、母象为了保护小象主动迎险而上。

动物们给他上的课程有些很简单，例如，如何学会知足。有些也很复杂：例如，信心的确立和信任的建立。有时候，人们没必要去知道大象或人们想些什么，我们要做的只是学会尊重，并让对方感觉到。

威廉姆斯将他的大象称为"所有野兽中最可爱的和最睿智的动物"、"最了不起的动物"以及"上帝化身"。在缅甸的伐木场，他花时间研究、治疗、学习它们。他从不羞于承认，他爱着它们。"人类和大象的关系，"他后来说，"十分之九是爱。"有几头大象就像他的家人，特别是有名的班杜拉（Bandoola）。在面对意外、疾病和森林的孤独时，大象一直陪伴着他并让他对未来感到乐观。威廉姆斯告诉身边的人们，"我坚信，如果没有大象，在那样的条件下无法生活。"

在人生的末期，威廉姆斯产生了一种顿悟。大象对他的意义超越了友谊甚至家庭的概念，他决意让这种伟大的动物成为他的信仰。通

战 象 连

过它们,他被拯救、重生,甚至被洗礼——被重命名为"大象比尔"。和它们一起,他得到了无数的智慧。在某种程度上,他骄傲地告诉我,他甚至成为了它们中的一员。

缅甸

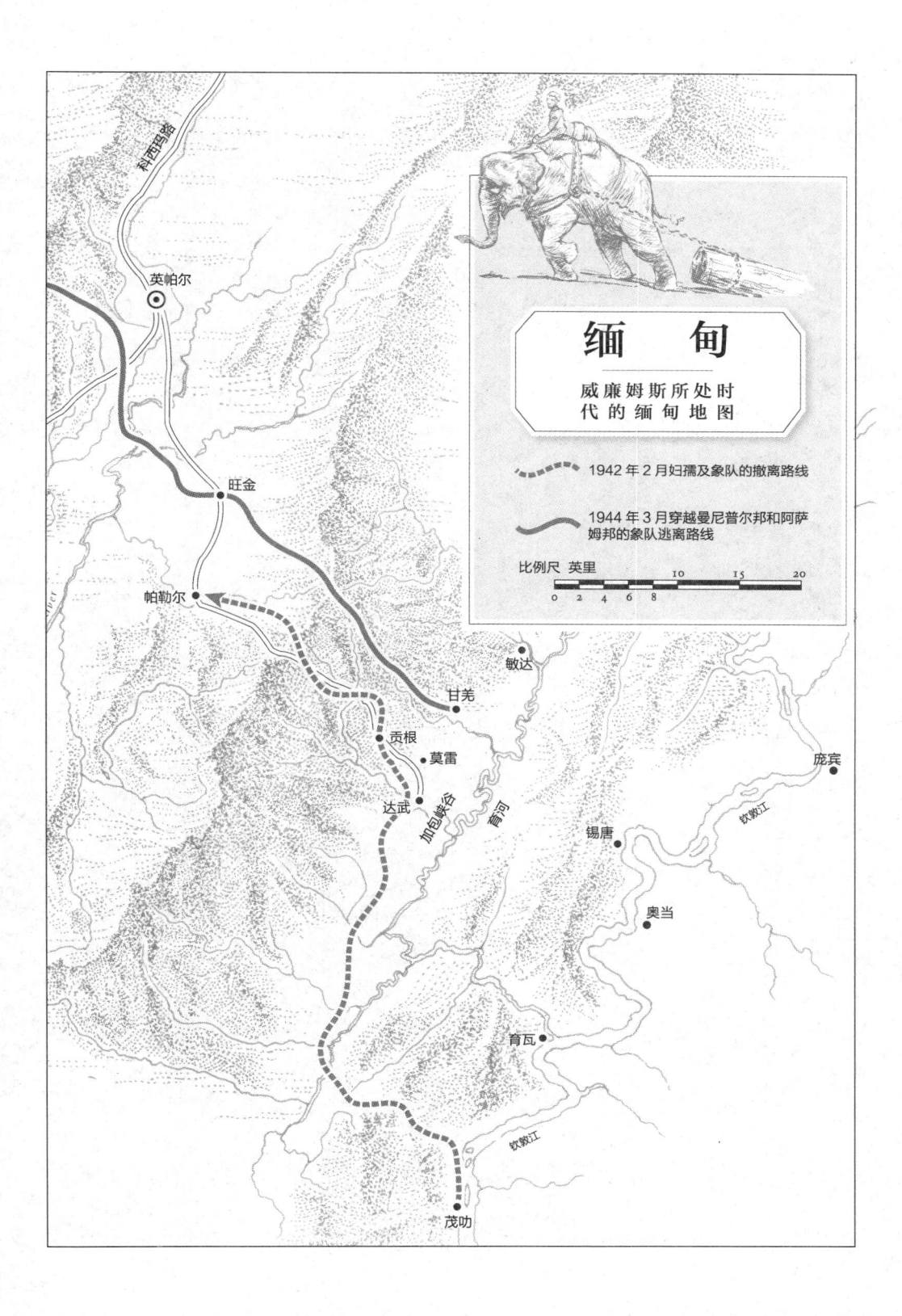

威廉姆斯所处时代的缅甸地图

--- 1942年2月妇孺及象队的撤离路线

—— 1944年3月穿越曼尼普尔邦和阿萨姆邦的象队逃离路线

比例尺 英里
0 2 4 6 8　10　15　20

- 科西玛路
- 英帕尔
- 旺金
- 帕勒尔
- 敏达
- 甘羌
- 贡根
- 莫雷
- 庞宾
- 达武
- 加包峡谷
- 青河
- 锡唐
- 钦敦江
- 奥当
- 育瓦
- 钦敦江
- 茂叻

PART ONE

THE MAKING OF
AN ELEPHANT WALLAH
大象达人炼成记

CHAPTER 1

巨象之肩

  缅甸西北部丛林密布的山区，靠近印度曼尼普尔邦（Manipur）边境，比利·威廉姆斯【比利（Billy）与比尔（Bill）通用】发着高烧神志不清，正慢慢尝试着重新找回意识。半梦半醒间，他挣扎着将现实的碎片重新整合。他瘦削的身体歪斜且反应迟钝，甚至睁开眼睛也显得困难。当从幻觉中回到现实时，他回忆起了自己的困境：1927年，他被危险的、持续的季风气候困在一片难以到达的森林，在这里，他患上了重病。

  弛形热伴随着寒颤，威廉姆斯腹股沟的淋巴结肿得像拳头那般大，他腿脚内侧的一些脓包已经破溃。好几天无法进食，甚至不能喝水。那天早晨，他甚至没法站立。

  霪雨撕扯着他的衣服，他突然感觉到自己所处的环境无法理解：他的小床正在摇晃，似乎要将他摔下去。强行睁开双眼，威廉姆斯发现他正骑着大象通行于河水中。

  他一边眨眼对抗着瓢泼大雨，一边抓住竹制货筐的筐沿。他躺在筐内，被晃来晃去，与泛着泡沫的浪花进行着危险的亲密接触。大象趔趄了一个很陡的角度，侧身没入了水墙，把所有的体重压向巧克力色的湍流以站稳脚跟。然而，威廉姆斯并不紧张，因为这是他熟悉的大象。威廉姆斯绝不会弄错动物的身份——即使是在高烧状态下，在筐里被甩得忽高忽低。宽阔的灰色背脊、耳朵边缘精致的粉色斑点和歪斜生长的锃亮白色象牙，这就是那头唯一敢独自渡河的大象：这片

战 象 连

森林里最强壮和最刚毅的生物，威廉姆斯最好的朋友"班杜拉"。

威廉姆斯当时管理着几个柚木伐木场。在孟买博玛贸易公司（Bombay Burmah Trading Corporation）工作的那段时间，他熟知1 000头大象的名字。在这些大象中，班杜拉对他而言最为珍贵，这要归功于它的智慧、美德和力量。威廉姆斯自信，"即使没有象夫的引导，班杜拉也知道如何行走，走去哪里。"班杜拉会用它的直觉和判断力通过河流。

人类的声音在这咆哮的水流中几不可闻，但威廉姆斯还是努力呼吸，至少要进行轻声的鼓励。他养成了用训练它们的语言（缅甸话）和工作中的大象说话的习惯。他相信，它们比其他任何动物更需要对话。它们所能理解的词语数量是惊人的，但对威廉姆斯而言，这还蕴含着更深的意义。这些生物可以阅读人类隐含的感情、理解人类意图、觉察人类真实的表达。现在，即便不说话，威廉姆斯也能向班杜拉传递信息，他很感激并信任它。

这头公象已经知道了威廉姆斯的病情。那天的早些时候，为威廉姆斯工作的象夫把一个货筐系在了班杜拉的背上。这对长牙象来说是反常的，他们是"伐木象"而非那些小个子的"旅行象"。然而，它还是耐心地站立着，把头抬高，耳朵平贴着脖子，大雨不断落到它的背上，汇成"小溪"从它的褶皱毛皮上往下流。被完全浸湿后，它的皮肤变为了深紫色。缅甸的大象知道如何应付季风雨。如果它把头向前倾斜，它巨大的骨质眉脊会保护眼睛免遭雨淋；为防止水溅入鼻孔，它可以将长鼻向下方悬挂，末端稍稍卷起。当蹒跚的威廉姆斯被扶着走出帐篷时，班杜拉又重又皱的眼睑和长睫毛下的深色眼睛紧紧跟随着他的身影。班杜拉不仅认出了威廉姆斯，他还知道事情不对。这个人和那个精力充沛、自信的男人不太一样。在探视伐木场时，威廉姆斯会不时地做些糖果丸招待班杜拉，和它说话。精确地在需要挠痒的地方摩擦它砂纸般的皮肤，顺着毛皮抚摸。在磨伤的地方涂上药膏，然后拍拍它的身体和它道别。一次，班杜拉和另一只长牙象发生争斗，他曾护理班杜拉一整年直到它康复为止，每天给它清理伤口并涂上抗生素和驱蝇剂。此时，班杜拉看到的威廉姆斯的身体就像自己曾经患病时的样子。

"坐下！"的命令给出后，班杜拉低下身子，将后腿屈曲到烂泥中，然后放下前腿。几个缅甸男人费劲地将失去知觉的威廉姆斯抬到了班杜拉背上的筐里。他们中的两人班杜拉非常熟悉，一个是威廉姆斯最亲密的仆人昂内（Aung Net），另一个是伐木场工人，将陪他一起骑行。

身体扶正后，班杜拉回转它的长鼻，将鼻孔压向威廉姆斯，深深地呼吸。即便是隔着衣服，班杜拉也能收集到有机物发出的信号，特别是来自腋窝和腿间的信号。如同所有的大象，它是一名"化学专家"，用它敏感的鼻子来分析大部分的世界。班杜拉可以弄清楚有关任何动物的无数事实：上顿吃的食物、健康度、焦虑水平或者激素状态。大象用这种办法理解彼此。班杜拉巨大的大脑是高度进化的产物，它可以和复杂的社交世界交涉，包括人类，特别是它已认识多年的威廉姆斯。气味是它们识别事物的关键。班杜拉能感知到威廉姆斯正转变为一个老练的森林男人，大部分是通过他的气味。老手比利·威廉姆斯闻起来和新招募的时候完全不同。随着时间的流逝，他的饮食和吸烟习惯得到了改变，脂肪和肌肉的比值也发生了变化，而他在大象周围的自信程度也得到了增长，这意味着某些代表恐惧的特殊激素减少了。城市经历在这个男人的身体里开始褪色，丛林味道渐渐渗透而出。当威廉姆斯有机会进行性生活时，班杜拉也能闻到。

这一天，班杜拉吸入的是痛苦的信号。只是轻轻地嗅了几下威廉姆斯的身体，象鼻就先后发现了恶臭的气味、卫生水平的改变和身体感染的发酵气味。大象会经常帮助其他生病的大象，在它们没法站立的时候将它们扶起，在它们没法觅食的时候喂它们。它们有能力为人类做同样的事情吗？威廉姆斯没法证明班杜拉察觉到了他的病危状态，但在偶尔的清醒状态下他似乎能感受到这点。

与所有的欧洲柚木人一样，威廉姆斯是森林的流浪者。他知道这份工作伴随着疾病和意外，疟疾的发作就像家里的感冒那样平常。任何医疗救助都在数百英里之外——无路、泥泞、雨水浸透、树木覆盖、

战象连

BANDOOLA

威廉姆斯连一张班杜拉的照片也没留下，但他创作了一张伟大长牙象的效果图。

重峦叠嶂，他和同事们咬紧牙关撑过这次疾病。即使是他们中最强壮的人也可能在患上一些看起来没什么危险的疾病（头痛、割伤、受凉）之后，数天内就衰弱死去。"在丛林工作的人，"威廉姆斯曾写道，"提前死亡、意外死亡都是常事。"热带森林变化无常，夹杂着祝福和诅咒。本地人将丛林之神称为"神灵（nats）"：他们有的残忍、鬼祟和狡猾，有的则友善而大方。神灵把森林的灵魂人格化了。

一开始，他们辛苦地在厚厚的淤泥里跋涉了差不多50英里（80公里）。"在这次痛苦的长途跋涉中，每一阶段都不低于10英里（16公里），"威廉姆斯写道，"每一步，班杜拉的腿都会陷入泥泞地里2~3英尺（60~90厘米）深，它每次抬腿都伴有巨大的吸气声。即使它拥有巨大的力量，这也是一种痛苦的负担。"

通过了泥泞地后，进入了河流地区。这里的旅途非常缓慢，翻腾的河水淹到了班杜拉的胸口，它必须慢下脚步，每次抬腿之前它都要用脚先感受沙砾河床以确定下个落脚处。不时地，它会在一些地方停下来，似乎"在怒流之中永远地停住了"，水流溅到它的背上，打湿了威廉姆斯和其他两人。此后，班杜拉会找到新的立足点并再次前进。"它的巨头和长牙在水面犁开了一条通道，"威廉姆斯多年后在他的回忆录中写道，"躺在它强壮的背上，脆弱的我被带回了家。"

在危及生命的疾病状态下，威廉姆斯睁不开眼睛。高烧使他陷入了昏迷，班杜拉一步一步地寻找着自己的路。当他们到达河对岸的时候，威廉姆斯已失去了意识。昂内和助手将他从筐中拖下并把他拽到了一间棚屋里。他们现在的位置距离有医生的救助站大约还有100英里（160公里）的路程。一旦苏醒，威廉姆斯将不得不作一个艰难的决定：从陆地穿过不可逾越的原始森林，还是走水路击败险恶的激流。他需要到达伟大的钦敦江（Chindwin）岸边人口更稠密的区域，那是威廉姆斯第一次遇到班杜拉的地方，也是他大象人生的开启地。

CHAPTER 2

进入丛林

　　1920年11月里一个凉爽的日子，詹姆斯·霍华德·威廉姆斯【朋友们叫他"比利"，家人叫他"吉姆（Jim）"】第一次看到了钦敦江。这条水道起源于遥远的喜马拉雅山北麓附近，穿过胡康河谷（Hukawng Valley），绵延750英里（1 200公里），最后汇入到缅甸曼德勒市（Mandalay）附近更大的伊洛瓦底江（Irrawaddy river）。历史书和杂志宣称：钦敦江流经野蛮的乡村，那里的村民仍流行着割人头的习俗；他们为了安抚稻米之神祭献活人，还能将自身化为鬼猫。著名的探险家描写过，这一区域偏远和鲜为人知的角落生存着一些野蛮部落。这足够吓倒任何一个伐木公司定期招募的英国新人。但比利与众不同，他划着一根火柴点燃了一支普雷厄尔香烟（Players），远眺水面和无限的丛林，他被那些不着边际的想象逗乐了。一座充满猛兽的森林？他知道，自己见过比这更糟糕的环境。

　　威廉姆斯身材颀长，胡子刮得干净，体形像一只飞奔的猎犬。他穿着平整的卡其布衣服，看上去非常年轻，但他曾有过的地狱般的经历，阅读他的经历可以迅速燃尽一个人的天真。几个月前，1920年1月26日，身为上尉的他从英国军队复员。作为德文郡团（Devonshire Regiment）【又名"血腥十一团"（Bloody Eleventh）】的一员，在持续了4年的残酷且苦涩的第一次世界大战，比利带领他的士兵深陷战争之火。在一大片区域内服役过好几个战线，横跨北非、中东、印度和阿富汗地区。在埃及的沙漠地带，他是骆驼兵团（Camel Corps）

PART ONE 大象达人炼成记

的一员，面对的是塞努西（Senussi）——一个穆斯林游击队团体——挑起的圣战。在底格里斯河畔，他是一名炸弹军官，作为美索不达米亚（Mesopotamia）（伊拉克区域）战役的一部分，参与了与奥斯曼（Ottoman）军队的可怕战斗。在那次战役中，有接近 100 000 名来自英国和英属印度军队的士兵死亡。1919 年，他熬过了最后两个任务。第一个任务把他带到了印度拉合尔（Lahore）的骚乱中，那里为弹压对英国的反抗运动宣布了军事戒严。第二个任务是那年的晚些时候，他与瓦兹里斯坦（Waziristan）凶猛的、全副武装的部落民众近身搏斗，那是一个阿富汗边境的偏远山区。

威廉姆斯庆幸自己可以在战争中存活下来。总计超过 100 万英国士兵死于第一次世界大战，而那些活下来的人也不可避免地与"战争后遗症"相伴终身。他们中的一些人脸部被炸弹损伤；一些人因为

拥有敏感灵魂的英勇战士——J. H."比利"·威廉姆斯——确信缅甸的森林将为他提供一段平静而又充满冒险的经历。这样的经历是对他在"第一次世界大战中遭受的残酷过往"的最好解药。

战象连

战斗疲劳症带来了终身手颤；一些人的腿被炸断以致裤腿被精致地折叠起来塞入原本腿部应该放置的位置。即便那些幸存下来的身体未受伤害的人们，心灵上的创伤也难以弥补。

比利·威廉姆斯从未书写或谈论过他在第一次世界大战中的经历，因为他更倾向于将自己的感情紧锁，特别是那些伤痛。他谈论越少的东西就越贴近他的内心。他天性习惯回避黑暗，他很少提及伤害他的

在第一次世界大战中，威廉姆斯（中）服役于一大片区域的几大战线，横跨北非、中东、印度和阿富汗地区。

事物，只会提及治愈他的东西。回到家里，他会告诉家人，缅甸孤独丛林的景色和其间满山遍野的野生动物魅力十足。他的家人对此并不惊讶。尽管威廉姆斯看起来非常合群，但他们知道，孤独才是他真正的癖好。他的生活可以没有聚会，没有在学校里同学中的那种广为人知的恶作剧，他只有在那种会将人逼疯的与世隔绝的荒野中才会真正释放光彩。

他的机遇来自被军队遣散前不久的一次偶然会议。一个一起喝酒的战友和一个柚木伐木公司有联系，并建议他去缅甸冒险。威廉姆斯当时甚至不明确这个国家在地图上的位置，但他毫不犹豫地爱上了战

友提出的建议。促使他爱上这个决定的真正原因是战友提到了缅甸的大象，"我的心路起源于幼年时与动物的友谊"，他曾写道。

他的爱好遍及大部分生物，且尤其关注动物们的体型。他能辨认出动物的不同个性，而这点其他人很难做到。威廉姆斯最初接触的动物是在童年时代陪伴他的驴——"王子（Prince）"。它拉着马车拖着他在旷野中游荡。"我萌生出了对巨大空旷空间的一种渴望，"威廉姆斯写道，"我习惯和老'王子'倾诉，它似乎能听懂我的话语。"他说，"那只驴是第一只可以与我分享玩笑的动物。"当威廉姆斯离开"王子"去寄宿学校读书时，他非常失落，他认为这次分离造成了自己"生命中的一段空白"。

在第一次世界大战时期，他"爱上了"一只叫"煎锅（Frying Pan）"的骆驼和许多小狗。他曾说，"我们彼此非常相爱"。当诸如学校或者战争这样的环境使他离开家园时，最令他难以割舍的是向宠物们道别。这让他的感情受到了伤害，他相信这样的伤害只能被时间或其他动物的陪伴所修复。但他即将面对的动物是大象？他真能应对这种挑战吗？

直觉上，他认为答案是肯定的。一个充满大象的丛林听起来是对他在战场所目睹一切灾难的一种理想补救。他迅速给那个伐木公司邮寄了信函。

这是一个非常完美的时机。受第一次世界大战的影响，森林工人的数目被大大削弱，孟买博玛贸易公司急需游荡在丛林里的森林工人以监督分布广泛的伐木工作。此时，"孟拜公司（Bombine）"（孟买博玛贸易公司的绰号）正处于疯狂的招募期。威廉姆斯正是公司想要的那种人。缅甸的英国大公司在招聘员工时喜欢多线钓鱼。经营大米、柚木和油类交易的竞争者钢铁兄弟公司（Rival Steel Brothers）会去富裕的精英学校寻找志愿者。由苏格兰六兄弟在1863年建立，专营柚木、茶叶、羊毛和油类贸易的孟买博玛公司则喜欢从一般学校中招募员工，相比学生的学术技能，他们更看重学生的运动技能。"该职位需体验艰苦的户外生活，"该公司给威廉姆斯考虑的职位进行了这样的描述，

战象连

"体格强健、诚实守信、性格节制和语言学习能力为主要申请条件。"

威廉姆斯经历了严格的入职审核程序。这些公司要求申请者在他们的伦敦办公室接受严苛的面试、笔试和体检。求职者需提供可靠的全面的个人推荐信。威廉姆斯通过了入职审核程序。他身高虽不足 6 英尺（1.83 米），但他健康、聪明、不知疲倦、镇定自若、外语流利【在军队服役时学习并掌握了印度斯坦语（Hindustani）】，而且，大家都认同他具有"良好的道德品质"。

他的正式录取通知信落款日期为 1920 年 6 月 30 日，录取通知信的开篇文字为："我们很高兴能代表孟买博玛贸易有限公司录取你。"公司为他支付了路费，并提供了每月 400 卢比的起薪，还为他提供了住房及一年的合同。合同到期后可续约延长。

在家里，并没有人对他被孟买博玛贸易有限公司录取感到高兴。在第一次世界大战期间，英国报纸会刊出长长的死亡名单。像所有的士兵父母一样，吉米（吉姆的昵称）的父母也会焦虑地查阅名单，祈祷不会出现自己儿子的名字。事实上，他不但活着回到了家，还奇迹般的完好无损。而现在，他决心再次离家前往缅甸开启一段丛林工作。他的父亲在经历了澳大利亚、巴西、南非和西班牙的游荡岁月后，定居下来当了一名乡绅，他希望三个儿子中至少有一个能继承他的家业。大儿子尼克（Nick）是一名律师，在加尔各答（Calcutta）有一家公司；小儿子汤姆（Tom）在印度正向采矿工程师的职业生涯前进；吉米成为了他最后的希望。他的父亲甚至尝试贿赂吉米：他以高昂的价钱买下了邻近的三块土地赠送给吉米，以一种农民的手段希望挽回自己的儿子留在家里。当儿子作出前去缅甸的决定后，他建议儿子不要急于答复。"去下佩纳梅（Penamel）湾游泳放松，等你回来时再告诉我你的决定。"他说。吉姆沿着通往海岸的熟悉的田野飞奔，一头扎入冰冷的浪花。他回来了，带着湿漉漉的满身海盐和沙砾，带回了他父亲最害怕的答案。1920 年 7 月 7 日，他签署了与孟买博玛公司的劳动合同。

PART ONE 大象达人炼成记

几周后，1920 年 9 月 23 日，他拿着一张前往仰光（Rangoon）的单程票在利物浦登上了货客混运邮轮八莫（bhamo）号。那是一个温暖的、雾蒙蒙的星期四，海风不足以吹散地平线上的薄雾。轮船并未满载——只有 83 名乘客——因为这个时候的缅甸还处于季风雨期。在这个时期，这两个国家间的旅行更倾向于由缅甸向西伸展。

当威廉姆斯找到了他的小船舱并妥善安置好自己的行李后，他开始了对康沃尔（Cornwall）的思念。他知道，因为公司的离家规定，他也许在未来 3 年都无法与自己的家人团聚，也许是 5 年甚至更长。但他也为即将到来的冒险经历激动不已。战争培养了他的无畏精神、独立精神，并让他认识到快乐需要自己创造。他的旧角色——康沃尔独行侠、人人喜爱的高中生、强硬的士兵、孝顺的儿子——不再适用了。他将塑造一个新身份——大象工作者。这听起来就让人感到振奋，即使他对未来会涉及的危险一无所知。

威廉姆斯，具有无限能量的无畏冒险家，渴望着探索神秘的缅甸丛林。

战象连

一上船，威廉姆斯就意识到明年大部分时间他将会待在一个偏远的森林，所以他将大多数时间花在和年轻女性在舞会上约会以及玩九柱球这样的游戏上（那是一种船上版本的保龄球）。几周后，八莫号靠近缅甸南部海域和仰光河口的地方，这名年轻的求爱者手上已拿到了一堆地址，在即将到来的内陆之旅中，这些资源会变成排遣他孤独生活的浪漫救生索。

浑浊的仰光河通往首都的5小时航程在绿油油的水地上划开了一道宽阔褐色的丝带。站在甲板上，威廉姆斯看到了长长的盖（kaing）草绵延数英里、一片片的红树林沼泽和偶尔可见的被庄稼围绕的小木屋。在地平线上，上游10英里（16公里）的地方，他可以瞥见著名的仰光大金塔金色的穹顶高耸在城市上空。稻田逐渐从视野中消失，取而代之的是沿河岸排列的加工厂、工棚、炼油厂、工厂烟囱、贮罐和工业建筑。威廉姆斯甚至可以看见大象在加工厂推拉着巨大的原木。船行驶到靠向码头的地方，舷梯放了下来，旅客和寻找行李搬运工作的"河岸男孩"们挤满了码头。

威廉姆斯发现，孟买博玛贸易公司的办公室距离码头只有几步远。在通往位于滨河路——沿着河流的主干道——办公室的短暂路程上，他拥抱了一个新世界：宽阔的街道挤满了自行车、汽车、黄包车和牛车。塞满了人和家禽的彩色公共汽车装饰着动物图画——蛇、虎和大象——以标识各自的路线。到处都有过路的行人，不仅有缅甸人，还有很多中国人、印度人和西方人。当地的男人和女人们衣着鲜艳，女人穿着长长的裙子，他们中条件较好的穿着一尘不染的白色夹克衫，头上插着花朵。

不一会儿，威廉姆斯就站到了壮观的柱廊式白色孟买博玛大楼外面。很快，他被带进了凉爽的镶着柚木的办公室，头顶上一台磨砂吊扇有韵律地转动着。公司的经理告诉威廉姆斯将在这个国家被称为"上缅甸"的地区生活。他并未对工作环境作任何美化——事实恰好相反。这是该公司吓退不可靠雇员的最后一招。据记录，选择柚木生涯的欧洲人只有4%完成了全部任期。这还未统计那些刚开始就结束了的新成员——那些在离家的当天就失去勇气而选择放弃的人。

公司知道大部分到达者会在数月内放弃并离开。孤独是大家抱怨的统一原因。新成员会经常性地死于意外或者热带疾病。新成员会因为森林的偏远、对大象的恐惧、丛林夜晚的声响变得精神错乱。没有实践以前，没人能预先知道哪些人可以并能在这个偏远地区成功地生活和工作。

仰光的孟买博玛贸易公司通常会花30分钟的时间给新成员介绍未来工作的综合概况。威廉姆斯正在加入这个国家最大的一个行业且最大的一个公司。当时，正处于英国殖民统治的缅甸提供了全球75%的柚木产量。而孟买博玛是顶尖的"柚木砍伐"公司。这种坚硬、精致的木材能耐受气候的考验和白蚁的侵蚀，所以大受人们追捧。这种木料还含有一种可以防止金属锈蚀的油类，英国皇家海军也青睐于它。在全世界范围内，很多国家都将这样的材料应用在他们的舰船建造上，主要用于建造船只甲板。

缅甸柚木（Tectona Grandis）不会生长在橘子园这样的土地上，而是分散在诸多树种间。当时的《国家地理杂志》（*National Geographic*）曾这样记录，"一片10 000平方英里（25 899平方公里）大小的柚木林，每年只能产出7 000~8 000棵柚木。"

政府的林业部门负责指定哪些树能被伐砍。达到标准的树木需用环割法采伐：环割法指从树干的外围割下一圈2英寸（5厘米）宽的边材（sapwood）（外围、年轻的木材）。然后该树被留下来2~3年，任其死亡并风干。这是关键的一步，因为"绿色"的新鲜柚木在水中会下沉，而原木运输需要在河流上漂流一段时间。正如一本英国教育手册解释的，"缅甸具有广阔的河流网络，这使柚木和其他水生森林木产的经济开采成为可能，有时将木材运输到仰光和毛淡棉（Moulmein）的锯木和运输中心需要经过1 200英里（1 931公里）甚至更远的距离。"

因为这个国家的公路和铁路不够发达，采伐的原木将由一支大象军队拖到水道上。拉迪亚德·吉卜林（Rudyard Kipling）在他著名的

战象连

诗歌《曼德勒》中将这一过程描写为"大象搬运着柚木/在泥泞、易碎的溪流中"。

当话题转向这些动物时,比利·威廉姆斯开始认真地倾听。经理解释道,在这里,大象将木材拖拽到小溪边。夏天,雨水如期而至,支流开始活跃起来,木材会漂浮在水面上顺流而下,通往伊洛瓦底江这样更大的河流。原木在高速水流的带动下猛烈地在水面上移动,河流中的人如被它们撞击会立即丢掉性命。在大河里,人们会将125根原木绑在一起组成木筏,并由驳船牵引它们从伊洛瓦底江驶往仰光河。漂流到首都的原木加工厂,在那里,它们和原始森林的关系将彻底结束。由于季风雨、山脉、森林工人的变数,一根原木变为加工好的木板可能需要花费5~20年不等。

经理坐在一张精雕细琢的桌子后面,问道,"是什么让你做出了这样的决定,威廉姆斯?"

"呃,先生……我也很难回答,但是,这里有很多吸引我的东西。首先我很喜欢动物……然后是户外生活……冒险精神。"

经理粗鲁地打断了他,"事实上,就是那些经常浮现在你们这些年轻人心里的浪漫幻想,是吗?"

威廉姆斯说,"我想就是这样,先生……"

"唔。好,这并没错,但正因为你停留在幻想阶段,所以你只能被试用一年。清楚了吗?"

"非常好,"威廉姆斯说,"对双方都很公平。"

"我很高兴你这样想,"经理讽刺道。

威廉姆斯了解到他将在一名住在首都西北方森林钦敦江边的老板手下工作。他自己的区域在密沙(Myittha)河谷,靠近他的上级所在地。

"你最好利用本周剩下的时间去公司商店购买你需要的装备,"经理说,"他们会告诉你所需要的一切。之后,搭上星期一的轮船。好了,威廉姆斯,我希望你能适应丛林生活。"

"谢谢你,先生,我也希望如此。"

经理按响了蜂鸣器,公司的一名华人职员安静地出现在了门口。

这名职员将包裹变成了一门科学。他的行李箱塞满了一名新招员工 6 个月内在丛林中吃、穿、睡、喝，和射击所需的一切物品：便携式打字机、水壶、蚊帐、罐头食品、茶叶、巧克力、霰弹枪、来福枪、威士忌。柚木盒子里塞满了杂志和很重要的参考书。

威廉姆斯在白天筹办动身的物品，晚上则挤出时间进行社交活动。仰光到处都是英国建筑、法国酒、英国牛排和高档俱乐部。威廉姆斯回忆道，"仰光航海俱乐部就是缅甸最严格的专供欧洲人玩乐的俱乐部之一"。

尽管缅甸给威廉姆斯提供了很多欢乐，但这里并非最安全的殖民地。实际上，住在那里的政府工作人员还会享有额外的补贴。据当时的说法，在这里的农村工作的年轻英国职员有神经崩溃的风险。

威廉姆斯和两个伙伴喝啤酒时，他发现了他们身上的共同点。他们都放弃了传统机遇来到缅甸，而他们的家人和朋友都对他们的冲动行为无法理解。也许，他们自己也不完全明白，他们三人都不清楚自己为什么选择了这个行业。但他们可以一起嬉笑，"我们开了很多玩笑"，其中一人说。尽管他们的工作并不轻松，但比利·威廉姆斯表现得就像冷酷的冒险家，说着，"管他呢！12 个月的试用期，公司还报销我们的回程交通费。我们正站在一个奇迹的起点，如果我们适应了这里的环境，我们可能会忘记所有曾经认识的女人。我再次提醒各位，我们现在从事的工作，可能会导致我们 10 年不能结婚。"

在仰光的晚上，威廉姆斯是一名羞涩的花花公子。他对女人们很真诚，通常会询问她们的故事，而不是用自己的探险经历主宰谈话。正直的人品和较佳的幽默感让他得到了很多单身女人的青睐。她们是一些远航到大英帝国最远角落的适龄英国女人，希望在那里能提高自己找到优秀丈夫的几率。战争改变了英格兰的男女平衡，女人总人口比男人多出了 190 万。一些人找到了缅甸这条新路，缅甸聚集着诸多的年轻英国单身汉，他们渴望着本土女孩的陪伴。在仰光仅有的几天时间里，比利·威廉姆斯收集了一大堆名字和地址，但并未坠入爱河。

威廉姆斯向往的是丛林，而不是灯红酒绿的生活。当行李打包完毕，在接到指令后，他开始了自己的丛林之旅，前往仰光以北400英里（643公里）的火车站。郁葱的田地变成了密林，城市的喧嚣让路给了原始丛林的声响。他能听到绿皇鸠（Green Imperial pigeon）低沉的咕咕声和森林深处传来的猕猴啼声。

当他到达宽阔、乳褐色的钦敦江边时，繁茂的热带森林塞满了他的视野，他找到了他梦想的缅甸。在那里，他登上了公司的明轮蒸汽船——密西西比江轮的缩小版。轮船漆上了一尘不染的白色油漆，有着黑色的烟囱，3个舒适的船舱和宽敞的甲板。

威廉姆斯在这艘坚固的小船上待了几天，小船向钦敦江的上游航行。在竹制航道浮标的引导下，印度船员用竹竿探测水深并大声报出深度，穿行着躲开沙洲和浅滩。水面上布满的木筏子以及缅甸老人驾驶的本地小船使他们路途艰难。每天黄昏时，轮船会找地方停泊过夜，黎明时分才拉起锚链重新起航。

船长是一名"极度渴望冰镇薄荷酒"的醉汉，轮机长一遍又一遍地播放着同一张留声机唱片。两人都是被丛林吸引的"怪人"典型。威廉姆斯发现，自己也是这个"怪人"俱乐部的一员——男孩时期的他就是一名特立独行的人。

他出生于1897年11月15日，成长于彭威斯（Penwith）罕为人知的小镇圣加斯特（St. Just）。他在三兄弟间排次居中，他们经常在荒野中漫步，像发情的野兔一样。尽管有时候他们会像三个火枪手一样团结，但更多的时候，年轻的吉姆会选择独自探索山洞、悬崖，穿越旷野。

他是一个大胆的人，敢于探索被遗弃的船只残骸或附近的铜锡矿山。他在一个偏远的洞穴里藏有一些自己绘制的美术作品，在那里，他可以画上几个小时。但他干得最多的还是动物跟踪。他喜爱每一种动物，它们似乎也喜欢他。他写道，"这意味着他从不孤独"。

他花了如此多的时间去观察动物，以至于他可以预测它们的思想和行动。他练就了一种本领，可以像它们一样去理解世界。"我从不去寻找鸫鹟的巢穴，我只要经过它会建巢的地方，停下脚步就能胸有成竹地发现它并抓到温暖的鸟蛋，似乎是母鹧鸪给了我心灵感应。"他写道。

他接受的正式教育是在皇后（Queen's）学院进行中学课程的学习。那是一所位于汤顿（Taunton）的寄宿学校。在那里，他是一名好学生和受欢迎的朋友。1915年，他从那里离开并参加了战争。无论在哪儿，他都表现出了勇敢的无畏精神。

在河上之旅，威廉姆斯认为他有天赋成为一名真正的大象人。在装满书籍的柚木箱里，他找到了管理大象的说明书。当时的标准教科书包括：《大象及其照料笔记》、《大象及其疾病》。《大象及其照料笔记》作者是威廉姆斯·赫本（William Hepburn），他是一名年轻的兽医外科医生，几年前因某种热带疾病死于缅甸。《大象及其疾病》作者是格里芬·H. 埃文斯（Griffith H. Evans），该书于1910年在仰光出版。

当时的大象医学尚处于初级阶段，威廉姆斯不断学习并咀嚼着与大象医学相关的每个细节。他吮吸着香烟，喝着冰啤酒，如饥似渴地阅读。埃文斯的书详尽无遗地列出了与大象相关的疾病和疗法。大量肥皂和温水灌肠被认为是治疗大象便秘的好办法；五香果可以治疗大象胃肠胀气；烤洋葱泥敷于大象患处可以治疗局部皮肤发炎；8~12盎司的稀释白兰地可以治疗大象的胃部不适。

这本教材是由一名和大象一起度过几十年的兽医所写，它让威廉姆斯清楚，他将和人类已知的最为迷人的物种打交道。大象"几乎没有恶行，它们温和、顺从且耐心"，埃文斯写道。但我们要时刻提高警惕，尽管它们拥有庞大的体形，但它们的健康却相当脆弱。实际上，如果忽视它们的健康状况，它们会迅速垮下。

缅甸的大象属亚洲象。它们的体重一般小于11 000磅（4 990公斤），站立时身高7~9英尺（2.13~2.74米），与非洲象大不相同。非洲象的体重通常不低于15 000磅（6 803公斤），站立时的身高可达13英尺（3.96米）。非洲象无论公母都有象牙，而亚洲象只有部分公象才有象牙，母象则完全没有。它们的体型也有不小的区别：亚洲象矮小，非洲象瘦长且拥有一个更凹的脊背；非洲象的耳朵巨大而宽阔（与非洲地图较相似），亚洲象的耳朵偏小且更接近方形。

事实上，非洲象和亚洲象既不同种也不同属——并非同一亚目分类。从基因遗传学的角度分析，就如同猎豹和狮子那般遥远。从脾性中也可对它们作以区分——非洲象偏活跃易兴奋，亚洲象偏宁静。

从体型上说，所有的大象都很惊人。它们是行走于陆地上的最大的动物，它们的胃口也与它们的体型相称。缅甸辛苦工作的伐木象每天可吞下 600 磅（272 公斤）重的草料，用不可思议的长鼻采集食物。它们的长鼻长、重，且强壮，它能为大象提供比侦探犬还灵敏 5 倍的嗅觉，可以像乐器一样收窄或扩宽鼻孔来调节语调。

它们具有非凡的大脑，它们构造了所有哺乳动物中最先进和最复杂的社会之一。大象通常睿智且思维敏捷，似乎还具有深刻感情。它们能相互合作，它们能试图扶起受伤的亲人而不惜折断象牙的故事广为人知。此外，它们的行为提示它们能够理解死亡。根据相关信息，非人类的动物中能理解死亡的动物是非常罕见的。

大象通过次声波这种人类难以听到的低频声波进行彼此交流。不仅局限在短距离内，它们还可以实现长达 5 英里（8 公里）距离的通讯。它们可以在很远的距离实现通讯交流并约定会面地点。20 世纪 80 年代，人们发现这种声波是解释分开很远的大象们神秘的协同行动的根本原因。对研究者来说，从空中目睹这一切，就像是一种大象的超感官知觉。

大象还有许多方面有待新科学的发掘。包括：它们察觉死亡的能力、它们的合作能力、它们的同情心和它们的智力维度。与大多数了解动物的人相比，威廉姆斯正慢慢地走进大象的生活。

缅甸西部远端的钦（Chin）山脚下，在比利·威廉姆斯的目的地领域，一头雄壮的长牙象配上了一架挽具和粗大的拖链，开始了它每天的工作——把柚木原木拖拉到一条丛林溪流边。

这只巨大而健壮的动物行动的方式与它周围的大象截然不同。它带着一种威严，在大象和人的簇拥下泰然自若。它23岁了，站起来肩高已有8英尺（2.43米），比很多它的长辈们都高。按照常规，大象每年可增高0.5英寸（0.012米）。这意味着，20年后它可以步入最高的公象行列，大约能超过9英尺（2.74米）。它不只高大还很漂亮。它有着角度朝上的象牙，人们把之比作缅甸舞女的手臂，称为"苏瓦甘（Swai Gah）"。这种象牙给予了它邪气、调皮的外观，在它竖起耳朵时尤是如此。在公司的账目本里，记录了它的脚很"完美"，前脚有5个脚趾，后脚有4个脚趾。它的脊背形状就像香蕉树枝——非常适合拖拽伐木。它的皮肤显得松散褶皱，它的耳朵很精致，"耳洞里毛发很重"。它具备大象行家所赞赏的精致身体。缅甸传统上认为"好大象的皮肤皱起来像释迦果且颜色深灰"。这只名为班杜拉的大象恰巧与此描述相符。班杜拉下巴有一块垂皮，沿着整个下腹部有一包悬垂摆动的皮肤——大象人称之为"比艾苏瓦（Pyia Swai）"或蜂巢。

它皮肤的淡紫色调非常精美，粉红色的斑点遍布在它的长鼻和高颧骨上，就像花田一样精致。然而，它又像任何野生大象一样强硬。它是如此卓越的一个样板，以至于每个森林助理——不管是来自缅甸的哪个基地——都宣称自己曾在职业生涯中某个时期管理过它。

据说，它能做到其他大象做不到的事情。它能理解非常多的人类语言。大部分大象能辨别部分伐木工具，而班杜拉可以辨别所有的伐木工具。当人们要求它从它面前放置的工具中选出锤子时，这只巨大的长牙象会用它的鼻子准确地拖出来。虽然它看起来很享受自己的工作，也给人顺从的感觉，但班杜拉有自己的思想。从出生起，它就被证明是一头聪明而慷慨的大象。

它还拥有幽默感。有时候需要将一根大原木举到一个峭壁边缘或河岸上，它会假装推不动。它会一次又一次地表演出努力推动的表情，表现得就像木材没法被移动。只有在它的象夫请求它停止胡闹后，它才会轻松地将原木推过峭壁。然后，所有认识它的人都会为它的幽默发出低沉的笑声。

CHAPTER 3

拜见老板和大象

　　轮船在钦敦江行驶了几天后终于到达了目的地。身着卡其布衬衫、短裤和长袜的威廉姆斯站在甲板上瞭望河岸的一块林中空地。他看见那里有个50多岁的男人坐在一个大别墅式的帐篷门廊里。那个将带他入门的男人就是他的老板。威廉姆斯不知道未来会发生什么,他只能抱乐观态度。不管怎样,这个男人将是他接下来6个月唯一可以见到或进行交谈的英国人。

　　坐着独木舟到达岸边之前,威廉姆斯花了一小会儿时间打量这个新世界:"范围遍及山地以西"。当他上岸后回望河面时,那艘大白轮船正慢慢消失于河湾。这一景象使他产生了被遗弃感,他举起帽子向轮船道别,轮船上却没人关注他。他转过身,走向不远处的伐木场营地。

　　他的新老板正坐在一张折椅上【威廉姆斯常用化名威利·哈丁(Willie Harding)指代他的老板,有时也用弗雷迪(Freddie)】。他具有典型的因长期日晒而呈现的外貌特征,他秃头并穿着灰色短袖衬衫和灰色法兰绒裤子。他的浅蓝色眼睛正望着远处。根据自己的战时经验,威廉姆斯认为老板似乎是发烧了。他面前的桌子上放着报纸、一张实地勘察地图、一瓶上好的威士忌和一个汽水瓶。大部分森林人认为,喝酒有助于减轻孤独感。英国大部分公司允许他们偏远地区的雇员拥有这个习惯,更有甚者如东印度公司还对雇员的饮酒费给予报销。此时正值中午,哈丁正在狂饮烈酒,他手中拿着一支缅甸香烟【或方头雪茄烟（cheroot）】，香烟散发着淡淡的烟味。虽然那仅是一种普通的土制烟，但他慎重地抓住它，好像它是昂贵的雪茄一样。

仆人头子波边（PoPyan），又名卢加莱（lukalay），一本正经地候在老板身边，称呼他"德钦（Thakin）"（"主人"的意思，这是英国人的传统称呼）。在为孟买博玛贸易公司工作了大半辈子后，哈丁具有英国殖民地"丛林老手（jungle salt）"的典型形象：不苟言笑、沉默寡言，且非常能干。他对威廉姆斯的到来摆出的唯一的欢迎模式就是臭脸摆得更臭了。

威廉姆斯大步走到桌前伸出右手，愉快地打招呼。"下午好，先生。"

"丛林里可没有'先生'。"哈丁头也不抬地答道。

威廉姆斯尴尬了一会儿，开始动手在哈丁的帐篷边搭建自己的新帐篷。他明白，哈丁的态度是明显地不欢迎年轻新成员。

比利·威廉姆斯对这样的接待感到不快，但他并未惊慌。他擅长与人沟通，他打算在下午4点钟的时候再尝试和哈丁交流。

他坐在桌旁，一名营地的侍者走向他的身边请他点餐，威廉姆斯点了杯茶。哈丁哼了一声，对他来说，不喝威士忌和苏打汽水的人都没有男子气概。威廉姆斯感到被羞辱了，他暗中发誓待会儿要和哈丁拼酒。既然说话的方式不受欢迎，他就闭嘴静坐。事情开始慢慢变得清晰，威廉姆斯发现伐木场的人都不愿与哈丁说话，甚至刻意躲避。大约下午5点钟，一个工人走过来无声地在桌上放下了笔记本。与此同时，7头大象出现在了空地边缘。

它们列队进入伐木场，每只动物的脖子上都坐着骑者。尽管它们的体形硕大，但它们宽广、带肉垫的巨脚前行却异常安静。和吉卜林的描述完全相符——大象行走时的姿态"就像云朵涌出山谷口（白云出岫）"。威廉姆斯听到的唯一声响是悬挂在大象下颌的柚木铃铛发出的柔和交响曲，以及它们挤入空地时竹子断裂的声音。两头长牙象用它们的长鼻抬起系在后脚上的束缚链。威廉姆斯以后会学到，这是用来确保排在后面的大象不会踩在上面。

哈丁一言不发，从折椅上起身走向这支队伍。这是威廉姆斯等待已久的时刻，他环绕半个地球就是为了看到这些大象。

它们是一道壮美的风景。它们列队站立，以完美的、摇摆的姿态站立着，威廉姆斯后来从中感悟到这是一种具有放松作用的运动，可以帮助它们由脚到心脏的血液循环更加活跃。

大象博得人们的注意，并非单纯依靠它们巨大的体型。它们还有"芳香"的体味，一种干净谷仓的味道溢满了林中空地。它们扇动着耳朵，一些很安静，一些制造了一种听起来像拍手的声音。空气随着它们的耳朵扇动变得震荡起来。这不是一种空想，而是物理事实，因为它们低沉的声调引发了大象胸腔的振动。它们的鸣声从"不协调的尖叫声到狮子咆哮般的低沉隆隆声"，似乎充满了含义。

这 7 头灰色巨象即便在停下来的时候也保持着运动状态。它们的脚来回摆动，埋着头眼睛盯向下方，似乎想看清它们所能看见的一切。它们的长鼻挥舞着——抚摸自己和附近大象的身体。当它们互相接触时，威廉姆斯听到了一种细小的声音，皮肤相互摩擦发出干燥的沙沙声或是嚓嚓声。那些长长的肉鼻子变成了喊话喇叭，放大了声响。

威廉姆斯开始将注意力转向个体。他发现并非所有公象都有长牙。因为长牙实际上是大象延长的切齿，即使是无长牙的公象和母象也拥有较短的象牙，它们大部分被隐藏了起来，也称象牙尖。威廉姆斯发现有头瘦弱且端严的老母象似乎是其他大象的母亲。威廉姆斯开始注意到它。这里的人们习惯称呼它为玛奥（Ma Oh）（老太太之意），但它出生时的真正名字是宾娃（Pin Wa）（肥臀夫人之意）。你现在可看不出它有多丰韵，它的头部看起来更像是巨大的嶙峋头骨蒙上了一层灰皮，它的动作缓慢而淡定。

它也许正遭受着多种老年疾病的折磨，就像我们人类——心脏病、白内障和关节炎。到了这个年龄，它实际上已不必继续干活了。在它们的一生中，会不断地磨损掉它们的大臼齿，然后用新生长出的部分代替。并非彻底脱落后重新生长，而是像一张缓慢的传送带那样往前移动。它们一生会进行 6 次牙生长，当没有新的白齿移动上前替代旧齿时，它们将不再具备咀嚼坚硬食物的能力并最终饿死。玛奥也许正步入这个阶段。

哈丁大声叫唤着波瑞（Bo Shwe），长牙象波瑞向前迈步并停在了距离哈丁的五步之外。哈丁走到它的面前，抓住它的耳垂，对象夫说，"坐下（Hmit）。"随后，象夫命令这只大象"坐下（Hmit）！"

威廉姆斯被这头大公象优雅的低伏动作惊呆了：它跪下后腿的样子，就像教徒在祷告。它的前腿缓缓地折叠下落并缩拢，整个动作精确而优美。

威廉姆斯观察到，并主观认为自己察觉到了大象的意识。虽然波瑞服从了象夫的每个指令，但这头长牙象的眼睛似乎在表达它对严格规矩的不满。威廉姆斯立马和它心有同感。

就算哈丁感觉到了这样一种细微的情绪，他也毫无表示。他靠近波瑞，张开双手将手掌放到它的侧腹部。他顺着圆滚滚的脊背摩擦并揉捏它的皮肤进行触诊，然后是仔细检查它的眼睛和腿。他所寻找的东西对威廉姆斯来说仍是一个不解之谜，虽然他脑海中不断浮现大象护理教科书中的那些干巴巴的内容。兽医格里芬·H.埃文斯曾记录，干活的大象"经常因为背痛和脚痛而残疾，绝大部分这种病例是由于缺乏细微护理和监督所致"。它们的皮肤问题必须得到重视并时常检查。它们牙龈的颜色、体温和眼睛的浑浊度也预示着它们的健康状况。

当哈丁结束对它的检查后，象夫命令它"起来（Htah）"。这头大象缓慢起身回到队列中原来的位置。老板顺着队列逐一重复着对大象的检查，并在不同的记录本上写下评语。

威廉姆斯可以从头到尾地观察这些大象的细微特征，每英寸都令人惊叹。它们的长鼻是大象最具特征性的单个器官，它可以被当作手掌、手臂、鼻子、呼吸管、大锤、长号和水管。它有超过6 000块的肌肉，它强壮得足以举起沉重的原木，又灵巧得可以捡起一块硬币。它既是鼻子又是上唇，亚洲象的鼻尖有一根"手指"，而非洲象有两根。鼻尖的组织、神经末梢和短毛都可以帮助大象感觉振动、接受化学信号并熟练操控物体。休息时，它们的下唇就像肉坠子一样在长鼻后方垂下来。

战象连

　　当大象应哈丁的检查张开嘴巴时，威廉姆斯可以看见它们结实、强壮、亮粉色的舌头。舌头湿润而灵活，舌头形状可以轻松地改变，如：球形、波浪形、槽形。舌头两边是它们巨大的、带有黄色的白齿，舌头表面就像搓衣板一样的呈现突起状，与古老的三叶虫形状较类似。

　　大象的耳朵有几处地方的组织很薄，且布满血管。威廉姆斯将会学到通过对大象耳朵的观察对它们年龄进行判别的能力。它们的耳朵越往下折，大象年龄就越老。

公象坐下（Hmit）的姿势，又称下蹲姿势。

　　母象会露出两个乳腺，和人类女性的乳房类似，它们分布在大象的胸口位置。在大象的臀部可以发现字母"C"，这是公司对它们所做的标记——并非烙铁所印，而是一种腐蚀性物质蚀印在皮肉上。相比烙铁，这似乎更为人道。跨过标记后，在它们身体的尾端是4英尺（1.2

PART ONE **大象达人炼成记**

缅甸的长牙象虽然比非洲象矮小,但站起来的肩高也可达到 9 英尺(2.74 米)。对威廉姆斯而言,它们和他心中的形象完全符合。

米)长的尾巴。哈丁对这些附属器官的检查非常小心,很快,威廉姆斯就明白了哈丁小心检查的缘故。大象的尾巴强壮得足以承受棒球棍的撞击。公象的强壮的尾巴下面的腹部地区隐藏着它们的睾丸,不可轻易触碰。

整个检查过程花费了半个小时,在这期间,威廉姆斯一直关注着大象,丝毫没有将目光投向哈丁。威廉姆斯满心的好奇完全压抑了向哈丁询问的冲动。

战 象 连

　　哈丁收起最后一头大象的记录本，看着威廉姆斯。"右边4头是你的，如果你没法照顾它们，那就听天由命吧。"他转身走回营地的桌子。

　　威廉姆斯回到了自己的帐篷，他为两件事情感到震惊：其一，与大象的首次直面接触；其二，哈丁的命令。他努力思索着，该如何照顾好大象。

CHAPTER 4

成人礼

那天傍晚6点，天光渐暗，威廉姆斯和哈丁同坐一桌，桌上摆了两瓶满满的黑牌威士忌（每套餐具边上一瓶）。尽管旅途已让他筋疲力尽，但威廉姆斯还得硬撑着和哈丁拼酒。两个男人都换上了干净、熨帖的衣服，沉闷地面对面坐着，附近燃着一堆篝火。即便是在缅甸这样的偏远地区，森林经理们仍然需要体面地用餐——白色桌布、骨瓷盘子和完整的英国餐，以及开餐汤。

威廉姆斯拔掉他那瓶威士忌酒顶端的瓶塞。他们开始喝酒，当哈丁的酒杯被喝空时，威廉姆斯举起了自己的瓶子："我能给你倒酒吗，先生？"哈丁说道："按惯例，只能喝自己的酒。"沉默持续了整顿饭的时间，只有丛林昆虫在鸣叫，放大了这一切的沉闷气氛。

半小时后，哈丁终于开口，询问威廉姆斯枪支的技能，"你能使用霰弹枪吗？"

"是的，完全没问题。"

接下来又是一片沉默。当威廉姆斯开始对这样的冷待遇暗暗生怒时，哈丁喝了几杯酒，并打破了平静。

"我一晚上喝一瓶酒，这对我没坏处。假如我什么都教不了你，至少可以让你知道这个国家有两种罪恶：一种罪恶是女人，另一种是'酒瓶'。你可以自由地选择，但你没法将它们混在一起。任何与丛林、大象和你的工作相关的东西，你都必须通过经验去学习。只有缅甸人能教会你，在你有能力为公司赚到你所得到的薪水前，你都是在白领俸禄。"

作为森林助理，威廉姆斯将整年辛劳地在炎热的天气和季风雨里持续不断地巡视辖区的伐木场。他会看到许多树木倒下，但劈树不是他的工作。他要监督工人、大象在伐木场完成这项工作。森林助理的任务包括为工人代领工资并发放，还包括为大象看病，他们要确保原木拖运工作能够以合理的节奏运行。他们总是沿着一个环形路线运动，这通常是一条狭窄的野外小路，这条小路连接了这个区域内所有的伐木场。

哈丁告诉威廉姆斯会在第二天为他提供地图以供他学习。哈丁给了他3个月的准备时间，之后将动身前往伐木场。威廉姆斯的情绪因为这个消息变得兴奋起来。哈丁说，"你可以做任何自己喜欢的事情，乃至因为孤独而自杀。你在学会缅甸语之前不要来找我。"

尽管肚子里装了满满一瓶酒，这个老男人还是勉力站了起来，摇摇晃晃地走向自己的帐篷。威廉姆斯将椅子挪向篝火，注视着火苗。

哈丁说的必须学会缅甸语的提醒是正确的。这里的新雇员同事用自己的体验告诉后来者，只有掌握了这里的语言，才能慢慢理解这份工作。"缅甸语是每个丛林人的必备技能，它需要很多个月的艰苦努力。"A.W. 史密斯（A. W. Smith）在《国家地理杂志》上有过这样的叙述："缅甸语本身是一种学习难度极高的语言，用英文字母书写，变化较多。"威廉姆斯为了与当地人接触，不得不学好这门语言，他需要有语言能力与当地人交流和开玩笑，而缅甸语是"本地幽默的大门"。

哈丁对威廉姆斯的交代很少，他给这名新雇员留下了许多自我思考的空间。上床睡觉的时候，威廉姆斯发现，他的帐篷闪着油灯温暖、跳动的光芒。他的小床被整理得如同军人式的精确，他的大旅行箱利索地堆在边上，一块可爱的达里（南亚产小块厚棉地毯）毛毯摊在地上。他与哈丁的帐篷之间仅有一面薄薄的帆布墙，但他很高兴有这个避难所。他脱下衣服并坐了下来。黑暗丛林包围着他，威廉姆斯对每种声音和感觉都很警觉，丛林中不时传来长尾夜莺不间断的"嘎嘎嘎声或者领角鸮发出的声音。几头大象在营地附近四处巡逻，它们经过的地方树枝时常被折断。

公司提供的地图让威廉姆斯了解到，这个国家和德克萨斯州（Texas）差不多大小，形状就像一个风筝——包括那个长尾巴。这里密布了多样的森林，涵盖了各种森林类型，从红树林沼泽到跨越热带、亚热带和温带林型的松树、常青和落叶树种。这个国家的大部分版图对旅行者来说仍属未知，整片整片的地区还没有被绘制为成熟的地图。沿着1 000英里（1 600公里）的长轴，南方湿热潮湿的热带森林变为北方冰雪覆盖的山峦。这个国家的每个地方都遍布野生动物，包括300种哺乳动物以及1 000种鸟类。一本记录野生动物的旧书列出了这里的大部分动物：大象、老虎、金钱豹、熊和惊人的三种犀牛（印度种、爪哇种和苏门答腊种）。

从这些地图里很容易看出缅甸为何神秘。自然屏障将它和世界上的其他地方分割开来：北、西、东，三面为马蹄形山脉；南面是海洋。英国人将这个国家分为上缅甸和下缅甸。下缅甸包括首都仰光和平原、山谷以及伊洛瓦底江南面部分的三角洲，布满了数以百计的小河，穿过红树林森林可以到达孟加拉（Bengal）海湾。威廉姆斯所处的上缅甸则是完全不同的景象。这里以山脉和森林为标志，这一地区延伸到印度、中国和泰国的边境。缅甸是个多民族国家：三分之二的人口是缅甸人，其他几个民族和亚族组成了剩下的部分。

这个国家的最北部通常被指为边远地区。越过缅甸北部的城市密支，则是一些粗狂和偏远的荒野。铁路线也到此为止。

这些地图轻微描述了这些区域的狂野。从地图上看，缅甸这个国家很难进入，它的边境分布着广阔的山和海，它的内部从北至南分布着许多山脉和河流，使这里的人们横向（从西至东）迁移非常困难。缅甸没有高速公路或者铁路线穿透这些障碍：从缅甸西面的若开（Arakan）山到缅甸中部的勃固（Pegu）山脉和东方的掸邦（Shan）高原。这些山脉之间分布着肥沃的山谷和河流。缅甸的大河，包括钦敦江和伊洛瓦底江，起源自北方那些"山"——根据《时代》杂志所言,那里是"神居住的地方"。这些水道都往南汇入马达班(Martaban)海峡和孟加拉海湾。

对于西方人来说,缅甸是奇异东方及其神秘世界的标志。在乘船前往缅甸的旅途中,威廉姆斯曾瞥见过这里河岸的乡村生活。这个国家几乎全是佛教徒。威廉姆斯总能看到佛塔的尖顶从绿色森林里凸起。寺院无处不在,日出的时候,穿着藏红僧袍的僧侣会出现在人们的视线中,去往附近的村镇。

夜深了,威廉姆斯这名新雇员灭了灯。就像他每晚都要做的那样默默祈祷一番,之后上床睡觉。他希望在第二天的早上,能和哈丁有个新的开始。

每年这个时候的日出时分都很冷。威廉姆斯从羊毛毯里起身,浑身发抖,他发现侍者已用火烤热了他的衣服。这个国家的伐木场每天都以同一种方式苏醒——林中空地很安静,笼罩着一层浓雾。日光朦胧地透过周围的树木,鸟儿开始歌唱。一份亲切的培根英国早餐等待着他。

早饭后,威廉姆斯继续踮着脚尖走到篝火的边缘,直到不自觉地站在了火烬中央。哈丁没跟威廉姆斯提及,他命令过伐木场工人只能用缅甸语和威廉姆斯讲话。当哈丁偷听到威廉姆斯和厨师说了一些蹩脚的他在印度学过的乌尔都语(Urdu)时,那个可怜的男人马上遭到了解雇,恳求也没有任何用处。威廉姆斯震惊于哈丁命令的迅速执行和残忍,也为自己导致这个男人失业的事实而难过。哈丁的决定即最终决定。

那天晚上,大象再次列队进入了营地。这次,哈丁让新手去检查属于他自己的4头大象。威廉姆斯选择了一个聪明的做法,即模仿他昨晚看见老板所做的一切。这将是他首次亲密接触大象。他像哈丁一样走上前,命令一头大象坐下。这是奇德萨亚德(Chit Sa Yard),或叫可爱先生(Lovable),它是一头安静的公象。即使骑者在它背上使用来复枪射击它也纹丝不动。威廉姆斯以后会选它作为自己的私人大象,负责背他的行李。当这头大象坐下时,威廉姆斯会慢慢靠近。陌

即使在最偏远的山区,威廉姆斯也能发现优美的佛塔。

生人总会激发大象的好奇心。当威廉姆斯检查可爱先生时,它的长鼻子会自然地伸上前来。

近距离接触时,威廉姆斯被大象巨大的头颅震惊。大象头颅比人类更长、更宽、更重。可爱先生摇着它的长鼻并用湿润的鼻孔对准这个新人,也许是在瞄准威廉姆斯身体气味浓厚的部分——他的嘴、腋窝和胯下。可爱先生正在打量身前的这名瘦长的白人青年。威廉姆斯也试着做同样的事情,但他使用的是人类的工具。他没有大象的分析性嗅觉,但他非常喜爱可爱先生的清新味道。他伸手接触,那条长鼻是非凡的。大象呼气时可以把他的头发呼呼地往后吹,又或者温和地吹得皮肤发痒。

战象连

　　威廉姆斯用手掌顺着公象的脊柱抚摸：粗糙、起皱的皮肤上长满了粗糙、结实的毛发。借住在长牙象毛皮皱褶处的沙尘在大象掸灰时扬起，落到了威廉姆斯的头和手上，这是一头大象的洗礼。

　　这头大象被命令站立着，它起身并坚硬得像树那般直，但又柔软地带着呼吸和温暖。威廉姆斯感受到了强烈的连结感，即使他的手因触感的粗糙而跳动着。他走向其他大象。

　　母象奇德玛钦（Chit Machine）正处于生命中的最佳阶段。母象宾娃的皮肤又老又硬、骨瘦如柴。它浑浊的眼睛带有一种神秘的色彩。

　　似乎每头大象都很喜欢与它互动。它们就像昨天一样发出隆隆声，威廉姆斯并非听到而是感觉到了它们的鸣叫。

　　威廉姆斯用双手按压大象毛皮，他并不知道自己应该探寻什么，但他知道，他正在一寸一寸地了解大象。

　　晚餐时，哈丁仍像之前那样冷漠。在上头道汤时，他拿出了一种土制的佐料——辣椒酱。它看起来就像普通的塔巴斯科辣椒酱（Tabasco sauce），威廉姆斯撒了一点到自己的碗里。当威廉姆斯舀了一勺到嘴里时，哈丁还是保持着面无表情。很快，威廉姆斯就感到火焰从嘴烧到了喉咙并继续下窜，胃似乎着火了一般。

　　威廉姆斯拒绝让折磨他的人看到自己发糗的样子。他一勺一勺地将劲爆的带辣椒的汤舀到嘴里。眼睛不断呛出眼泪，额头上冒出了汗珠，但他仍然继续吃着。沮丧的哈丁决定加码，问了一个简单的问题刺激他："你想家吗？"威廉姆斯耐心地喝完了汤，擦掉眼里的泪迹，回答道，"不。"

　　现在，轮到他让哈丁惊讶了。他不但不害怕离巢，还告诉哈丁，他希望将预先制定的去伐木场工作的时间提前。他说，"我明天就希望开始自己的丛林之旅。"哈丁大惊，瞪大了双眼，无法掩饰自己的惊讶。

　　"那句话攻破了他的防线"，威廉姆斯后来愉悦地写道。

　　哈丁一开始就试图击溃威廉姆斯。但威廉姆斯后来总结，这种企图是出于善意。哈丁认为，如果新雇员终将被击溃，那么躲在安全的营地总比进入森林好。据说，威廉姆斯的康沃尔和威尔士血统使他"自强而独立，且有点神经质"。这种复杂的性格特点体现在他与哈丁发展出的奇特友谊中：威廉姆斯渴望得到哈丁的尊重，但他足够狂妄，狂妄到了想通过战斗甚至在战斗中击败对方的程度。

当晚餐结束时，哈丁摇晃地从椅子上站起。威廉姆斯注意到，哈丁拿起他那瓶喝空的威士忌盖上塞子，倒放酒瓶。"到第二天早上，瓶子里的最后一点威士忌会流到瓶颈，装点我的早茶。"他说。

威廉姆斯对着哈丁的背道了晚安，这个老男人东倒西歪地走向自己的帐篷。

第二天早上，威廉姆斯醒来时哈丁已梳洗完毕，从早餐桌那里瞪着他，"上帝！"他大叫，"你还在这里？"

老板很快下了命令：威廉姆斯要步行去往密沙山谷——钦敦江和印度边境附近的群山之间一块森林茂盛的区域。一名叫吴丹尧（U Than Yauk）（"U"意为大叔，对成年男性的礼貌称呼）的象夫会训练他的森林生活。哈丁会分给威廉姆斯4头大象，作为包裹或行李驮兽，它们被称为旅行象。

黎明前他就得出发，威廉姆斯安静地起床，向外瞥了一眼昏暗的营地。哈丁帐篷的门帘关闭着，这个老人还在睡觉。这是个好消息，至少他可以在不被奚落的情况下开始他的第一次探险。他向象夫传达了他想安静收拾行装的想法，他们急着在不吵醒哈丁的情况下离开，他们将象铃的铃舌绑紧以防止出声。当威廉姆斯将最后一部分驾具抬到大象背上的筐（Kah）后，他们出发了。4头大象、4个象夫、1名厨师、2名搬运工、2名信使，对于23岁的"菜鸟"来说，这是一个规模不错的随从阵容。

威廉姆斯带着激情前往上缅甸的森林，完全无视这里曾有很多经验丰富的户外活动者在此丧命的事实。前年，40岁的著名博物学家雷金纳德·法尔（Reginald Farre）就死于此地。但对威廉姆斯而言，这片丛林就是他见证奇迹的地方。

他的装备很适宜旅行——羊毛袜、上好的靴子、卡其布短裤和衬衫。日光拨开高大树木的枝丫，奇特的鸟儿鸣叫着，他们的前方是一片未知地带。比利曾认为，战争已将他的天真消耗殆尽。他曾恐惧自己"已过了冒险的年纪"，但现在，他很高兴地认识到，他错了。

象群突然发出了一阵骚动。原来是留在营地的名为梅兑（Me Tway）的母象发出了长鸣，威廉姆斯的象群停下了脚步回应，向前竖起耳朵倾听。最喜欢发声和意志最坚定的大象奇德玛钦挣脱了队伍，带着背上的象夫冲回了营地。威廉姆斯和留在营地的人不得不解决这个麻烦。大象获得了胜利：人们不得不作大象更换。

威廉姆斯看到了大象间的联系有多强烈。哈丁将它们强行分离造成了它们的感情伤害。圈养大象不像野生大象那样，在代代相传中建立起母亲－女儿－姐妹的王朝。这受限制于它们的生存环境，但它们对彼此同样保持忠诚。在伐木象中，血缘关系并非必要因素。象夫经常会看到一种共享的养育方式，母象们彼此关系密切，以至于会一起养育它们的后代。人们用杜瓦信（twai sin）来指代这种关系亲密的母象：意为婶婶。当象犊遇险怒吼时，不仅是它的母亲，它的婶婶也会奔跑而来。将这些关系密切的大象分开是错误且残忍的决定。

重回平静后，威廉姆斯开始了他的首次大象之旅。温暖、洪亮的象铃很快再次响起——这会变成他人生的配乐。铃铛由象夫用柚木雕刻而成，外面有两个铃舌，每个铃铛的声调都有细微的差别，这使人们在未看见大象的时候也能作以辨认。当动物们自然地统一迈步时，四只铃铛会奏响乐曲。

清晨的露水打湿了威廉姆斯的靴子，他呼吸着植物的辛辣气味，树荫深处还带着夜晚的芬芳。他带着队伍前进了9英里（14.4公里）距离，在他们即将扎营的空地前停了下来。根据规定，大象将被停放在场地外进行大小便。每头大象一次能排泄大约3加仑尿液，它们排泄的粪便高达200磅（90公斤）重。最好让它们的排泄物远离营地周边。当它们结束排便后，这些动物会进入林中空地卸下包裹。然后，在所有鞍具、挽具和皮带从大象背上取下后，这些动物会走进森林中攫取大量的植物填饱肚子。接下来，威廉姆斯的帐篷搭好了，炊火也生了

PART ONE **大象达人炼成记**

来自威廉姆斯的相册，配有他用打字机打出来的说明文字。每天，大象们都渴望着这个时刻，这标志着它们工作时段的结束和在森林中夜生活的开始。

到达营地，卸载装备。
Arrival in camp. Unloading kit.

起来。象夫开始建造一种粗糙的竹台，用一种防水油布当顶棚。这将是他们共同的床铺。威廉姆斯写道，象夫"过着相当艰苦的生活"。要筋疲力尽地工作，忍受粗陋的住宿条件。他们面临的危险不仅来自于大象，还来自森林中可能遇到的野兽。

那天晚上在营地里，威廉姆斯有了独处的时间和空间去回忆并记录自己的思考。他点起一根香烟，长吸了一口，注视着炽烈的篝火。

战 象 连

　　他简单地写道,"我和大象的丛林生活开始了,它们将成为我的衣食父母。"

　　接下来几天,他会在黎明时分迅速移动营地,这样可以安全地脱离哈丁的掌控。然后,他可以慢下来欣赏周围的风景。他发现,上缅甸森林的11月"每天都像完美的英国夏日"。清新的空气、温和的阳光,不湿不热。每天晚上的原木柴火都能让他放松下来。在时间允许的前提下,他会沉浸在巨大的激情中:在小水彩画纸上记录他的生活。他会将大部分的作品每周打包邮寄给他的母亲。剩下的部分他会邮寄给他在去缅甸路上认识的那些女孩们。

威廉姆斯是一名天才的画家,喜爱素描和丛林风景画。

远离哈丁，威廉姆斯可以成为真正的自己。这意味着他可以自由地了解大象，而他要学的东西还很多。"我从未像自然学家那样研究过它们，"他说，"我只是试着建立一种对它们的理解，去寻找某种共同点，某种通过它们的眼睛看待世界的方式。"

威廉姆斯见过狗、骆驼、兔子、马，但现在他所认识的是他所见过的最雄壮的动物——大象。在工作时间，它们任由象夫驱使——行进、载货并服从命令。卸下包裹后，它们不再显得拘谨，从下午到第二天早晨，它们都能自由地觅食和社交。他认识到，这些圈养的大象是同时生活在两个世界的生物——白天遵照一套准则，晚上遵照另一套准则（轻松地把自己从守纪律的役用动物变为自由的丛林动物）。他看到，在逃脱俘虏的时候，它们可以回归自由的生活。多年来，森林人发现以这种方式管理大象容易造成大象的丢失。威廉姆斯认为，它们比其他任何役用动物都更接近野生状态。他写道，事实上，这些大象可以被当作"24小时里只有8小时被驯养"。

健康的大象每天只需2~3小时的休息时间，它们融入夜间野生世界的生活悠闲且漫长。它们把大部分时间用来觅食，大象需要大量进食——它们体格庞大且消化效率不高。亚洲象每天需要200~300磅（90~136公斤）食物不等。公象特别消耗热量，所以它们要花费多达12个小时来进食。

当象夫睡觉时，这些动物会在森林里和草丛中游荡。它们很少走远，通常不会超过8英里（12.8公里）的活动范围。因为扎营地总会设在具备它们活动需求的地区：有足够多的草料并靠近水源。当它们咆哮时，也许是有野生公象闯进了它们的区域，野生公象喜欢和圈养母象交配并挑战圈养的长牙象。时间长了，年轻的役用公象学会了使用瞪眼、推挤甚至打斗，来坚守自己的阵地。

日出时，这些野生动物又成为了上班族。它们脖子上挂着的称为"加洛格斯（kalouks）"的铃铛会替搜寻它们的象夫暴露它们的位置。大象们似乎知道加洛格斯出卖了它们：几乎所有大象都拥有一种在早上逃避象夫的技术——防止铃铛发声。这是它们在不想被打扰的时候

战象连

常玩的一种伎俩，特别是在进行愉悦活动时，例如在一个种植香蕉园大吃特吃的时候。

威廉姆斯很快发现了大象的技巧，"许多年轻大象拥有这种技巧，"他报告道，"它们会在脖子上悬挂的木铃铛里塞满紧实的泥土以防铃铛发出声音。"

威廉姆斯看到的大象越来越多，他希望了解的大象的相关知识也越来越多。他就像在家乡荒野上调查鹬鹬和野兔一样去调查它们，用自来水笔在笔记本上记录自己的观察结果。

晚上的大象是自由的，自由的大象特别吸引威廉姆斯。"如果你不了解大象，很难去驯养它们，"威廉姆斯写道。很快，他建立了一套有别于其他新雇员的日常作息时间。就像大象一样，他在白天和晚上分别扮演了两种不同角色。在工作时间，他是工人们的老板，友善可亲并谦虚地从象夫身上学习经验。下午，当大象被释放后，他会步行跟着它们，成为野外生物学家。

梅兑和奇德玛钦总是形影相随。它们相携离开营地，又在早晨一起回来。可爱先生这头有短小钝象牙的公象会自行离开，而可怜的宾娃缓慢地溜达着，似乎进入森林是件痛苦的事情。

事实上，即使是跟踪老迈的宾娃对威廉姆斯来说也不容易。他必须时常在小山坡上行走，他的行程被茂密的矮树丛和各种丛林困扰：丛生藤条上的藤蔓长满了隐藏的倒刺，像"鳟鱼钩"那般尖利。倒刺挂破了他的衣服，割伤了他的身体。竹子会给每个打扰它的人洗一场猛烈的灰尘澡，让受害者不得不抓扯自己的皮肤。一种刺人的叫做贝代（petya）的荨麻可以引发令人疼痛的红肿。一种令人恐惧又常见的植物可以引发触碰它的人产生剧烈的皮肤刺激反应，且能造成永久失明。如果哈丁知道了威廉姆斯的跟踪活动，一定会被激怒。森林人都知道，在黑暗中跟踪危险、失控的大象是疯狂的。威廉姆斯成功了。

借助月光，他观察大象的睡姿。它们有的躺下，有的站立着进入沉睡。有时，他甚至能听见大象的打鼾声。大象生活中有一个方面极为隐蔽，不管威廉姆斯跟踪到多近的距离，也没能发现它们的交配活动。

PART ONE 大象达人炼成记

象夫——缅甸称呼驯象人是大象生物学和行为学的杰出观察者。

威廉姆斯不能通过这些动物直接学习到的东西，都可以从象夫那里学到。象夫与大象的交流使他着迷，包括他们与大象交谈的方式以及他们和大象之间的身体语言。象夫向后倾是命令大象停止前进，向前和向下倾是命令大象跪倒。象夫向左边下压是命令大象左转，反之是向右转。象夫在大象一侧抬腿，大象也会抬起那侧的腿。

威廉姆斯被他所见到的这种亲密关系迷住了。这些人似乎生来就具有一种不可思议的驯象能力，而且在某种程度上他们确实如此。他们通常在这些动物身边长大，辅助他们的象夫父亲。从14岁起，他们就开始赚取学徒的薪水，学会给大象套鞍具和链子。当他们自己成为象夫的时候，他们已成为行走的大象生活艺术和科学的百科全书。

威廉姆斯还不会象夫们的专业语言，但他近距离观察着他们。每天早晨，象队出发前，象夫会寻回他们的大象，而象夫的这项技能让威廉姆斯惊叹不已。首先，象夫会仔细观察营地边缘被大象践踏的地面。"象夫知道自己大象足迹的形状、大小和特点，并了然于胸，"威廉姆斯写道，"他会快速跟踪上去。"威廉姆斯发现象夫不会犯错，永不会把自己的大象和别人的弄混。那些踪迹不但告诉了象夫大象离开的方向，还告诉了象夫它们休息的位置以及和谁在一起。如果公象们出现不和的现象，会有被践踏的植物、折断的树枝，甚至是血迹出现。

如果象夫早晨发现大象踪迹是平静的，则提示了大象安静进食的证据，而非争斗。象夫会时常检查大象的粪便（踢开并检查内容物）——粪团会揭示大象吃过的食物，或许还能解释它接下来想吃什么。例如，在吃完竹子后，大象倾向于寻找多汁的盖草或象草，这些植物一般生长在溪岸。所以在大象排泄物中发现竹子的象夫会去溪岸寻找自己的大象。

到了溪岸，他们会倾听象铃声，并根据铃声判断大象的位置。大象的视力相当糟糕，它们眼中的世界大部分是灰色的。为了不惊吓它们，象夫会在远处向它们轻声歌唱，意为提醒大象。如果象夫身处在9英尺（2.74米）高的盖草中，他会找一块安全的高岩石，坐上去向大象们呼喊："来吧！来吧！来吧！（Lah！Lah！Lah！）"

当大象现出身子，耐心的象夫会轻声对它说："你知道，我除了等你之外，什么事都做不了"。他会摩擦它们的象鼻，"你从昨天中午开始就一直在吃了，可我连早餐都没吃呢。"威廉姆斯还没法把所有这些话都翻译出来，但他看到了象夫对大象的宽容。象夫接下来会松开大象腿上的藤制或链条镣铐，命令它趴下。这样，象夫就可以爬上去骑着它们回到营地。他们回到营地，象夫才开始进食，之后清洗他的大象并开始当天的劳作。

威廉姆斯对研究这些动物上了瘾。"所有兴趣点都变成了大象"，他写道。他爱上了它们，他给它们喂食——甜罗望子果或香蕉。他了解到它们喜欢被人类搓挠的部位。宾娃是最让他担心的，他们每天的旅途并不艰苦，宾娃背的也是最轻的包裹，但这头老母象看上去还是摇摇欲坠。它的皮肤松垮，耳朵上缘随着年龄增长折得很低。它的动作缓慢且举止庄重，它干活时从不抱怨。威廉姆斯希望能找到办法将宾娃从辛劳中解放出来，但老天抢在了他的前面。

一天早晨日出前，他被象夫叫醒。一个噩耗传来——"宾娃死了"，威廉姆斯写道。队友们带他穿过森林，来到了宾娃的尸体旁。看来，它是在睡眠中死去的。在寂静的森林，尽管它平静地躺在那里，对威廉姆斯而言，这仍是一种极为可怕的场景。

他没法奢侈地持续哀悼。他想到了哈丁的提醒——"如果你没法照顾它们，那就听天由命吧"。接下来，他有了大象教科书提供不了的学习机会。他决定进行一次业余验尸，在一头8 000磅（3 628公斤）重的动物身上施行可不容易。在缺乏特殊设备或训练的情况下，他得开动自己的大脑。这是森林，像威廉姆斯这样的男人被招来干机械师、建筑师、兽医、医生、工程师、送葬人，甚至是牧师的活。他需要适应任何需要的角色。

他将最锋利的大刀和小刀搜集起来，准备验尸。"在我开始下刀前，尸体冷得可怕，"他写道，"它胁腹的肋骨像顶棚一样在我头顶挡住了太阳，我从它身上'学习'到了大象的知识。"

第一刀下去将恶臭的甲烷气体释放了出来。锯开它的躯干后，他需要扯开它的皮肤，它的皮肤就像浸满水的地毯那般沉重。接下来是三层粗糙的肌肉，然后是巨大的大网膜。这是一张不透明的结缔组织膜，其上布满了血管分支。它支持了大象肠道的血供，为巨大的肠道提供围绕物或者支架。他劈开内脏位置的组织，消化器官滑了出来。虽然它的身躯庞大，但脂肪却很少。填满它巨桶状身体的是庞大的消化区。大象每天可以吞食下它们体重8%的植物，它们需要非常巨大的肠子来处理。

威廉姆斯开始处理大象的器官，将它们小心地拖出来并摆放成一线以供研究。当他将这些器官摊开时，发现肠子和胃异常巨大，甚至不像来自大象身体内部。它的心脏和一只营养充足的斗牛犬一般大，具有两个心尖，不像人类只有一个。这一特点曾导致另一个森林助理新人误得出错误结论，他的大象死于心脏破裂。

威廉姆斯将宾娃的肺从胸壁上切下。他又发现了一个谜团，几乎所有哺乳动物的肺脏周围都有空隙（胸腔），但大象的肺直接固定在肋骨架上，这在哺乳动物中极为少见。大象并非人类一样能膨胀和缩小它们的肺，与之相反，它们依靠的是胸肌。这也解释了，为什么大象在它们的胸部受到限制时会出现呼吸困难——例如，躺下的时间太长。

　　威廉姆斯花了一整天的时间进行他自称的"约拿之旅（jonah's journey）"，日落时才停手。威廉姆斯满身沾着血液和凝固的血块。作为一个经常用浮石磨掉手指上香烟痕迹的细心男人，他将自己擦洗干净，再回到帐篷里记录自己的报告。他坐在一张临时搭建的桌上，身前放着打字机，斟酌良久。虽然他学到了很多知识，但他并未找到致使宾娃死亡的原因。那天晚上，当他用打字机敲出他的观察结果时，他逐渐明白，这也许是哈丁故意强加给他的不适宜工作的老象。至于死亡原因，他简单地报告为"被发现死亡"。

　　因为宾娃的包裹很轻，威廉姆斯很容易地就把它们重新分配给了剩下的大象，以便继续前进。但是，宾娃在威廉姆斯心中留下了深深的烙印。

　　威廉姆斯沿着一条干涸的河床继续前行。穿越缅甸茂密的森林，这几乎是最畅通的旅道，但仍然艰难，经常需要在岩石块上跳跃。当见到吴丹尧时，威廉姆斯正走在象群的前列，这个他要见的男人正坐在一块高高的巨石上。威廉姆斯大步上前，说出了熟记的几个缅甸词语。因为对语法和发音的掌握尚不成熟，威廉姆斯自嘲地笑了一下。吴丹尧回应了一个温和的笑容。在经历过哈丁的冷淡态度后，比利·威廉姆斯对这一刻的温暖感到狂喜。

　　吴丹尧带他走向村庄空地，那里大约有10座吊脚竹屋，有着带屋檐的茅草屋顶。威廉姆斯这名普通员工受到了国王般的招待。一名漂亮的年轻缅甸女人，穿着她最好的塔敏（htamein）（又称纱笼，一种传统的白色穆斯林外套），头发上插着一朵小花。她带着一张小藤凳小跑过来为威廉姆斯提供座椅。另一些人为他提供绿色的椰子供其饮用。当威廉姆斯喝饮料时，一个小男孩会用扇子为他驱赶周围的蚊虫。威廉姆斯拿出一块从家乡带来的手帕，上面绣了一幅猎狐图。他将手帕做成一顶"帽子"送给这个男孩当礼物。每人都如此殷勤，他感觉自己被"这些丛林人民的亲切"击晕了。

那天晚上，面对着一个殖民者梦寐以求的招待，威廉姆斯只能作出殖民者的回应。一间整洁的小木屋已为他准备就绪，里面点着一盏小油灯，地上铺着一张漂亮的厚棉布地毯。威廉姆斯的床被蚊帐纱环绕，铺着一尘不染的亚麻布。一条法兰绒裤子和一件白衬衫平整地摆放在床头。他将左轮手枪放在枕头下，以备夜间应对紧急情况。跟着他旅行的野营行李被放置在桌子和椅子上，桌上还陈列着许多从家乡带来的相框。

在房间中央的锡制浴缸里，他洗了一个热水澡。接着，一队村民服侍他享用了一顿烤鸡晚餐。大餐后，在他喝咖啡时，一名村民安静地准备好蚊帐，为他妥当地塞好下摆折边。

独处寂静中，威廉姆斯听到了许多精致的佛塔铃铛发出的微微的声音，就像精灵的音乐。这些陌生人慷慨的关心让他受宠若惊。"独处时，我被巨大的思乡病压倒，"威廉姆斯很多年后会回忆。"缅甸人无法抗拒的友善令我印象极深，我不禁自问，自己到底做了什么值得被这样对待。"村里的人们说，"他们同情我在异国的孤独，并希望对我语言上的困难提供帮助"。威廉姆斯难以将其视为理所当然。

第二天早上，威廉姆斯被很多不同的象铃声温柔地唤醒，这些铃声听起来就像潺潺的溪水。他起床看见林中空地挤满了大象。他已经认识了旅行象，但这些才是缅甸真正的工象——奋力处理巨大柚木的大象。这一景象令人激动，这里有大长牙象、无长牙公象、矮小的母象，以及母象身边的小象。象牙的形状各异，以至于人们不得不分类将它们归组。象牙向上向内弯曲的大象仿佛和尚携带化缘托钵，人们通常将它们称为达贝格比盖（thabeikpike）。象牙类似小香蕉的粗短状的大象，人们通常将它们称为内标布（hnet-pyaw-bu）。象牙的围长（并

战象连

非长度）可以帮助我们确定大象的年龄。

　　大象的象背形状各异：韦贡（wet-kone），形状与猪相似；觉丹（kyaw-dan），形状直平；尼恩标甘（hnyet-pyaw-gaing），象背朝尾部缓慢向下倾斜，就像香蕉树的主干，它们被认为是最适合伐木的大象。对于威廉姆斯这样的大象新粉丝来说，这些丰富知识让其咂舌。

　　威廉姆斯很快洗漱完毕，这样，他可以坐到外面享用传统的英式早餐并观看他喜爱的大象。象夫小群地蹲着，安静地食用自己的早餐，一种盛在野生香蕉叶"盘子"上的蒸米饭。用餐完毕，人们开始陆续用椰壳杯里的水漱口。然后，安静地爬上自己的备鞍大象，开始一天的工作。他们前往工作地点，在那里，大象们整个白天会把倒下的柚

最艰难的伐木工作由最庞大、最成熟的公象承担。当班杜拉23岁时，还没做好承受最大工作强度的准备。

木搬到干涸的河床，等待季风雨季的到来。

吴丹尧走向威廉姆斯。他将一幅地图在威廉姆斯面前铺开，用手指指向地图上5条平行的小溪，这些小溪往西流入密沙河。威廉姆斯了解到，他们的旅行路线将穿越这些流域和山峰，到达他领地的拥有10头大象的伐木场。这覆盖了大约400平方英里（1 035平方公里）的面积。威廉姆斯受限于缅甸语水平，还没法问更多有意义的问题。但他从地图上已推导出，不同伐木场之间的距离非常远。

伐木场里，有一名叫波多（Po Toke）的人正等着威廉姆斯。他是工人们的领袖，他是一名独立思考者。波多不是班杜拉的象夫或主人。他是负责训练和监护象夫的象夫导师。波多的长相颇具魅力：身材细长，灰色头发上包着一根简洁的发带，躯干和腿上装饰着复杂的文身图案。他看起来像"暹罗人"。波多已婚无子，是工人们的权威。但他并不受英国老板的欢迎，他们怀疑他具有民族主义倾向。

即使如此，他多年前还是成功地和孟买博玛贸易公司达成了协议，他会一直和了不起的班杜拉工作。班杜拉由波多一手养大。波多现在快40岁了，他当年接手这头大象的照料工作时才15岁。他的整个成人时期都围绕着班杜拉。他们的关系就像父子。

班杜拉是波多的杰作。但这时的班杜拉只有23岁，它还只是温和、未成熟的公象。它还没为最艰难的伐木工作做好准备。这头长牙象正处于长达10年的成长期的初期。事实上，班杜拉40岁时才能展现出它的最强力量。波多对即将到来的管理交接极为谨慎。这个叫威廉姆斯的新手对大象一无所知，却将成为波多的老板。在这里，威廉姆斯的话就是法律。因为年轻与无知，这个年轻的英国男人也许在几周内就会干错事。如果班杜拉被派到繁重的伐木区，也许会永久性负伤。象夫导师有很多大象需要看护，在这段时间，他做了自己力所能及的一切：他向神明呼唤并和工人们谋划。

战 象 连

　　威廉姆斯知道会发生什么。像他这样的助理通常会被给予一块"比英国一个郡"还大的辖区。在辖区里，他们要管理大约 300 人以及 100 头大象。他会被要求监视每个伐木场大象的健康、监督伐木工作并处置这里的所有管理事务：给工人发钱、处置纠纷、雇佣、解雇以及和总部沟通。森林助理需要巡视辖区内的所有伐木场，巡视周期为 35 天。他需要了解自己下属的名字、脾气以及工作能力。幸运的是，威廉姆斯的辖区比大部分的森林助理小，大象数量也不多。这意味着，他一个月时间就能与每头大象见面 2 次。这对威廉姆斯来说是完美的。

　　伐木场是井然有序的村庄，总会有一间干净的小屋为如威廉姆斯这样的森林助理落脚准备。

PART ONE **大象达人炼成记**

  他即将成为森林中的游牧民,在他的区域内巡视广泛分布的柚木伐木场。他将会交涉的人如他在之后的记录,"驯象人和营地的随从;丛林村民,如火灾警戒人、伐木工、米商和集市小贩;大象承包人,有缅甸人、印度人、克伦人或暹罗人;因为各种原因将自己置于法律之外,以抢劫和谋杀为生的土匪。"除了以上记录的人,还不时会有其他森林人——像他一样的欧洲人来访。

  每个伐木场都有自己的特色,但它们在外观上大同小异。它们在一块空地上建有两栋或者更多的竹地板长屋,这些房屋离地大约 6 英

尺（1.82米）高。有的伐木场安置着象夫以及他们的家人。这些村民通常被安置在空地里，为粗糙的围栏环绕。每个伐木场都有十几栋干净的房屋，所有房屋都有茅草屋顶以及由竹子编成的墙。

　　一栋小屋会留给来访的森林经理，棕榈树为其提供遮荫，鸡、猪和瘦小的土狗在屋外玩乐。村民们总是带着微笑和小礼物向森林经理表示欢迎。他注意到，这里的女人们对彼此的小孩都很关心——甚至给他人的宝宝喂奶。威廉姆斯发现，它们对动物也是如此。威廉姆斯曾不止一次地发现，村民母亲会给成为孤儿的森林动物（熊宝宝）喂奶，并把它当宠物饲养一段时间。

　　大部分人口数量达到一定规模的村庄还会开设寺院。穿着橘金色袍子的僧侣们是这个国家高识字率的功臣，因为他们会教导小男孩们读写文字。

　　回到现实中，威廉姆斯会成为吴丹尧的学生。工人们开始收拾行装，准备迎接新的一天的到来。

CHAPTER 5

如何读懂大象

当威廉姆斯的队伍经过第一个伐木场时，吴丹尧用手势告诉他，他们当前只会在这里待一个晚上。进入季风雨季（5月中旬至10月底），这里将会成为他们的大本营。这个小空地平坦而开放，选择这里是因为它同时具有世俗和神圣的双重特点，据说不带恶灵。

大约有20个男人正在这里建造一组丛林建筑，包括一个祭祀善灵的神龛。威廉姆斯的小屋搭建在柱子上，带有一个茅草屋顶。前面是一个凉台，非常适合给大象装货。一架竹梯将被作为台阶使用。屋子里面，大大小小的房间包含了办公室、餐厅和卧室。后面是一间小浴室和一副供仆人送饭的楼梯。

围绕此处的林海是威廉姆斯的教室。吴丹尧给他演示了一些简单的森林技巧。这位老师走到一根大肖（Shaw）树前砍下了一个切口，他抓住树皮，向上向外一直撕到树顶，撕下了一块8英尺（2.43米）长的树皮条，就像一块狭窄的桌布。人们可以像编黄麻纤维那样把这种材料编制成大象的鞍具。缅甸人在竹节处砍下一根竹子，将短的一截放进嘴里，这里的人向威廉姆斯展示了他们如何在周围获得丰富的饮用水。

深爱大象的威廉姆斯利用自己的丛林追踪技能不断关注那些被枪杀的野生大象。大多数在缅甸的英国人喜欢枪杀和狩猎大型动物，其中也包括野生大象。他们甚至为其残忍的行为冠以科学的名义。威廉姆斯绝不会为了象牙去猎杀这种动物，他更愿意对其进行尸检，以熟

战象连

练掌握健康大象的生理。

    为了避开高温，每天的行程在黎明开始。森林助理通常会拥有多达20头旅行象和数量众多的伐木工人。他们前进时就像一个吉普赛大篷车，队伍充满了大象脖子上的象铃声、空煤油罐叮当作响声、工人们的聊天声。渴望安静的威廉姆斯总是习惯提前出发。

    走在队列前的威廉姆斯知道，即使自己是一名热诚的自然界的观察者，自己所见之动物也仅为动物界的冰山一角。这个地带有大量的老虎，但很少听闻老虎食人事件。他自信地行走，从一个伐木场到另一个伐木场。他的团队总是早早出发，并在午饭前选好林中空地过夜。威廉姆斯会做些文案工作。在晚上，他会与10~13人会面，检查大象并解决任何需要注意的事宜。

威廉姆斯的日常工作不包括监督树木的砍伐，但他有时会加入工人中观察高达100英尺（30.48米）的树木倒在地上并进行运输的惊人景象。

    威廉姆斯发现，在缅甸伐木要接受政府森林部英国人的严格监督。他们采用了19世纪中叶的德国的一套科学森林林业观念。本质上，这套哲学即平衡再生和开采的关系，避免在印度已发生的森林滥伐现象。

PART ONE 大象达人炼成记

柚木树墩和准备拖曳的原木。
Teak stump and logs ready for hauling.

另一张来自威廉姆斯私人相册的带说明文字的照片。照片显示了经过良好训练的成熟大象正进行协同工作。

新一代的森林人对自己能成为新型森林保护和管理工作的一部分感到自豪。问题是切实保护的真正范围存在疑问。柚木森林是帝国的摇钱树，森林经理们受到了上级政府官员的压力，要求砍伐的数量越来越多。需求的增长带来了生产的增长，柚木开采从每年 63 000 吨迅速窜升至每年 500 000 吨。这个行业正以前所未有的速度迅猛发展。

也有一些缅甸人拥有林业公司，但数量不多。他们的产出与欧洲公司相比相形见绌。在比利·威廉姆斯职业生涯开始之初，五大欧洲机构占有缅甸的柚木开采量的四分之三，而缅甸人占有的份额不足百分之五。

威廉姆斯有时会进入伐木队所在的森林。这些工人只用斧子和简单的锯子就能迅速处理树高 100 英尺（30.48 米）树围 9 英尺的（2.74

米）柚木树。亲眼目睹这一景象是一种非凡的体验：巨大的树干往地面倾倒，推翻周围的小树和藤蔓并带着地动山摇的巨响砸在地上，声传数英里。柚木树干不会像其他木材产品一样被横切为 18 英尺（5.48 米）的长度。相反，在砍掉枝条后，大约 29 英尺（8.84 米）长的树干会完整地保留下来。每一端将会被钻上一个拖曳洞，用以适配沉重的链条。

大象把柚木原木拖到溪流里，等待季风雨季来临。届时，大雨会将原木运到更大的水道里。

老练的大象会将这些巨型的原木从树墩处运输到小溪边。拖链连接在大象身上 9 英寸（22 厘米）宽的编制胸带上。它们的背上会安置一个木制的鞍具，下面垫着厚厚一层编织的树皮。一头大象可以拖动长达 20~30 英尺（6.09~9.14 米）的树围 7 英尺（2.13 米）的原木，更大的原木则需要更多的大象组队协同完成。大象会使用它们的头和象鼻调整木材的位置。象夫和助手会将大象的鞍具链条连接到原木上，原木将被大象们拖到距离最近的能汇入主干道的小溪边。到那里，它们将被整齐地摆成一列。这段路程可能会很恐怖，大象们从陡坡下山的时候操纵这些负荷是非常危险的，象夫要避免原木反过来牵制大象的情况发生。工人也无所畏惧，在大象腿间迅猛突进，随时解开绊住的链子。

工人们给威廉姆斯演示了如何使用4~6英尺（1.12~1.82米）围长的原木搭建森林建筑——"大象桥"。这是一种简单且结实的跨越溪流的方式。他们教会了他把树木残渣从干涸河床里拖出来的重要性。当雨天到来时，一根原木的堵塞也许会导致数百根原木积压堆在后面。威廉姆斯开始组建他自己的森林之家。第一个也是最受他喜爱的成员是长相滑稽的小流浪儿昂内（Aung Net）。

这名穿着破烂的14岁少年是威廉姆斯在第一次来访时发现的。一只西班牙猎犬老是跟着威廉姆斯打转，即使是在茂密的芦苇丛里下狗崽的时候也不落下。随后，昂内出现了。他咧嘴笑着，提着5只小狗送给威廉姆斯。被这个男孩的"幽默和友善"触动，威廉姆斯立即给他提供了一份令人羡慕的工作，作为丛林随从和他一起在各个伐木场巡游。很快，昂内变得不可或缺。他首先了解到威廉姆斯有喝茶的习惯，之后努力料理威廉姆斯的服装并整理他的桌子。这个男孩并不老练，实际上，其他人总是调侃他的热忱，但他对分配给自己的任务非常认真，他可以读懂人和动物的语言。"当所有人都去寻找一种绿色的名为'水龙'的3英尺（0.91米）长的爬行动物（它的蛋很美味）时，"威廉姆斯写道，"每次都能看到昂内手里拿着那种珍贵的蜥蜴出现在小溪边。"

尽管有着新朋友的陪伴和冒险的喜悦，当11月来临时，对家人和英格兰生活的愁绪与思念还是不可避免地降临在威廉姆斯身上。他母亲寄给他一盒著名的英国粮食供应商福特纳姆梅森公司（Fortnum and Mason）生产的圣诞节盒装食物（即礼物篮）。里面盛满了令人惊奇的美味，比如鹅肝酱鹌鹑罐头、斯提耳顿干酪、火腿、饼干、蛋糕、巧克力、圣诞布丁、干邑白兰地、蒙特贝洛（Montebello）1915年份香槟。像威廉姆斯这样的漂泊在世界遥远角落里的殖民者，接到这些礼物时会特别高兴。他一个人在帐篷里大肆享用，很快就沉醉在脂肪、

战象连

糖类和酒精中。

　　第二天，他回到了自己的工作中。他坐在一个伐木场吃着咖喱午餐，从帐篷的走廊向外探望。在他下方约 100 码（91.44 米）的位置，那里奔腾的小溪通向一个大水塘，他看到 5 头大象正驮着象夫。它们走入溪流，卧倒在大约 3 英尺（0.91 米）深的水里。象夫们从大象背上滑下，把长长的管状长布系在腰上，露出从膝盖到腰间的传统文身，仿佛"贴身内衣"。这些深蓝色线条组成的复杂图案荒诞不经：老虎、鬼虎、猫、猴子、神灵和大象，每种都环绕着波浪线和缅甸语的环形字母。

大象的洗澡时间对威廉姆斯来说就像一幅画，它们的快乐总能打动他。

　　大象喜爱这种水疗方式，这不仅让它们感觉良好，还代表着一天工作的结束。象夫们使用特殊的树皮和丝瓜络类蔓生植物给大象洗澡，擦洗象鼻到象尾巴的每一寸身体。威廉姆斯发现这个景象引人入胜。他用亚麻餐巾擦了擦嘴站起来，丢下温暖、辛辣的食物漫步到溪岸作近距离观察。

总是相同的景象，但每次又略有不同。这次，毛茸茸的大象幼崽在水里翻滚，你追我赶，兴奋地竖起了尾巴。它们的毛发很多，仿佛需要很长时间的梳理才能理顺。它们一头栽进泥巴，或是顺着岸边滑到水里。它们尽情奔跑，无视巨大公象的存在。公象们早已解决了主导地位争夺问题，正平静地躺着等待象夫为它们清洗牙齿。

小象特别沉迷于洗澡的乐趣。

从水塘出来后，大象们来到了河滩。用它们的象鼻吸、铲沙地，然后用沙子把自己盖起来。这一过程可以帮助它们保持凉爽并可作为抵挡多种吸血寄生虫的屏障。它们还会用鼻子抓起树枝当作挠痒棒，如果树枝长度不够，它们会寻找新的树枝以代替。后世的科学家确认大象的这种行为是一种典型的使用工具的行为。

待它们弄干了身体，象夫换上了干净的衣服，大象们会站立成列等待检查。渐渐地，威廉姆斯明白了其中用意。当吴丹尧在他面前鞠躬并递给他一摞破旧的记录本时，他发现每个记录本的封面都印有对应大象的名字。

威廉姆斯依次呼叫记录本上的大象的名字。与此对应的大象会走到他的面前。"它是雄壮的野兽，昂头挺胸。皮肤刚擦洗过并在太阳下晒干，黑色的皮肤透着一点轻微的蓝色。"威廉姆斯写道，"公象的白色象牙被新近打磨过，在夕阳的余晖下闪闪发光"。这头长牙象的象夫坐在它的脖子上，一只脚膝盖弯曲，另一只吊在大象耳后，准备发出动作和方向的信号。

威廉姆斯打开最上面的记录本，阅读距离他最近的成熟公象的记录。他所掌握的语言技能已能识别记录本上的常用符号：F 代表雌性、CAH（Calf at heel 的缩写）代表紧跟母象的小象（特指不满 5 岁的小象）、T 代表长牙象、Tai 代表只有一根长象牙的公象、Tan 代表只有一根短象牙的公象、Han 代表有一对短象牙的公象、Haing 代表没有象牙的公象。在记录本上，它们的眼睛、尾巴、耳朵、皮肤和任何可辨认的伤疤都被记录下来。资料详尽的大象的记录本甚至记录了其母象的信息及自己的出生日期。

尽管这个记录本是以缅甸语的速记法记录，但还是勾勒出了一幅详细的景象：凭借每一次大象检查时留下的潦草文字可以勾勒出大象的一生。这头公象生于暹罗（Siam，泰国），20 岁时被孟买博玛贸易公司购买。它曾被野生长牙象严重抵伤后修养过 1 年的时间。

威廉姆斯像他曾观察过的哈丁那样抚摸大象的身体。几个月前，他刚到丛林时就学着模仿这个动作，但这次可不是装模作样了，他已掌握了不少大象身体检查的相关知识。工人们甚至教他如何医治他读过的瘿子：切开并涂上抗菌药。他将自己的记录写进记录本。

历史并不仅被记录在这些记录本上，也记录在大象的皮肤上。它们的身体即最好的见证。母象们为了保护幼崽抵御老虎，留下了利爪掠过的长长伤疤。顽皮的年轻大象们耳朵上可能会有其他大象蹭破的缺口，对人类有敌意的公象可能因安全原因被削短了象牙。

短钝象牙的公象让这个新人学到了让他作呕的事情。当他弯腰看这头大象的腿时，威廉姆斯被环绕在这头大象脚踝的陈旧的、褪色的和凸起的伤口吓着了。他触摸着这层变厚变粗的毛皮，象夫告诉他，这些伤疤皆为训练所致。大象从野生象群中俘获后会经历一段残酷的、持续数周的"kheddaring"训练，重型锁链会刺破它们的血肉并留下这样的伤疤。

"Kheddaring"训练主要针对15~20岁的大象。威廉姆斯的一名同事后来为他详述了这一过程："野生大象一般是通过被称为'keddah'的陷阱捕获。这种陷阱的覆盖范围可达几英亩地，一次能捕获许多大象。'Keddah'陷阱由一种树干搭建的强大围栏组成，留有一个瓶颈般的入口。受害大象要么被人们赶进去，要么是自己误闯入。一旦进入'Keddah'陷阱就无路可逃。接下来，人们会利用受过训练的大象用绳子看守住那些新捕获的大象。"

正如吉卜林所描述，"大象会像山体滑坡中的巨石一样身陷囹圄"，恐慌的它们会撞向沉重的树桩。人们会用火炬戳弄它们，并伴有奚落和嘲笑。同时，人们还会将点燃的空弹夹扔向它们周围起到恐戒效果。

白天，受惊的大象会被丢在日光的暴晒下无水可喝。它们会被铐起来殴打，空气中充满了人类的叫喊声和大象的呻吟声、怒吼声。直到它们筋疲力尽，痛苦和神志不清的大象会选择屈服。

威廉姆斯很快将亲眼目睹这一过程，他认为这一过程非常野蛮。"当野生大象被捕获时，"他写道，"训练以及摧毁精神的过程极其残忍。动物们会经常地冲向它们的驯兽员，驯兽员会用矛反击，戳伤它们的脸颊留下无法治愈的伤口。最后，年轻的大象变得心碎和瘦弱。"威廉姆斯继续写道，"满身伤口的它们最终只能忍受人类坐在它们的身上，在心碎的挣扎后认识到它们已被永久俘虏。"简言之，这即是残忍的本质。

但这也是传统，源自古代遗留的技术。大规模的捕象行动由私人承包商决定。威廉姆斯认为这种现状必须改变。他想停止这个传统，必须想出替代办法。可他们又如何去寻找森林中听话且可供他们使唤的大象呢？

CHAPTER 6

最英俊的长牙象

当威廉姆斯旅行到下一个伐木场时，那里的人告诉了他一个有趣的故事。这里有个大象明星，它的名声遍布森林。它是受人们祝福的长牙象，就像神一样。威廉姆斯对此兴趣十足。

威廉姆斯的队伍到达伐木场，工人们卸下旅行象的包裹，昂内动手打开行李取出威廉姆斯的衣服和装备。下午，伐木象们结束了自己的工作。按例，洗澡后它们将准备接受检查。在整列大象队伍中，有头长牙象极为引人注目。它魁梧、结实且充满自信，它的名字叫班杜拉。威廉姆斯慢慢靠近它，并与它交流，这逐渐成为威廉姆斯的一种习惯。第一次从远处观看这头大象深陷的眼睛，会给人带来残暴的感觉。威廉姆斯近身观察发现，它眼睛的本色接近于珍珠，瞳孔就像黑珍珠一般。它的目光还带着智慧，传递出一种先知的感觉。

威廉姆斯伸手拍打班杜拉的长鼻，感受到了一种奇怪的灵性——灵魂的相会。他确定他们之间传递着一种相互认识的感觉。"并非偶然或者运气将我们带到了一起，"他多年后写道，"这就是命运。"在抚摸这头长牙象象鼻的上部时，他感受到了一种牢不可破的纽带正在形成。在那一刻，威廉姆斯有一种将它理解为同类的感觉，甚至比人类还亲切。

这个念头符合比利·威廉姆斯的世界观。威廉姆斯是个迷信的男人，在看到新月的时候，他会弄响兜里的硬币以祈求财运。威廉姆斯绝不会让带着环形"邪恶眼睛"的孔雀羽毛留在屋里。他还很宗教化，因为他被那些不可见或不易解释的力量所撼动。来到缅甸后，他的这种倾向更为增强了。"人们可以通过非理性的某些方式来确定对某些事物的了解，"他后来写道，"在东方，智者和愚者都接受这个观点。"

与班杜拉会面的这一刻似乎具有超验性。然而，也存在世俗的理由将他们彼此拉近——他们出生于同年同月（1897年11月）。他们相遇时，都刚满23岁，且共同开始了他们在丛林里的成年生活。

从班杜拉的分类账簿里，威廉姆斯了解了它诸多方面的信息，但他还想知道更多。他用蹩脚的缅甸语和波多这个驾驭班杜拉的古怪男人交流。威廉姆斯体现出的对班杜拉的兴趣让波多非常高兴。他热切地想要完整描述这头伟大的大象，它正处于进入最强岁月的转折点上。

原来，波多为伐木象设计了一种新的训练方式，而班杜拉就是这种新训练方式的典型体现。在丛林昆虫的吵闹声中，威廉姆斯也学到了这种引起他深深共鸣的教育方法。波多革命性的训练策略既建立在爱也建立在逻辑之上。

班杜拉生于1897年11月3日的满月夜，出生在一个后来被称作"彬马那（Pyinmana）"的森林区域。它的母亲是玛瑞（Ma Shwe），是在伐木场工作的强壮的母象。鉴于玛瑞的脾气和举止，如果它是野生公象，它会成为一个大象群落的族长和聪明的领导者。但它不曾拥有这样的机会，它在成熟之前就被一名缅甸承包商捕获了。

玛瑞也和别的大象一样，在晚上会被释放出去自行觅食。它和某个野生公象交配并产下了班杜拉。这在伐木象中本是很平常的事情，不平常的是它的伴侣。它的伴侣是当地的特别狡猾的和臭名昭著的公象，当地人出于恐惧和惊吓，称它为"本地森林之野兽"。所以，班杜拉通过这样的血统继承了强壮的体魄和敏锐的智慧。

虽然成年老虎和大象一般不会产生冲突，但200磅（90公斤）重的小象却是500磅（226公斤）重的老虎的最佳食物。在班杜拉出生后不久的一个夜晚，"大猫"从伐木场的外围盯上了它。班杜拉的母亲和它的杜瓦信（或称女朋友）咆哮、怒吼着吓跑了"大猫"。班杜拉那时还只是个摇摇摆摆、孱弱的小不点，有着乱蓬蓬的胎毛，还不会正确运用自己的长鼻。但在这次袭击中，它成功地和母亲待在了一起。

波多在那晚也冲向了袭击场地。只有15岁并远离家乡工作的他已开始相信，带着善意养育和训练动物幼崽远比用暴力征服成年大象更科学。这头幼崽似乎是证明他观点的最理想的候选者。这时，波多为这头肥肥的幼崽命名为玛哈·班杜拉。这个名字源于19世纪20年代反英战争中的一位缅甸英雄之名。这表达了波多对这头大象的尊重以及对祖国独立的愿景。

很快，这名象夫的信心变得理所当然。这头幼崽显示了非同寻常的自主性，它可以离开玛瑞的身边独自探索很长时间。它还做了很多令人发笑甚至惊奇的事情：如果它的母亲接到象夫的指令，班杜拉会跟随它的母亲一同行动。当象夫命令玛瑞"坐下（Hmit）！"时，大象和小象同时坐下。当象夫发出"起来（Htah）！"的指令时，它们会一同起身。仅通过对母亲行为的观察，班杜拉就学会了工象的所有基本命令。这样的方式非常棒，尤其适合这些幼崽们学习与成长。

虽然从表面上看，被圈养的动物会生活得更安全，但班杜拉却会时常面临死亡的威胁。大象承包商和英国伐木商都认为饲养大象幼崽是浪费钱的行为，因为它们在21岁前都不够强壮，不能参加伐木工作。他们认为，如能在短期内捕获并训练一头成年的野生大象，为什么要浪费资源在小象身上？当幼崽出生后，人们会在第一时间将母象送回去工作。幼崽们尽自己的最大努力跟随着，但它们是没法得到护理照顾的，人们对成年大象进行身体检查而不会对小象进行照看。不可避免的，它们的成长会次于它们的野生表亲们。更糟糕的是，由于得不到有效的母象保护，它们经常迷路或被老虎袭击并死亡。这种制度决定了它们的高死亡率。据不完全统计，小象的死亡率高达70%。

小象在那样的环境下能存活下来是非常幸运的，班杜拉就是这些幸运者之一。"森林神灵对它的眷顾，让它存活了下来"，象夫们一直在说。好运从出生就伴随着它，当时波多也对它产生了极大的兴趣。波多非常关心大象幼崽，他甚至顶着政策确保玛瑞保持健康以得到更多的时间去宠爱它的幼崽。他不得不偷偷这样做，他巧妙地将它从危

PART ONE 大象达人炼成记

伐木场的小幼崽们遭受着高死亡率风险,因为母象在为人类工作时无法照顾幼崽。

险的工作领域支开并将它放在总是保持轻松的大象队伍中。长久的隐藏非常困难,尤其是在他的同胞象夫中。所以他需要伐木场的每个人像他一样相信班杜拉很特殊。在他的努力下,他争取到了伐木场很多人的支持,甚至说服了大象拥有者的漂亮女儿站到他这边。他有机会在一个忠于佛教森林众神的国家做点事了,他希望为这头大象寻求一个特殊的宗教地位。

他旅行了80英里(128公里)去咨询一个邦纳(pone nar)或占星家。他希望将班杜拉归类为白象,因为这一神圣的动物是缅甸之魂的一部分。要知道,佛祖正是选择了以白象之形入世。白象象征了纯洁、强壮和神圣。

白象一旦被神圣专家确认,就会被世俗尊为宇宙神或类神存在。它们会在音乐家和舞者的陪伴下,通过皇家驳船送到首都。在那里,它会生活在自己的宫殿里,拥有华丽的装饰以及僧侣奉上的祝福用的物品。诸如:脚镯、头饰、项链、天鹅绒袍、黄金象牙铃铛以及镶着珍贵宝石的鞍座。

赐福会通常以头衔或经济奖励的形式赐予供奉这些动物的丛林人，所以，波多在看到班杜拉的时候也幻想如此。从班杜拉身上可以找到较为有利的证据。在缅甸，据说白象出浴时会显出红色的皮肤，而非传统大象那样的黑色。人们向班杜拉身上泼水时，的确能发现带有紫粉红色的光晕。更奇妙的是，在班杜拉尾巴上刚硬的黑色毛丛中，夹杂着四根白色的毛。

邦纳听取了波多的描述，认为班杜拉可能符合条件。他叮嘱波多在这头大象成长时多进行观察，并为班杜拉定了个吉日。他告诉了波多取悦神灵的专业仪式和仪式需要的祭品。波多带着希望回到了村庄，募集到了其他象夫的支持，并遵循了占星家定下的日程。

班杜拉5岁时，波多为这头小象建造了一个柚木圈栏。试行了自己的温和训练，而不是像对待野生成年大象那样"击溃"它们。波多避免惩罚，把焦点放到奖励上。他扩展了班杜拉通过观察玛瑞学到的命令。年轻的大象很快开始学习更复杂的指令，那些只有较大的大象才知道的搬运原木的指令。

这一方法很快获得了成功，这使波多在象夫中的地位得到了迅速提升。很快，当他所在的伐木场的大象全被卖给一个柚木公司时，波多娶到了这个伐木场老板的女儿，并成为了高级大象人。他和妻子玛彪（Ma Pyoo）跟随大象去了位于这个国家西部的新任务地，并继续和班杜拉一起工作。班杜拉虽然已成为一头正在发育的伟大大象，但它的培养还远没结束。在被指派进行最繁重的伐木工作之前，它仍需时间去成长。

波多希望新老板威廉姆斯能理解他的做法。他确实理解了，更重要的是，威廉姆斯认识到波多是一名驯象人大师，威廉姆斯希望自己也能成为大象专家。对威廉姆斯而言，班杜拉就是证明波多天赋的证据，"它是同代中罕见的大象，它在圈养中出生，通过波多不屈不挠的耐心教育而成长。它抨击了大象必须接受残忍和击溃精神的训练模式才能为人服务的传统，它是新一代大象训练方式的代表。"

班杜拉的独特可从它的分类账簿里的记录清楚地列数出来。在"可辨别伤疤"一栏里写着："零。"这头长牙象是威廉姆斯遇到过的唯一一头没被标记的工象。这是他希望复制并推广的事，事实上，他希望将班杜拉的成长模式建立为标准。

　　威廉姆斯关于大象照料工作的模糊想法开始变得清晰。在班杜拉身上，他看到了自己生命和职业的方向。他会确保自己尽可能频繁地拜访波多的伐木场。为了改善大象的生活，他在这个公司需要一个盟友。不幸的是，就在这个灵感闪现的时候，也到了他回去向哈丁老板汇报工作的时间。

CHAPTER 7

着火的老板

威廉姆斯厌恶离开森林，特别是回到哈丁的营地。"不出意外的，"他写道，"到达营地时，我得到了预想中的迎接：哈丁的嘲讽。"老头子质问他的第一件事竟是很久之前的大象死亡事件——宾娃的死亡。哈丁奚落了他，称宾娃一定是被威廉姆斯的装备压垮了。他说作为新手，威廉姆斯包里的小玩意、衣服和书籍装得太多。

威廉姆斯在伐木场看见年轻的公象受到其他公象排挤时会选择对抗。与这些公象们生活了 3 个月，他早已对今天的对话做好了准备。

"如果它能长久地活下去，倒令我惊讶，"威廉姆斯回应道，直视哈丁，"它的肝脏布满了吸虫，且心脏肿大非常厉害。"

哈丁丝毫不甘示弱："你怎么知道大象的心脏有多大？"

"我射杀了野生长牙象，吴丹尧告诉我，它有 40 岁了。我进行了尸检，将健康大象的器官和宾娃作了对比。"威廉姆斯说，"一头健康大象的心脏应该在 50 磅（22.67 公斤）左右。"

奇怪的是，这个倔老头并未感到愤怒。与之相反，威廉姆斯注意到哈丁看起来很高兴。

虽然哈丁尊重威廉姆斯对大象的认知和调查，但射杀大象这件事却难以令人高兴。"不要养成这种习惯，"他说。威廉姆斯很快发现哈丁尽管看上去冷酷且毫无感情，但他对所谓的狩猎游戏毫无兴趣。事实上，"他比任何一名新来者更同情丛林里的任何生灵。"

威廉姆斯很快答应了哈丁的建议。事实上，他在射杀了第一头大象后，还射杀了两次大象。一次是因为科研兴趣，另一次则是威廉姆斯认为它太狂暴且具危险。当它射杀那头狂暴大象的时候，他的心态发生了激烈变化。自那次行动后，他丢下了来复枪，弯下腰带着恐惧和懊悔呕吐起来。在缅甸生活一年后，他永远地停止了这种行为。在后来的日子里，威廉姆斯说他自己都很难相信曾有一段时间"我竟然让狩猎游戏的刺激蒙蔽了双眼，看不到大象属于上帝这个事实"。他开始意识到，狩猎游戏是恐惧而非勇气的产物。

在这之后，一切都发生了变化，他与哈丁的关系也得到了极大改善。夜幕降临时，熟悉的两瓶黑牌威士忌和酒杯已准备就绪，和睦的气氛充满了整个房间。威廉姆斯望着桌对面的老板，哈丁正坐在折椅上，火光中的他的典型英国人的面孔看起来更加红润。"那天晚上，我成为了他可以理性对话的同伴，"威廉姆斯写道，"而不是一名时刻警惕着的进入他地盘的闯入者。""我对大象的兴趣和深入的研究成为哈丁喜欢我的最根本原因。"

被这种新的战友情感动，威廉姆斯给哈丁展示了自己的日记。日记记录了他对丛林动物的描述以及夹插着的丛林鸟类的羽毛。那天晚上的气氛愉快且友好，喝完威士忌后，哈丁还坚持喝了杜松子酒。

威廉姆斯没有忘记自己曾经的誓言——酒桌上灌倒哈丁，所以他一杯接一杯地和老人拼酒。

几个小时后，哈丁不省人事地瘫坐在椅子上。在老板的下巴碰到胸口的那刻，威廉姆斯的心中泛起一阵歉意。为了避免哈丁醒来后感到尴尬，他溜回了自己的帐篷。他拉开帐篷的门帘并固定到一个位置，这样自己在床上就能观察到哈丁。哈丁看起来矮小、衰老、衰弱。喝得不省人事的他慢慢站立起来。他并未走向自己的床位，而是跌跌撞撞地走到了篝火边，一头栽进了火苗。威廉姆斯迅速从帐篷里冲出，伸手扶住哈丁。哈丁手臂的皮肤已被烧伤出血，威廉姆斯将他拉了起来。

他们对视着站立，威廉姆斯闻到了哈丁散发出的酒精味。哈丁唾骂道："你以为你在干什么？你是在暗示我喝醉了吗？"

威廉姆斯感到震惊。"不是，但你的手臂烧伤很严重。"

战象连

　　威廉姆斯被哈丁喝斥着回了自己的帐篷。他跺脚离开，喊道："如果你再摔倒，我会让你烧得嗞嗞作响。"

　　接下来的几天，营地的气氛阴沉又死寂。这件事肯定惹恼了哈丁，哈丁的手臂被烧伤得非常严重，他不得不请求威廉姆斯为他穿戴衣物。威廉姆斯仔细地照料哈丁的脆弱的、长满水泡的手臂，他们脆弱的友谊开始修复。

　　不知不觉，威廉姆斯已度过了他的第一个试用期。哈丁此后再未提及此事，但威廉姆斯偶然的机会看到了哈丁写给总部的便条，上面仅写着威廉姆斯"可能合格"。

　　几天后，威廉姆斯准备再次离开营地，继续他的森林之旅。哈丁把他拉到边上喝酒谈心，他说，"自己以前也曾思考，几乎没有英国人认真研究过大象的管理工作，因为这一直是缅甸人的专长。现在，威廉姆斯有兴趣也有才能填补这个空白。"

　　他们成为了盟友，威廉姆斯为哈丁对自己的认同而感到欣慰。这种让威廉姆斯着迷的生物将是他一生需要坚持的工作，且同时打开了他在公司里的晋升通道。他的激情和事业进行了有效融合，他现在可以为大象的护理/照料建立一种新的人道标准。威廉姆斯最终向哈丁畅谈了自己的理念。

　　威廉姆斯希望彻底改造这个系统——从大象招募到伐木场工作全程。他希望创立一个大象学校来逐步引导那些圈养时出生的年幼大象，甚至成立大象医院，以此保证大象得到更好的医疗条件。

　　听完威廉姆斯的陈述，哈丁沉默了一会。哈丁喝了一口酒，对威廉姆斯说道："我会支持你。"得到哈丁的支持非常重要，因为这一制度的改革一定会受到很多方面的压力。"你在挑战公认的制度，"哈丁说，"有些人不会喜欢它。"事实上，哈丁指出，这次行动只能成功不能失败。威廉姆斯必须做好所有的准备。班杜拉的例子必须处理完备，威廉姆斯必须证明这种成功具有可复制性。"如果你成功了，"哈丁说，"'kheddaring'训练将成为历史。"

　　接下来的几个月，威廉姆斯开始向广大工友宣传他的大象理论。

他告诉他们,"如果你们看到了班杜拉,你们就会明白它非常聪明,它善于动脑子思考事物且能很好地完成我们交代给它的工作任务,它是目前唯一的我们人工驯养而成的大象。通过'kheddaring'训练出来的大象做事匆忙,缺乏技巧。"

威廉姆斯相信人工驯养概念,他说,"对孟拜公司的老人来说,人工驯养大象或许是不切实际的,也是不经济的。但他会用事实证明,这是最科学的,也是具有经济效益的,并以此来改变他们的传统观点。"

随后,他列出了一些数据以证明自己的理论。他提出大象幼崽由于公司的遗弃而加速死亡,与此同时,公司却在花费巨额资金购买成年大象。以最近10年为例,公司为开展缅甸伐木业工作购买了几乎2 000头成年工象。每头工象需要花费500~3 000美元不等。若公司通过培养幼崽的方式获取大象,公司的开销将会大大降低。大象主要依靠自行觅食,并不需要专项的饮食资金。唯一的缺点是,母象生育前后需要减轻其工作量使工期进度受到微弱影响。其次是小象在成长过程中,公司需要给培养它们的象夫支付薪水。但其代价远低于购买大象所需支付的成本。

威廉姆斯还指出,这样驯养的方式会使大象更健康且更值得信任,也更具有人道主义精神。至于创立一所动物医院的理由就更简单了,因为健康的大象相比患病的大象能更好地完成工作,提高工作效率。

威廉姆斯作好了理论上的总策划,现在轮到哈丁在公司层面上为他出力了。

CHAPTER 8

性、板球和蓝纹奶酪

再次与哈丁重聚时，哈丁的批评正等待着威廉姆斯。这次的批评因邮件而起。因为孤独，比利与从伦敦到仰光认识的每位年轻女人都有通信。大堆的回信占据了公司绿色帆布邮包的绝大部分空间，而这是他与哈丁的共享空间。哈丁希望将邮包里的空间都留给：威士忌、香烟和特色蓝纹奶酪。

威廉姆斯知道，和哈丁一起待在营地就必须忍受他的口诛笔伐。但意外的事情发生了，某天早晨，哈丁请他玩板球。首先，哈丁让威廉姆斯和营地的人们在丛林里开辟一块赛场。接下来，两个英国人之间的紧张比赛开始了。很快，哈丁对威廉姆斯吼道："你在干什么，收玉米？站起来，像个绅士那样用右手击球。"当威廉姆斯用力击球并将其"送至"森林深处时，哈丁气得脸色发紫并发怒道，"你以为球是从树上长出来的吗，白痴？"不过，随后的事实证明这个老男人确实非常出色，不愧于"知名击球手"的称号。威廉姆斯后来回忆，"板球并非我喜爱的运动，我对哈丁的极端厌恶起源于那个下午。"

当大雨使他们的板球比赛延期时，威廉姆斯欣喜若狂，但哈丁却不依不饶。哈丁为他们准备了一种新的运动：北方投环运动（Northern Quoits），一种与铁饼相关的运动。哈丁解释道，"如果铁饼的凸面着地，我们会将其称为一个'女士'，也许你太年轻还难以理解其中道理。"玩了几次铁饼后，威廉姆斯说，"我不介意承认，我从未见过这么多的'女士'仰卧着。"

哈丁说，"我 50 多岁了，也和你一样，从未见过。"

"这是我记忆中一个非常重要的下午，"威廉姆斯多年后写道，"因为那天我让哈丁愉快地笑了。这是融冰过程的开始，虽然它像极地冰冠融化那样缓慢，却是一个良好的开端。当我在游戏中表现越来越棒时，哈丁也会送给我鼓励的微笑。"

威廉姆斯带着哈丁参观了他的班杜拉的伐木场。这里几乎成为了威廉姆斯的第二个家。那天，他们早早地来到伐木场，正好看到伐木象走进营地准备下午的沐浴。威廉姆斯立刻在众多大象中找到了班杜拉。他们凭借目视就能找到彼此，威廉姆斯会经常带着好吃的食物招待班杜拉。班杜拉会温柔地从威廉姆斯的手中拿走它们，用长鼻的末端卷起然后塞入嘴里。它会慢慢地咀嚼，嘴里发出巨大的"吧嗒吧嗒"声。它的眼睑保持着半闭。威廉姆斯会喜欢拍打它象鼻的前部分或者挠挠它粗糙的象鼻下缘。班杜拉象鼻的厚度和重量远超威廉姆斯的两只大腿的叠加。威廉姆斯与班杜拉的每次见面，都会产生一种它又长大了的感觉。

紧接着，威廉姆斯在另一个伐木场里看到了另一头巨大的长牙象。它胸口有一处巨大的脓肿，明显是长时间未经治疗所致。威廉姆斯以为哈丁看到这样的情况会有不快，可老人看起来沉默不语。威廉姆斯走到那头大象前，拍拍它的下巴让它抬头。他摸了摸脓肿，说道，"有我拳头的两倍大。"然而，哈丁还是什么都没说。当威廉姆斯下令工人递给他一把小刀时，哈丁走开并坐到了原木上观望。

"我用那把匕首刺进大象的脓肿，"威廉姆斯写道，"脓液像小溪一样流到了大象的胸口和前腿。我用手指清空了脓肿，然后把稀释了的消毒剂注射进去，还给大象的腿和自己的手作了消毒处理。"活干得又快又漂亮，威廉姆斯自豪地踱回了哈丁身边，想着"即使拿不到表扬，至少也避免了一次臭骂"。事实上，哈丁走开了，并未和我讨论此事。那天晚上，两个男人坐下来进行着他们的晚间仪式。哈丁抿了一口威士忌，那头大象的象夫波多走了进来跪在地上请求哈丁的原谅。威廉姆斯认为大象的脓肿自己也有责任，不能让波多一人担当，

战象连

所以在波多身旁跪下请求原谅。这个举动对英国人来说，非比寻常。

哈丁扶起威廉姆斯："没人告诉过你，这头大象具有很强的攻击性，非常危险吗？"

威廉姆斯回答，"没有"。哈丁说，"在它的记录本上应有明确的记录，如果你的缅甸语再好点就能明白。它没让你吃苦头真是个奇迹。"

威廉姆斯迷惑了，他满腔怒火，"为什么？你们没人阻止我做手术？"

哈丁隐晦地回答，"和那头动物没有揍你的原因一样"。哈丁和长牙象象夫们都承认，只有威廉姆斯可以在大象周围自由活动，其他人很难做到。

之后，哈丁开始责骂波多，每个字都像重击一样刻骨铭心。波多在接受训斥时几乎全身发抖。

哈丁转头告诉威廉姆斯，他并不信任波多。任何一个被怀疑有民族主义倾向的缅甸人对这名老牌殖民主义者来说都是一种威胁。察觉到威廉姆斯对波多的好感后，哈丁向他发出了尖锐的警告："盯着他。"

威廉姆斯和他的土狗加波（Jabo）正招待来访者。

威廉姆斯回归了常规的巡视生活，但雨季给他带来了三次疟疾。像战争年代那样，他选择咬紧牙关坚强度过。这段时间，一只名为加波（Jabo）的红白相间的土狗一直相伴着他渡过难关，他们建立了深厚的感情。

当哈丁传唤威廉姆斯离开森林前往仰光总部报告时，他们已有90天未见面了。威廉姆斯看上去非常憔悴，以至于哈丁对他特别照顾。

威廉姆斯离开丛林的第一件事就是恶补外面世界的新闻，并对此非常迫切。登上公司的轮船后，他几乎将所有的时间都安排给了报纸的阅读。1921年夏天，那时的英格兰失业率飙升，煤矿工人也结束了罢工。那年9月，英国著名探险家欧内斯特·沙克尔顿（Ernest Shackleton）开始前往南极洲探险，没人知道这会成为他最后的旅程。

哈丁为威廉姆斯提供了接地气的重要信息：他将开始一段时间的度假，威廉姆斯将暂时接受名为米利（Millie）的森林官员的指挥。此外，在接下来的几个月，威廉姆斯将替代一个度假的森林官员独立监督一大片丛林区域。这名野心勃勃的年轻雇员又往上爬了一步。

在前往钦敦江的路上，威廉姆斯和哈丁享受着彼此的陪伴。老板像同事一样对他充满信任让他感到心情愉悦。一天晚上喝酒时，哈丁几乎像父亲一样说道："你可能认为我去年是十足的魔鬼。事实上，我是有意为之。你以后会发现，米利比我和蔼。我相信，你会像对待我那样忠诚地为他工作。"

尽管受到疟疾的影响，威廉姆斯还是非常高兴。"我发现自己得到了认可，这种认可因来之不易而显得格外珍贵。"那天晚上，他试图表现出完全无视自己的病痛。但在一场马拉松式的纸牌游戏后，他还是显得筋疲力尽。第二天早上6点，他被额头上冰凉的手掌唤醒。他睁开眼睛，看到哈丁手上拿着一个杯子，"喝掉它！香槟和黑啤。它们对你大有好处。"威廉姆斯一饮而尽，而后倒头大睡。虽然哈丁在度假结束后会回到工作中来，"但这是他作为我的上级给我下的最后一个命令。"

CHAPTER 9

大象和人的学校

　　眨眼间，12个月过去了。威廉姆斯了解到缅甸的气候变换快、季节更迭迅猛。丛林生活的节奏成了他的主要生活模式。

　　2月中旬至3月初，这里将进入酷热难耐的春天。这个时候的森林助理们需要给那些困在属地干涸河床上数以百计的原木进行计数工作。这是一份艰难而辛苦的工作。地面上的沙子烫得厉害，人们在上面行走仿佛在火上烤炙一般。在营地里，威廉姆斯经常会脱光衣服工作。树叶从树上掉下，所有的水面都覆盖了一层绿色浮藻。这里冰凉，看似干净的河水不能直接饮用，需煮沸后才能入腹。对大象来说，闷热的天气让它们发晕，但在3月中旬它们会迎来假期——它们会在营地帐篷中度过6周时间。"所有生灵似乎都停顿了，等待着赋予生命的雨季的来临"，威廉姆斯写道。

　　5月末，这里会迎来暴雨季节。"一声狂暴的响雷，"威廉姆斯写道，"大雨如幕布一样落下。几秒钟时间，营地中的视线开始变得模糊。大象像雕像那样站立在树下，雨水溅落在它们背上闪烁着乌木雕刻一样的光。"河水渐渐涨了起来，翻滚着"浑黄厚重"的浪花，就像一名森林人说的，"暴雨袭走了9个月的干旱天气留下的所有残骸。"很短的时间，小溪流就汇集成咆哮的、不可逾越的激流。沉睡的原木开始苏醒，"上百根原木翻滚着变换着各种姿势随水流而下"。这也是蚊子、沙蝇以及各种飞虫活跃的季节。威廉姆斯发现，在每次季风雨后，他都不得不遭受一段惩罚性的疟疾时间。

PART ONE 大象达人炼成记

"我认识到,这里最让人们害怕的不是野兽,"威廉姆斯写道,"而是季风雨季节的天气带来的在雨水中繁殖的讨厌生物:乌黑、安静,携带疟疾的蚊虫;吸附在人们脚踝上并通过伤口窜入肠道安家的钩虫;趴在落叶上的蚂蝗以及潜伏在泥土里的皮肤真菌(一种令人疯狂发痒和恶心的真菌感染)。"

深秋是整年中最好的时节。凉爽的11月是大家干活效率最高的时间。不论在什么地方,威廉姆斯总习惯建造一栋属于自己的平房进行工作并圈设一连串的大象营地。每个早晨都很清新,昂内会用一杯热茶温柔地将他唤醒。

晚上,享用完精美的咖喱晚餐后,威廉姆斯会用木头雕刻小动物。他学会了如何制作丛林雕刻,将动物的图像蚀刻在小块象牙上并用印度墨水给它们上色。放下铅笔和刷子并熄灭油灯后,他可以拿着最后一杯威士忌静静地坐下聆听森林的声音。篝火发出的光芒在他周围的树墙上跳舞,他以象夫的神秘方式看着森林。或许是因为夜间森林的浩瀚,又或许是夜间生物的怪异声响,他相信生死之事并非随机。工

威廉姆斯所画的森林平房水彩画

战 象 连

人们总会谈起鬼虎、树木和水之精灵。威廉姆斯自己也时常感受到丛林中某些区域给人带来的神圣的感觉,而这些地方实际上就是当地人的圣地。他写道,"想要穿过这些森林,人们必须得接受超越逻辑的现象。"

虽然象夫们是佛教徒,但他们对信仰这些神灵并无顾虑。这里的神灵们已被崇拜了数百年,当佛教在17世纪成为这个国家的国教时,这些之前存在的以及他们所代表的万物有灵宇宙观也同时整合了进去。神灵这种人神合一之物,一面是天使,一面是魔鬼。就像基督教的圣徒一样,每一个神灵都统治着某个特殊的精神领域。他们拥有醒目的名字,如:大山之神、金边女士、五白象之神、长笛小姐。丛林和村庄的人家,会用小木柜子制成祭坛为神灵供奉食物(据说神灵特别喜欢椰子)或者留下方头雪茄。

哈丁警告过威廉姆斯要相信象夫所说的关于神灵的故事。"如果你看不惯他们的迷信,你就完蛋了。"威廉姆斯显然乐于接受这句丛

威廉姆斯爱听工人谈起鬼虎和森林精灵。他也相信它们的存在。

林忠告，因为曾有一只被认为是鬼虎的动物的来访证明了哈丁的警示。在雨季时节的一天，某个无神论象夫在午夜被一只老虎悄悄带走。当时的他熟睡在象夫中间，奇怪的是没有丝毫声响的被老虎抓走了。第二天早上，人们从泥地里的巨大爪印推测着这个象夫被拖到了小溪里。在小溪的边上，巨大的爪印消失了，人们在小溪的另一边及周围地区再没找到任何爪印的痕迹。这头大猫和他带着的尸体似乎变为了雾气在小溪边蒸发了。包括威廉姆斯在内的每个人都认同这是奈斋（nat kyar）即神虎的作为。

  威廉姆斯在缅甸的次年11月收到了两个好消息：他通过了正式的试用期，以及大象学校被准许试运行。这个消息下达的时候哈丁还在休假，但威廉姆斯知道这个老人值得感谢，而感谢这名伟大监工最好的办法就是他的改革获得成功。

  威廉姆斯早已挑选好了学校的教员，波多将成为总训练师。虽然这意味着他会离开班杜拉一段时间，但这个职位对他而言是一个胜利。这是对他的理论和实践的一种正式认可。辅助波多的是一名绰号为吴奇坡（U Chit Phoe）（意为可爱老先生）的好校长。威廉姆斯写道，"他是一名具有无限耐心的缅甸人。"每只小象将会配给两名驯象人，外加三个希望成为象夫的12岁男孩。在以前的传统模式，象夫会用成年大象对这些男孩进行训练，但现在，他们和自己的大象成为玩伴并共同成长。

  威廉姆斯为这所学校设立了人类校长和大象校长。大象校长是头耐心而成熟的公象，威廉姆斯希望用它来管束年轻的大象。它的名字是"贡金（Koonkie）"，它是45岁的无长牙公象，它可以证明公象也能具有宽容和慈爱的性格特点。

  威廉姆斯需要从公司的分类账簿中挑选出理想的大象学生。威廉姆斯选择了3岁以内的小象可以进入他的学校。校园选择了森林里的一块空地。

战象连

　　三个三角形的围栏被修建完成，每个围栏刚好能塞入一头激动不安的小象。尽管听起来很残忍，但"象圈"被设计得坚固的同时也较为宽松。围栏材料使用了巨大的原木制作，即将粗糙的树皮去除并在内层抹上猪油。用榫子而非钉子固定边角，可防止擦伤年幼大象的皮肤。这个营地堆满了日常饲料和大象喜爱的点心：罗望子果、甘蔗、甜柠檬和香蕉。

　　训练它们的第一阶段只能是频繁地做实验。然而，小象们非常配合。它们认可了训练，并与象夫男孩们建立了良好关系，也展现出了它们具有投资潜力。

　　老板们也这样认为，孟拜公司管理层最终同意大象学校可长期开办下去。假以时日，这个训练系统将有希望变成公司架构中的固定部门。每个学期都有越来越多的小象登记，数量最高时达到了29头。

在威廉姆斯新建的大象学校里，年轻的象夫和小象将一起学习并成长。

大象学校很快走上了正轨。

公司区域内的伐木场拥有大约 500 头大象，它们的幼崽将逐渐成为这所学校的学生。扫视完候选名单后，威廉姆斯挑选了所有的 3 岁的大象，他将它们称为"我的宝贝"。具体的开学日期将由神灵决定。每个新学期开学工作的一部分就是点燃蜡烛卜测开学的合适时间。一个带有茅屋顶的神殿被建造出来以敬奉丛林神灵，人们在那里摆好了水果和鲜花祭品。

接着，母象和它们的幼崽将会被召集过来。"大象初抵这里时，"威廉姆斯报告，"会有点混乱，（小象们）尽管相互还很陌生，但仍会拉扯彼此的尾巴并嬉闹个把小时。"连续几天，母象会被喂养好，而小象们可以自由地做任何高兴的事情。

母象们是温和的严守纪律者。威廉姆斯观察到有头小公象独自溜达了 400 米远后，正狼吞虎咽地享受着美味竹笋。它的母象开始呼唤，小象竖起耳朵，仿佛听到了母亲的呼唤并停止了咀嚼，它将长鼻的尖端伸进嘴里，好像在吮吸自己的大拇指。一小会儿，它又开始将食物填满自己的嘴。呼喊和被忽视持续了 20 分钟，但当母象呼唤的声调变得严肃时，小象开始转头，趟过丛林向母象走去。威廉姆斯说，整个过程就像一个笨拙的胖男孩。回到母象的身边，它遭到了母亲鼻子的狠狠一击，打得它喘不过气来。它在这天剩下的时间里都会紧紧跟在母象的脚边。

年轻象夫们熟悉这些小象是每天的必修科。他们和小象互相逗乐，威廉姆斯回忆，他们会给小象一些水果或者大米。小象们就这样一个接一个地离开它们的母亲。在野外生存的象群中，母子分离不会来得这么早或这么突然。公象们很久以后才会离开母亲，它们直到介于 10~14 岁的年纪才能独立。

威廉姆斯提醒自己，小象们那么早就离开母象固然可怜，但这是当下对小象们最好的处置方式。这些小象如被留在伐木场和他们的母象在一起，大多数小象会因照顾不周而死亡。

事实上，小象们并不习惯离开母象。有的小象被点心引诱离开，

战象连

有的小象被贡金"强行赶走"或用一条柔软的牛皮绳套住双腿。"小象会出现短暂的挣扎和嚎叫，"威廉姆斯看到，"如果母象在附近，小象会很快地安静下来。"一旦小象进入了象圈，身后的门就会关闭。"小象会在象圈里翻滚挣扎，但围栏内的油脂使它们只能在象圈的周围滑来滑去，"威廉姆斯写道。

接下来发生的更像一种贿赂行为。驯象人会慷慨地给予小象点心以示表扬。尽管如此，小象们还是会反抗，有时，即便是食品也不能让它们安静下来。"它们通常会挣扎并踢打2个小时后开始生闷气，最终出于无奈，它们会食用人们丢给它们的香蕉。它们脸上的表情就像不得不接受包里的糖果的小孩。"威廉姆斯记道。

一旦小象开始接受美食，真正的课程就开始了。波多将曾经对待班杜拉的那套程序用在了它们身上。参与训练的小象驯象人会被一个滑轮组系统吊到小象的上方。小象会咆哮，意思很明显是"去你的！滚开！"驯象人学徒会反复尝试驾驭小象，每次小象允许驯象人坐到它的脖子上都会得到表扬并被喂送肥美的香蕉。

接下来，一块包裹着软材料的沉重木块会被吊降到小象的背上。缅甸人会反复发出指令："坐下。"小象因为厌烦背上的重量而倾斜身体——后腿先弯曲，前腿向下折叠。一旦它完成了这个动作，会收到很多奖励它的点心。此时，人们会吊起小象背上的木块，小象会反射性地起身，人们会反复发出指令："起来。"通过这样的方式，小象慢慢学会了什么是"坐下"，什么是"起来"，它们将指令和行为联系了起来。与此同时，它们会收到无数的甜蜜点心。到日落时，年轻的小象从围栏里放出，它们肚里塞满了香蕉。

小象被首次带走时，没有任何母象表示抗拒。但在接下来的几天时间，威廉姆斯听到了母象的呼喊。现在，他知道了大象语言的节奏，能分辨大象的满足和恐惧。这些母象的呼喊对他而言似乎并非表示不安，更像是一种为了保持联系而进行的呼叫。大象和小象之间的联系令人惊异，这种联系通常会持续一生。在伐木场里，大象之间的自然关系被打断，小象们被过早地分离。但它们之间的爱却不会因此忘掉，

PART ONE 大象达人炼成记

虽然生活中有种种限制，但工象仍能建立复杂的社会关系。威廉姆斯被这些联系的微妙和力量深深吸引。

它们会为每次重逢欣喜。给威廉姆斯驮运包裹的是头18岁的公象，一次巡查时在一个伐木场的边上偶遇了它的母亲。"我们进入营地时，"威廉姆斯写道，"小象和母象有一阵闲聊。"它们也许是在安排一次约会，在工作之后的休息时间可以畅足谈心。

当然，这种愉快的结对行为并不仅限于母子关系。母象之间也会建立类似的友好关系，例如威廉姆斯的旅行象梅兑和奇玛。它们有时会被各自的任务打断，当它们结束任务后，会在一起短暂地通过声音、抚摸，以及眼神相互欢迎。它们看起来似乎总在制订计划，因为下午时间，它们被放走去觅食的那一刻，它们会向对方奔跑而去，整晚都待在一起。

谈到大象之间形成的友谊关系时，威廉姆斯认为它们和人类之间的感情较为接近，而动物科学家们会在以后证明威廉姆斯的结论。一些亚洲象表现得就像交际花，它们一生会交多达50个朋友，而其他地区的大象的交际圈则偏小。在那些朋友圈较小的大象中，它们的关系通常更为牢靠。大象与大象之间的友谊的细分正是现代科学家所论证大象具有高级认知能力的一个有力证据。

在学校里，帮助伤心小象最好的办法就是慷慨地给予它爱，并让它忙碌起来。它们甚至被带去进行实地考察。贡金会在脖子上架上一根水牛皮支架，用它连在小象的颈圈。大公象会带着它的学生散步，并让它们跟上自己的节奏。威廉姆斯发现贡金就像他家里的保姆一样，用眼神就能控制住小象们，完全不需拍打教育。

威廉姆斯和波多共同起草了一份现行项目的概要。他建议，小象们应该进行大约两年的这种培训以学习服从象夫的指示。8岁时，它们可以充当旅行象做一些携带轻微物品的工作。这些轻微物品最开始可以是装水的旧煤油罐和象夫的铺盖卷，或者是小筐。象夫们会教会小象们以后在伐木中使用的技能。为夜间的篝火收集原木是小象天生就会干的。象夫会教它们认知不同设备的名字，在学习分辨斧子或链子的词语时，让它们用象鼻托起每种设备。

这些大象会越来越强壮。到了它们作为旅行象的年月结束时，它们将有能力背负 500 磅（226 公斤）重的负荷，如果适合的话，它们将准备毕业参加伐木工作。

对波多而言，首个学校教学阶段是他和班杜拉的第一次分离。他充满了担心，这头公象正步入一个危险的年龄，这个年龄的公象们通常会为了交配权不由自主地与更大、更成熟的对手争斗。班杜拉是勇敢的长牙象。

CHAPTER 10

沉醉在睾酮

　　1922年4月，一个酷热难当的下午，威廉姆斯蜷缩在一个晒干的河床上两块巨石间的阴影里，他的衬衫被汗湿透了。他和伐木公司雇佣的一名猎人贾信（Kya Sine）一起，以慢动作的速度在营地外步行了5公里。穿过森林，他们沿着布满卵石的河床行进。他们在追踪班杜拉——它不见了，这头大象平生第一次被某种神秘状态控制，这种状态被称为交配期狂暴（musth）。班杜拉正处于这个时期，因为象夫发现大部分公象都会在二十几岁的时候开始它们的交配期狂暴。交配期狂暴状态在年轻大象中弱一些，随着身体的成熟会越来越强劲。交配期狂暴的强度还取决于身体的状态，所以公象越强壮，它的交配期狂暴就会越暴躁。

　　班杜拉已失踪了5天，营地的工人们惊慌失措，因为狂暴期公象喜欢挑起争端。如果它们在象群的附近，会非常危险。人们采取的第一步预防措施是将剩余大象收拢在营地，下一步措施是控制住这头公象。

　　威廉姆斯和猎人一边气喘吁吁一边考虑对策。他们除了找到班杜拉之外并无别的计划。他们必须亲眼看到它才能知道它的周期还剩多久，以及它的精神状态如何。

　　即使威廉姆斯已全身心沉浸在大象世界，但他对交配期狂暴的顶峰仍缺乏认识——通常被描述为"一种疯狂或着魔的形式"。狂暴的公象不在乎疼痛、无法追踪也无所顾忌，它带着自己的雄性力量进入一种发狂状态。如果可以避免，没有驯象人会选择进入这些动物的象鼻可触范围。在伐木工地里，人们通常会采取一些办法对付这种狂暴状态——主要措施是将这些动物铐住，让它们挨饿以减少并降低这种周期的持续长度和力度。

　　人类认识圈养公象中的交配期狂暴状态已有数千年的历史。古梵语的《大象百科手册》运用准确的概念描述了它："兴奋、敏捷、气味、爱的激情、身体的完全盛开、狂怒、威力，以及无所畏惧被称为交配期狂暴的八大特点。"好斗、化学信号、压倒性的性需求，古老的教科书的描述非常准确。到1981年，交配期狂暴也在非洲象中得到了科学认定。

　　"交配期狂暴"这个概念来自乌尔都语的"沉醉"。在这种状态下，公象沉醉在自己的睾酮里。大象在交配期狂暴状态下，睾酮水平可以增加到正常的五十乃至一百倍。

　　在争夺交配权时，交配期狂暴会让大象面对竞争对手稍占优势。不只有人类害怕狂暴的公象——其他公象也怕。更巨大、更强壮但不处于交配期狂暴状态的公象一般会给更小但处于该状态的公象让步，人们观察到公象们仅是闻到一丝交配期狂暴公象的气味就会望风而逃。另一方面，交配期的母象也会被它们吸引。

　　象夫的工作就是要了解交配期狂暴状态，他们认识到它有四个阶段：第一阶段，大象胃口不佳以及对命令不感兴趣，颞腺轻微肿大。第二阶段，工人所称的"上狂暴期"：腺体分泌一种水样物质，阴茎长时间保持勃起状态，有时甚至猛然向上勃起触到公象的腹部。第三阶段，颞腺显著增大，流出液体，白色排泄物从充分伸展的阴茎里滴落，这是"下狂暴期"。第四阶段，公象进入象夫们所称的"狂暴期酗酒（drinking）阶段"。这个阶段，公象分泌的颞腺液体散发着强烈的气味，不断地从两颊流到嘴里。狂暴的公象还会连续性地滴尿，使得一部分阴茎和外皮变成绿色。阴茎充分伸展、肿大，低垂至地面。狂暴期公象的气味强烈，因为这能警告其他公象远离并能吸引母象。

　　处于狂暴期的公象外观也发生了变化。它高高地站起，额头前倾，两颊内缩。有时，它会把长牙压进堤岸的泥巴里，颞腺排泄物看起来似乎流得更快，这是狂暴全盛期。到了这个节点，象夫们知道，即使是最温和的大象也能攻击并杀死视线里的任何人。它们就像不小心吃了一种改变心智的强大药物。

根据公象的年龄和状态，狂暴期可以持续几天或者几个月的时间。长期保持这种高度警觉的激烈状态可不容易。一头雄性非洲象的狂暴期不可思议地持续了6个月，在这个过程中，它减轻了1 000磅（453公斤）的体重。当狂暴期结束时，公象会筋疲力尽并显出令人堪忧的状态。流失如此多的体液需要付出代价，循环系统中的高睾酮水平损害了它们的免疫系统，使它们易受寄生虫和疾病的伤害。

在柚木业中，这些最大、最好的"工人"停止工作任何一段时间都太奢侈。所以，当象夫们看到、闻到，或者感觉到他们的长牙象发生变化时就会采取行动。象夫会用坚固的枷锁，并使用尺寸大到40英尺（12米）的链子系住它们，就像对待危险的罪犯那样对待狂暴期公象。

因为威廉姆斯从未目睹过这种全盛期现象，他不敢肯定这就是交配迫切性所致。现在，这恰好是一次增长见识的机会——班杜拉。

威廉姆斯和猎人出营地的时候还能追踪到班杜拉的印迹，但印迹很快就模糊起来。经过某个点之后，他们再也找不到脚印，甚至是粪便。最后，他们看到几棵树被锋利的象牙严重毁损。他们断定，这一定是班杜拉干的。

没有迹象表明这头大象去了哪儿，威廉姆斯本能地朝干涸的河床走去。他了解这些动物，特别是在熟悉的地方，他可以凭直觉感知动物们的行动。"我很确定班杜拉就在附近，"他回忆道，"我可以感觉到它的存在，可以想象出它气势汹汹地站在那里，等着攻击我们。"

威廉姆斯离开贾信和他留在巨石阴处的旅行包，独自前往上游，像一只狗在追踪气味，向前飞奔，似乎前方的河床给他开了一条小道。他从一块河石跳到另一块，如此寻找了1个小时。他爬到一块巨石顶上，看到班杜拉站在他前面，并不像凶残的怪兽。

然而，这一景象仍然很古怪。班杜拉站在一个树荫下，面朝着一块个头和它一般大的石头。它左右摇摆着象鼻，威廉姆斯知道这个动作被象夫称为巴盖卢伊（pa-ket-hlwe）——"摇摇篮"。有些人相信这个动作是恶劣行为的警讯。公象摇摆着整个身体，将全部体重压在左腿上，然后是右腿，继而前后轮换，这种动作被象夫称为"扬谷"。在整个奇特景象中，班杜拉巨大的阴茎维持着勃起状态，肿胀的阴茎呈 S 形，或许有 60 磅（27 公斤）重，几乎垂到了地面。

威廉姆斯蹑手蹑脚地接近班杜拉，以满足他的好奇心。现在他可以近距离观察大象的颞腺了，它看起来似乎正在收干。

长牙象的耳朵往后收起，贴在头上，似乎它正睁着眼睛做梦。威廉姆斯想知道班杜拉是否将它面前的那块石头想象为了交配期的母象。男人和长牙象有很多共同点，包括性方面。"我独身，年轻健康，处于交配期狂暴状态。"他写道。班杜拉和一块岩石谈情说爱的景象显然重现了他自己的欲望。

他冲回贾信身边，模仿着班杜拉的动作，告诉贾信发生了什么。猎人松了口气。"狂暴期过去了（Hmone aung byee）。"他说。贾信在威廉姆斯休息的时候去检查班杜拉。在酷热的天气下，年轻的柚木工人非常满意地瘫倒在巨石的阴影下。

一段时间后，沉睡中的威廉姆斯听到了贾信的声音："举起来！（Mmah！）"随后听到树枝断裂的声音时，他睁开了眼睛，看到贾信坐在班杜拉身上命令它清理前方的碎片。威廉姆斯一言不发，试图摆脱昏昏欲睡的感觉，收好东西并跟在班杜拉的后面回到了营地。

波多和威廉姆斯一起决定，眼下班杜拉要作为背包象行进回训练营。在那里，为了安全，它的一小段长牙会被锯掉并钝化。尽管这种做法常见且无痛，但应用到班杜拉身上似乎是一种亵渎。

他们装满货物并开始了行程。一个晚上，威廉姆斯得到了一次稀有的奖励：观察到两头大象在森林里交配，班杜拉和最近俘获的野生母象。

早些时候，它们通过特殊的低频呼叫相互表达了彼此的欲望：一个说它正在发情,另一个说它正处于交配期狂暴。接着,在没人看到的时候,班杜拉通过闻母象的尿液调查了它的乐意程度。

它们也许已经历了文雅的求爱阶段。有时,即将交配的大象会把它们的长鼻交缠在一起,一起漫步或者微妙地抚摸和彼此嗅探。公象会用象牙戳着把母象引导到它选择的地点,通常远离其他公象。但当波多发现它们的时候,显然已过了礼貌约会的时期。它们在接下来的几个晚上频繁地交配。

威廉姆斯被迷住了,这种性交方式并不野蛮。在大象身上,他观察到,"两头动物几乎是爱上了彼此,进行着数天甚至数周的'玩火'行为。公象轻松优雅地趴在母象身上,保持这个姿势大约3~4分钟。最后这一婚姻生活圆满完成,整个行为持续了5~10分钟。"

看着班杜拉发生性行为,威廉姆斯"几乎是嫉妒"这头巨大的长牙象"扔掉了他的孤独,找到了伴侣"。

当他们最后到达训练营时,班杜拉的心情舒畅,它神情自若地允许人们把链条钳在它腿上,然后系在一棵巨大的罗望子树上。这棵树枝繁叶茂,像一把张开的翠绿的伞。班杜拉该修剪象牙了,人们要确保锯子远离神经末端,只削掉几英寸牙尖。人们在两根象牙间绑了一根绳子以免象鼻被意外割伤。波多用手指蘸红色槟榔果汁标志了切割点后,拿起了手锯。才割了几下,班杜拉就反抗了,它用巨头狠狠顶得波多向后飞了起来。然后这头大公象发出了阵阵的吼声。威廉姆斯可以感觉到空气中的危险因素。

波多叫喊着让班杜拉保持不动,但长牙象不为所动。这个经验丰富的大象人还是让它平静了下来,然后安慰这头巨兽。威廉姆斯说,班杜拉变得"像螺旋弹簧一样安静"。在场的每个人都站着不敢动。

波多捡起掉到地面上的锯子,再次伸手抓住班杜拉的象牙。这次,大公象甚至没等到锯子接触到象牙,就猛地向前一冲,将重链拉得紧紧的。波多的命令毫无效果,这头公象正处于狂怒之中。班杜拉的象鼻伸到一根链子上,抓起并使劲地拉拽。见没起作用,它又鼓起所有力量一次次向前猛冲,用体重对抗这些铁镣,前腿上的重链发出了雷鸣般的拍击声。

　　人们四散逃开，瞪大了眼睛。

　　现在，班杜拉转向比它大很多倍的那棵树，抬起象牙，开始推树。它退几步摆好架势，然后往前冲撞，全身肌肉都在用力。每撞一下，罗望子果、树叶和枝条都纷纷颤抖。紧接着，不可能的事情发生了，巨树开始随着大象前后摇晃，树枝带着巨大的咔嚓声、呼呼声和砰砰声掉了下来，土壤里的树根折断了，发出低沉的声音。威廉姆斯惊骇地观望着，充满了敬畏之情。

　　班杜拉的又一次冲撞终于带来了灾难。它的后腿还被铐着，整棵树正好倒在它身上。当喧嚣止息、树木安静下来时，班杜拉不见了，它被埋在了巨树下面。空气中仍然尘土呛人，威廉姆斯像其他人一样担心：班杜拉死了吗？

　　所有人都跑过去，看到这头硕大的长牙象躺在地上，一动不动，树木的所有重量都压在它的身上。当人们扒开枝叶碎片，露出班杜拉时，他们看到它还活着，它的胁侧随着每次呼吸起伏。人们开始锯砍树枝，用伐木工具设法割开铐住公象后腿让它无法动弹的链子。几经努力，厚厚的链子终于打开了，发出一声金属的脆响。

　　班杜拉缓慢地站了起来。它不仅活着，还毫发无损。威廉姆斯检查了班杜拉的每寸毛皮，除了一些擦伤外，这头愤怒的公象一切安好。切牙这件事则就此打住。

CHAPTER 11

信任和勇气的大师班

比利·威廉姆斯正发生改变。大象们正在塑造他的品格，也在教他生物学。在为期两年的大象学校的首个阶段，威廉姆斯还在同一个地方建立了一所大象医院。医院没有病房和手术间，仅是个存有很多药品的地方，生病的大象可以在这个安全的环境下恢复健康。只有最严重的病象才会到医院来。在方圆几百英里都没有执业动物医生的情况下，威廉姆斯做了许多兼职工作。他做了力所能及的所有事情，包括阅读、询问每个有知识的人、咨询象夫并不断提高自己的专业水平。

他发现，工象会受肠绞痛之苦，或因为老虎造成的伤口发生感染；它们是炭疽、结核病、梅毒、狂犬病和破伤风的受害者，还会罹患心脏、肺脏和血液疾病；它们在拖拉柚木时会遭受刺伤或砍伤；它们会发生意外，比如从滑溜的斜坡上掉下来、被激流冲走、卡在淤泥里；最重要的是，它们会长"瘿子"，这些充满脓液的脓肿长在挽具接触的皮肤下面。

随着威廉姆斯对大象的救助工作越来越顺利，他意识到，大象们也在教育他认识爱、勇气和信任。

信任是基础。一旦他获得了大象们的信任，它们将允许他做任何事情。它们似乎都明白，他的手术是为了它们好。实际上，威廉姆斯说，"我知道，毫无疑问，大象会感激这些医疗服务。"

让他如此确定的是一头名叫玛乔（Ma Chaw）的成年母象，人们又称它为苗条小姐。在森林度过了一个晚上后，这头大象拖着脚步回到了威廉姆斯辖区的一个伐木场，背上有道又长又深的十字撕裂伤口，这是和老虎打架受的伤。"与老虎打架，大象会遭受的最严重的伤害莫过于老虎爪子造成的伤口。"大象被老虎撕裂的皮肤通常能很快愈合，但这往往也是凶险的开始。当老虎尖利、肮脏的指甲穿透大象皮肤时，细菌会被注入进去，很快会形成威胁生命的感染灶。大象的皮肤很厚，以至于撕裂伤发生时，通常只有外层皮肤会愈合，其下方会封闭形成一个污秽的荷包囊。这种隐痛很快会演变为致命伤，感染遍及全身，造成器官因感染性休克而衰竭。玛乔的伤口范围很大，为了能每天照顾它，威廉姆斯不得不取消了所有的巡查活动。

可爱而温柔，还带着点做作的玛乔会吵闹几分钟拒绝治疗，然后才会站住不动。它不得不经受几个可怕的治疗步骤，威廉姆斯会切开它背部皮肤下面隐藏的感染灶，清理出发臭的脓液，然后用注射器注入消毒剂。因为纯化的抗生素直到1941年才被广泛使用，威廉姆斯只能使用现有的那些消毒剂。他曾经实验成功的疗法是将包裹的食糖注入伤口。这种疗法具有抗微生物甚至促进肉芽组织生成的作用，可以帮助形成促进接合及愈合的组织基质。

然而，苗条小姐还是经过了21天的治疗才脱离危险。在这段时间内，一人一象共享了快乐的时光。威廉姆斯给它喂香蕉和甘蔗，作为当"好病人"的奖励。他知道它喜欢被摸象鼻和前额；他用缅甸语安静地和它说话；它用低沉的话语表达了它的满意，他可以用胸腔感觉到；有时它又会挤弄自己的眼睛并制造高声调的欢乐叽喳声。

最后，威廉姆斯将玛乔交到了一名可靠的工人手中，并要求定期报告它的恢复进展，直到两个月后他才再次见到玛乔。

到达玛乔的营地后，他坐在帐篷前一块空地的折椅上喝茶。营地的7头大象正在小溪里洗浴，离他很近。之后，它们被牵过来，威廉姆斯喊道，"玛乔的背怎么样了？"

听到他的声音，他的"老病人"轻快地径直冲了过来。他拍了拍玛乔的长鼻，并递上了香蕉。吃完后，苗条小姐做了件奇怪的事：它放低臀部，背朝着威廉姆斯。

象夫带着戏谑的神情看着威廉姆斯。威廉姆斯轻声说道:"起来(Htah)。"它听从指示,带着象夫离开了。

威廉姆斯从未见过这种表现。这是臣服吗?还是礼貌?他认为这是感激。但他不知道自己是否想得太多。他应该继续检查了。他喝完茶杯里的糖水,走到大象队列。

玛乔排在队列的最后面。轮到它时,威廉姆斯用手抚摸它全身褶皱的毛皮。检查时,他发现尽管它的背部看上去正常,实则并不乐观。他按压它的皮肤,注意到了一块9英寸(23厘米)长的发热区域。这里显然存在问题,旧伤口尚未愈合。

它并不抗拒,反而欢迎他的侵入性疗法。"我很肯定,它走过来给我看它的背是为了告诉我,它仍然疼痛。"威廉姆斯带着科学的态度记录道,"我很确定它喜欢我、信任我,并感激我。"

就像他家乡的同龄人,比利·威廉姆斯这个年轻的工人正学习如何与成人世界谈判。但这里是缅甸丛林,大象社会是他的榜样。他没有模仿中年银行家或者大学老教师。对他来说,模仿的对象是母象族长和公象。他的老板教过他一些,象夫也教过一些,但大部分还是源于大象。大象的品格为他带来了智慧。

特别是在涉及母象和小象的地方,他曾目睹忠诚和勇敢的惊人表现。它们帮助他形成了自己的勇气标准,后来他说道,给了他永远不能从人类同胞身上学到的骨气。

事情发生在雨季刚开始的时候。那个下午下着瓢泼大雨,上游的水倾泻到水道,浪头升得又快又急。这就是森林人期望的,涨水可以将山腰上所有的柚木冲刷起来,从而启动柚木通往仰光的旅程。威廉姆斯侧耳倾听,希望听到远处传来两吨重的原木互相撞击的隆隆声,这种声音意味着柚木在高速冲开自己的道路。他穿过透雨,走到河边,河岸就像一条运河,有两面12~13英尺(3.6~4米)高的岩壁。他可以看见深约6英尺(1.8米)的河水流速越来越快。就在这时,他听到了大象的吼声,吓了一大跳。他现在几乎能听懂它们的语言,他能辨认出这是一种恐惧的呼喊。沿着对面河岸大约150英尺(45.72米)

远，他透过雨幕看到几个象夫正激动地四处乱窜，威廉姆斯赶紧飞奔过去看发生了什么。

在昏暗的光线中，正在被大雨冲刷并困在激流中的是他最喜欢的大象之一，班杜拉的母亲，跟着它的是一头幼小的3岁母象。他不知道它们是怎么被困在那里的，或者发生了什么——玛瑞顶着自己的肩膀，在水流中几乎难以站稳。它用尽自己的全身力气，用整个身体把小象挤在页岩上，这样可以让小象的头保持在水面之上，防止被冲走。这是一场生与死的斗争，水流不停地试图夺走它的孩子，小象的动作看起来"就像水里的一个瓶塞"。但玛瑞绝不放弃，每次小象被水流冲开，母亲就带着非比寻常的力量用象鼻把它抓住再拉回来。

高而陡峭的河岸让它别无选择，没有脱身的办法。更糟糕的是，威廉姆斯很了解这条河，他相信玛瑞也了解：就在下游300~400英尺（90~120米）的地方是个致命湍流。如果大象被拖到那里，会出现致命危险。

就在他试图想出一个救援策略时，水位又升高了2英尺（0.6米），这是雨季的常见现象。这次，浪涌正好将小象冲到了母象的后面，一起一伏地顺流而下。玛瑞疯狂地冲进了波浪。终于，它在威廉姆斯站着的这一面够到了小象。玛瑞用长鼻紧紧攫住小象，再次把它卡住。威廉姆斯感觉很无助，他除了旁观什么也做不了。玛瑞也显得无奈，迟早会因疲劳而坚持不住。痛苦的几分钟过去了，筋疲力尽的玛瑞将象鼻绕过小象的身体，用后腿站立露出水面。"就像某种神奇动物一样"，它举起了小象，将身体像木头那样伸展到极致，把小象放到了水线上5英尺（1.5米）但仍远低于河岸的一块狭窄石头上。用尽了最后力气的玛瑞掉回了河里，被水冲向了湍流。在被冲至瀑布口前，只有一个地方可以让它脱身。威廉姆斯转头去看小象，它所在的突起宽度刚够立足，"它站着、蜷缩着、发着抖，吓坏了……小小的、胖胖的、隆起的肚子紧紧贴在河岸岩石上。"

怎样才能救它？他想过用绳子把它拉到岸上，但又担心会把它吓回昏暗的河水中。30分钟过去了，威廉姆斯意识到他正在浪费时间。

PART ONE 大象达人炼成记

此时，他听到了最美的野性呼唤。玛瑞上了岸，它一路呼唤，发出无畏的吼声，对小象来说这是天籁之音。小象的两张"小印度地图"（小象耳朵）向前竖起，侧耳聆听最珍贵的呼唤——母亲的呼唤。

玛瑞的声音变了，"它停止了吼叫，开始了低鸣。"威廉姆斯写道，"这是一种令人难忘的声音。"

夜幕很快降临，在瓢泼大雨中，它们被分隔在咆哮河流的两岸。连续几个小时，在一片漆黑中，威廉姆斯听到那些巨大的柚木相互撞击发出的雷鸣声。他站在雨中，帮不了大象任何忙，他回到了自己的竹屋。但想到玛瑞和它宝宝的处境，他开始感到不安。

他抓起一些东西，跑回岩石突起的那个地方。他用手电筒把光往下打，看到可怜的象宝宝还在那块危险的落脚岩石上。闪光似乎只能对小象带来干扰，所以他强迫自己离开，希望大象能像往常一样自己想出解决方法。

第一缕晨光破晓的时候，威廉姆斯冲回河边，看到了一个美丽的景象：母象和小象重聚；沸腾的河流变成了咖啡色的细流。这是怎么发生的？什么时候的事情？没有目击者，但威廉姆斯猜想，是玛瑞穿过了河流并找到办法举起了它的宝宝，这是大象母亲能做到的事情。

后来，到这头小象5岁时，人们给它取名为玛娅伊（Ma Yay Yee），意思为笑水小姐。

威廉姆斯看到大象母子间这种英雄般的爱是相互的，通常，它们会通过一些小动作表达，例如，小象威胁靠近母亲的大象等。有一个事件震惊了威廉姆斯，在他脑海挥之不去。某年的11月，大象学校的新学期开学了，所有5岁小象的母亲都被召集开始新的学年。

其中有头三十几岁的母象名为玛胡尼（Mahoo Nee），即火焰猫眼石（Fire Opal）。它的眼睛不同寻常，"深棕色，闪着隐约的光，就像火焰一样"。玛胡尼带着它的小公象从营地走了很长的路来到学校。一路上，象夫一直骑在它的背上，他们跋涉穿过茂密的植物。为了让它和小象轻松一点，在他们行走的时候，象夫会走在玛胡尼的前头，用刀劈开树枝。在这个过程中，他会不可避免地切到一种藤蔓，

战象连

这种植物被切开时与大象的接触会灼伤皮肤并起水泡。

当他们到达营地时，威廉姆斯上前迎接，并对新的小象学生进行评估。在靠近并抬头注视老朋友玛胡尼的温和脸庞时，他震惊了。玛胡尼的部分皮肤被灼伤了，眼睛蒙着一层不透明的膜。

他问象夫发生了什么。"它的眼睛肯定是接触了那些藤蔓"，象夫说。警惕的威廉姆斯检查了母象，他想查明它是否还残留一点视力，任何一点分辨光暗或者动作的能力。"当我在它的长睫毛前四分之一英寸的地方挥动手指时，它的眼睑一动不动，"他说，"它完全瞎了。"

大象医院就在附近，但没有什么药物能治疗这种损伤，它的视力已无恢复的可能。威廉姆斯能做的只有为它提供足够的饲料，并确保现在的安全。它可以在附近的凉快溪流里洗澡，这头温和的大象理应得到一点照顾。

当母象和小象分离时，威廉姆斯注意到一些不同寻常的细节。"我看到小象把自己的后腿朝着母亲的头，"威廉姆斯写道，"当母象感觉到小象的动作，它会举起象鼻放在小象的背上。通过这种法子，它们在空地里行走，就像小男孩牵着盲人母亲的手，引导她走过街道。"

威廉姆斯发现，一般情况下，这个年龄的小象都很难驾驭。因为它们有能力自己觅食，寻求某种独立。它们与母亲在一起时，对母亲们来说更像是种麻烦。他很惊讶地看到，这头小象身上出现了一种责任感和成熟感，他写道，"直到我回忆起，如果父母或子女受伤的话，人类的家庭关系也会发生巨大的变化，会本能地形成一种平衡，正常的生活会发生改变。"

照顾母亲教给了它原本需要在学校学习的自制力，这是忠诚的自制力，但更强大。威廉姆斯不知道，这头小象最终是否会厌倦这种负担，逃去野外。但如果现在没有它，玛胡尼的余生将不得不被人工喂养。

玛胡尼和儿子被一起送到一个大象退休村庄，名为"老朽之家"，这是描述破损物品的英国俗语。这个小村庄在一条河流的附近，地势平坦，这里的工作非常轻松（从沙滩推搁浅的柚木）。老年大象或者身有微疾但仍能承担轻微工作的大象将被送往此处。甚至班杜拉也曾在这里工作过,那时,波多试图保护这头成长中的公象远离繁重的工作。退休的大象不必工作,实际上,它们的枷锁将被永久移除,它们还能得到额外的盐及罗望子果以帮助消化。

很快,营地工人给这头新小象取了名字——波兰比亚(Bo Lan Pya),意为"领路人"。

在老朽之家,小象和它的母亲养成了一种习惯:玛胡尼会工作一个班次,由骑手指导它进行动作。下午下班时,"领路人"会过来,它们会进行每日的洗浴,然后,它会带着母亲去寻找600磅(272公斤)的草料,这是母象每天需要的食物配额。威廉姆斯写道,"它们会花上1小时吃草。然后,它把鼻子放到儿子背上,跟着到竹林里待上几个小时,再前往攀援植物和竹子的丛林待上几个小时。最后到溪边喝水。"

坚定不移的小象有整天的时间独处,但它从未因忍不住寂寞而跟着野生象群逃走。玛胡尼和"领路人"总是自愿地靠在一起。它们的动作,甚至它们的想法密不可分。威廉姆斯注意到,它俩之间似乎发展出了一种微妙的交流方式。那种低沉的次声波对它们而言有特殊的含义,它们在用人类听不到的方式彼此交谈。

在完全失去视力的情况下,玛胡尼焕发了活力。它能参加工作、在晚间觅食,它经历了爱情。它和"领路人"的联结是一种启示,"领路人"关照了它。"火焰猫眼石的身体状况证明了它能良好工作,"威廉姆斯写道。只要有空,威廉姆斯就会去那个营地看它。不变的是,他总会带着高昂的情绪离开,因为它快乐的生活总能令他感到振奋。

在一个季风雨季开始的时候,他抓住机会拜访了这头盲象的营地。天正下着雨,河水正快速上涨。玛胡尼身处正在推原木入水的几头大象之中,"领路人"在远处的河岸大本营的附近四处漫游。

因为某些原因,玛胡尼看起来并不高兴,因为水流越来越快,威廉姆斯叫它的骑手把它带到了附近的河滩。当象夫这样做了之后,盲象呼唤了"领路人"。"我向河对面望去,"威廉姆斯回忆,"不多一会儿,伟大小象的小头颅从400码(360米)远处高高的象草里冒了出来，耳朵向前竖起，小象牙像牙签一样突出。它吼了回去，像是说，'等一会，妈，我正在赶来！'"

"领路人"奔跑着寻找河岸缓坡，它撞到了一块危险的突起——下面的泥土被翻腾的水流剜走了。它刚踩上去，整块地面坍塌了，它掉进了水里，滑落的泥土困住了它。

威廉姆斯呼叫了一条独木舟，然而，入水之前他就知道没希望了，小象已经淹死了。威廉姆斯悲痛不已，他看到了玛胡尼孤独的身影，它沉默地站在河流的浅水区，紧张地倾听着，浪花拍打着它的侧面，大雨倾盆。象夫引领它到了儿子淹死的地方，它开始呼唤小象——一次又一次地吼着。虽然"领路人"在滑下去时没有发出任何人类可以听到的声音，但威廉姆斯相信玛胡尼知道发生了什么。"也许是我的幻想，"威廉姆斯写道，"它的呼喊声并无等待回答的意思"。它似乎在表达震惊和哀痛，不愿听从命令离开。它一边大声哭吼一边推开水流，即使上岸的时候仍在哭泣，在回营地的路上也是如此。夜幕降临，它一言不发。

三个星期后，它死了。威廉姆斯没做尸检，他说，"死亡原因显而易见"。

CHAPTER 12

没有主妇的丛林之家

到1925年夏天,威廉姆斯已变成了一个真正的丛林人——身上没有一丝赘肉、头发剃成了士兵发型、皮肤被太阳晒得黝黑。他像个丛林老手一般工作和玩乐。他在自己辖区的总部养了两匹赛马,这样,在有比赛的时候他能参加马球比赛。他已和几个同事建立了长久的友谊,并结交了其他一些受尊敬的人——比如,科林·凯耶姆（Colin Kayem）,他是威廉姆斯所认识的"最勇敢和最疯狂"的人；哈罗德·郎福德·布朗（Harold Langford Browne）,长得像偶像派男星那样英俊,并被象夫们爱戴；高大的杰夫·博斯托克（Geoff Bostock）,极受尊敬的柚木人,他在公司正处于上升期。威廉姆斯非常满足,但在奔三十的年龄,他开始审视自己的整个人生。

他曾回英格兰休过一次假,发现大部分的朋友都已结婚,而他几乎没谈过恋爱。他试着在那里弥补失去的时光,和一位美丽的富家千金谈一场轰轰烈烈的恋爱,但他很快独自回到了森林中。有时,他能感受到自己的结婚欲望非常强烈,以至于他考虑过退出。像威廉姆斯这样的森林助理在丛林度过了大部分时间,几乎看不到英国女人,即使是能订婚的幸运儿在他们升到管理层之前都不会结婚。一个森林人要花10年时间才能上升到可以结婚的位置,这是约定俗成的规矩。威廉姆斯正处于这个时间的中段。

虽然他欣赏缅甸女人的美丽,但他并不沾染她们。相反,他更愿沿着钦敦江坐三天船,赶上火车去光顾仰光的妓院和声色场所。作家

战象连

威廉姆斯是狂热的马球选手,他在自己的小屋养了赛马。在这幅照片里,他心爱的德国狼狗莫莉·米娅(Molly Mia)正紧跟着他。

乔治·奥威尔(George Orwell)在20世纪20年代曾在缅甸待过一段时间,也曾光顾过这种场所,他把这些场所描述为"黑暗和龌龊"的地方——前门挂着凋谢的花朵,屋内腐烂的竹地板沾染着槟榔渣。

运气好的话,去仰光还会碰上几个正式的约会。尽管这绝对是种挑战——低调地冲进城,口袋没几个钱,还想找朵无主之花厮磨一番。遇到一个喜欢丛林生活的女人的希望则更加渺茫。

他在找老婆甚至在找女朋友方面没取得任何成功,但他的确开始在自己身边建立起了一个家庭——动物和人的家庭。从昂内开始,他们的感情成就了永恒。威廉姆斯会说,"没人比他更了解我,我也了解他,没有任何一个缅甸人像他这样。他就像我儿子一样在我身边长大。"自昂内开始,威廉姆斯将很多不符合常规标准的人招募到他的羽翼下,雇佣了一些怪人和不幸的人。他的私人厨师约瑟夫(Joseph)是一半印度血统一半缅甸血统的基督徒,能讲英语、缅甸语和印地语。

他总是从容不迫——没有什么能惹恼他,不管有多少客人或者不论在森林什么地方,他总能用手头的食材创造出不可思议的佳肴。

他还有一名被同僚讥为白痴的园丁,以及来自东边掸族地区的孤儿山彪(San Pyu)。山彪的左手生来就没有手指,但威廉姆斯说他用"残肢"能"惊人高效"地完成诸如揉面这样的活儿。

动物也是他家庭的成员。威廉姆斯还饲养了一只失去父母的小水獭,它名叫杜拜(Taupai)。"它是个宝贝,"威廉姆斯后来说,"是我曾拥有过最可爱的宠物之一。"但仅过了6个月,它就不见了。"或许它找到了自己的快乐,"威廉姆斯写道,"跟着一群野生水獭游走了。"

狗能陪他的时间也不多。丛林生活对它们来说很艰难,狂犬病、猎豹的袭击或者意外都可能让它们丧命。他拥有过很多狗:土狗;名叫莎莉(Sally)的牛头犬;拉布拉多猎犬科珀(Cobber);一条叫罗娜(Rhona)的考克斯班尼犬;一条黑色松狮,名叫毕鲁(Bilu);德国牧羊犬卡尔(Karl)和莫莉·米娅等。

在这动荡的年代,他在缅甸失去的第一条狗叫加波(Jabo)。极具独立精神的加波在酷热的天气下追逐一只母狗,然后想跳上一艘路过的独木舟赶上威廉姆斯。船上的男人用船桨把它打到了水里,淹死了。威廉姆斯非常伤心,虽然他很多年都没找到加波死亡的真相,但它的逝去让他进入了一种巨大的不安状态,甚至致使他开始考虑辞职。最终,他还是留了下来。他需要大象,大象也需要他。特别是班杜拉。

那天早晨,威廉姆斯正在波多的营地,这头长牙象自己走了回来,满身鲜血,头颅和肩部满是戳伤。就像噩梦一样,巨大的公象摇摇摆摆地走进空地,鲜血顺着它灰色的毛皮往下流,滴落在脚边的泥土上。工人们喊叫起来,威廉姆斯冲向班杜拉并取来了水和消毒剂,仔细清洗伤口。大部分都是浅伤,不过,他知道不能漏掉任何脓肿。将班杜拉擦洗干净后,威廉姆斯仔细检查了它的每寸皮肤,公象默默地忍受着痛苦。威廉姆斯的手指顺着大象的额头、眼睛、脸颊、长鼻、耳朵和脖子,一个伤口接着一个伤口地探查摸索,一切似乎都好。当他检查到班杜拉的一块肩胛骨时,麻烦来了。表面看上去只有硬币般大小的伤口实际上是一处深长的穿刺伤，宽度、长度与一根典型的象牙相似。答案找到了，班杜拉和公象打架了。这只可能是野生公象留下的。这处伤口很严重，威廉姆斯明白他心爱的大象已游离在死亡的边缘。幸亏那块肩胛骨保护了班杜拉的心脏和肺未被戳透。

　　威廉姆斯把消毒剂注射进这处伤口，并包扎好其余伤口。该给班杜拉提供食物和水并让它休息了。威廉姆斯禁不住想：班杜拉给另外那小子造成了什么伤害？洗刷干净后，他前去调查。争斗发生在附近——被践踏的植物和溅洒的血迹指明了地点。一条血迹指回营地；另一条指向相反的方向。班杜拉的对手很明显遭受了致命伤害——因为它经过的每处地方都洒满了血。凝固的血渍表明班杜拉击溃了这头野兽。野生公象一定遭受了严重的头部伤，威廉姆斯推测，因为一路上所有象头高度的树叶都被染红了。

　　跟着血迹，威廉姆斯来到了一座长着高高象草的森林。跟着一头受伤的长牙象进入茂密的植物之海可不是什么好事，所以他停了下来。他已知道了这头可怜生物的最终结局。

　　回到营地，班杜拉的伤口看上去正在好转，但系统性的感染接踵而至。"它的整个血液系统都被感染了，"威廉姆斯报告，"长了一个又一个脓肿、窦和瘘。"所有感染都接受了侵入性治疗。在这种痛苦的治疗中，威廉姆斯发现长牙象是我曾治疗过的最佳病人，包括所有男人、女人以及其他动物。

　　威廉姆斯改变了行程，集中注意力关注班杜拉，第一次，他如此靠近地参与它的日常护理、洗浴、喂食和医疗。很多次，它的身体状态都出现了摇摆；好几次，威廉姆斯都感到自己即将失去它。在此过程中，班杜拉似乎对自己的光辉形象受损感到羞愧。几个月后，它才能正常进食，不带痛苦地虚弱地行走且保持住体重。即使到了这个时候，威廉姆斯也不敢让它离开自己的视线，他将它纳入到自己的旅行象队伍中。用了整年的时间，班杜拉才完全康复。或许，威廉姆斯是过于谨慎了；或许，他仅是享受有班杜拉的陪伴。最后，班杜拉恢复了强壮的体魄，回到了伐木工作中。两个好朋友暂时说了再见。

CHAPTER 13

"谋杀自己"

　　1926年，威廉姆斯驻扎在他的一个伐木场里，一个名叫昂觉（Aung Kyaw）的临时工露面了。威廉姆斯很了解他，看着他从十几岁的少年成长为可自力更生的年轻男人。昂觉很出众：他英俊、健壮，且比其他人更高【大约有5英尺10英寸高（1.77米）】；其次，还因为他天生具有的魅力。他是个异常能干的森林工人，具有较强的丛林生活知识及医学知识。但昂觉也被铁路沿线大城镇里的麻烦所吸引，只有在需要钱的时候，他才会回到伐木场——做些临时工，当大象人的随从。他有着任务还未结束就消失的坏名声。"他就像人们在新年定下的决心，"威廉姆斯记道，"光明、热情，但不长久。"因此，昂觉被公司列入了黑名单。虽然威廉姆斯被上级明令禁止雇佣昂觉，但他认为，官员不加解释地禁用某个工人的行为并不好。这种随意的权威让威廉姆斯极度反感，他经常违抗这样的命令。于是，昂觉得到了他的雇佣。

　　起初，一切都很顺利。事实上，昂觉做事也很用心。所以，当营地需要鸡蛋和活鸡为即将进行的钦山附近的山谷之旅做准备时，昂觉和另一个男人山巴（San Ba）接到了采购任务。他们每人身上带着15卢比。但只有山巴回来了，他汇报昂觉去了另一个村庄。威廉姆斯被惹恼了，他以为这会是他最后一次看到昂觉。

　　威廉姆斯回到了永远做不完的文书工作中，他要想办法解决一份复杂的十五年柚木采伐计划的细节问题。计算很繁琐，他花了好几个钟头的时间，稿纸撒满了两张帐篷桌。每一天结束时，他都疲惫不堪，他期待着安静的夜晚，享用一顿美味的晚餐、喝几杯威士忌酒，以及阅读邮箱里几周前的杂志。

诸多事情占满了威廉姆斯的全部思绪，他几乎忘却了昂觉，直到一周后，有人报告他空着手回来了——没有鸡、鸡蛋、钱。威廉姆斯召唤昂觉。昂觉蹲在地毯上乖乖地等着，他的老板对他置之不理，独自检视眼前的柚木数量。威廉姆斯终于抬起了头，明知故问地发话：买了几只鸡？还剩下多少钱？昂觉空着双手，未作任何解释。他看上去很羞愧，咕哝着不知所措。

威廉姆斯训诫了他，他断定昂觉一定是将钱花在了酒和女人身上。"我的语言并不粗暴，"威廉姆斯后来写道，"但我的确用了我所能掌握的每一句缅甸丛林俚语，告诉他，我认为他是什么样的人。"

即使在争论的时候，威廉姆斯也会不时地中断对话低头看自己的文件，以向昂觉宣泄他的不满。昂觉还是保持着沉默。最后，威廉姆斯发火了，他让这名工人离开。他没有使用礼貌的缅甸词语，而是羞辱地厉声命令："滚蛋！（Thwa Like！）"

话一出口，威廉姆斯就后悔了。"羞辱昂觉的言辞似乎有点过火，甚至让我自己也感到了羞愧，"他说，"我低头看文件，这样，他可以离开，不用继续被羞辱。"

但昂觉并未离开，他挑衅似的站在那里。他蔑视老板命令的时间越长，威廉姆斯就越是生气。威廉姆斯转过身。突然，昂觉起身伸手摸向自己腰间的刀鞘。

威廉姆斯大怒："你敢在我面前拔刀？"

昂觉右手握着武器，一把致命的 8 英寸（20 厘米）长的小刀，直视着威廉姆斯。

他们互相瞪着对方。威廉姆斯往前了一步，昂觉举起了刀，他们争斗起来。威廉姆斯一记重拳打到对方脸上，使他后退了几步，血流了出来。然后，昂觉像野兽一样弓着背，挥舞着刀子往前冲。威廉姆斯抓住袭击者的膝盖，举起了对方。

两人粗暴地近距离扭打起来。"有一刻,"威廉姆斯后来写道,"我感觉到了他的体温。"当威廉姆斯准备将这个杀手扔到地板上时,刀子划到他的左臂,插了进去。"一点也不痛,"威廉姆斯回忆道,"但我听到了一种类似石头投进水里的声音,我呻吟了出来。"这一刻,威廉姆斯把昂觉压在了地面。在失去知觉之前,他呼救了。昂内跑过来营救,英雄般地将刀子从昂觉手里夺走。威廉姆斯担心忠心的昂内会杀了昂觉,但很快,好几个工人出现了。

威廉姆斯站了起来,"周围的一切都感觉陌生,眼前直冒金星。"昂觉看到每人都向威廉姆斯靠拢,落荒而逃。营地的工人忙追赶着跑了出去。

威廉姆斯检查了自己的伤情。手臂上的伤口正流着血,但真正的伤口在肋部。血浸满了衬衫,流到了袜子上。他吃力地脱掉湿漉漉的外套,他只能祈祷自己的肺尚未受伤。

打好绷带后,他明智地意识到威士忌不利于止血,所以要了茶。他点燃了香烟,深吸起来。疼得厉害,但这也意味着自己的肺是安全的。

他需要一针破伤风疫苗,不过由于流血不止,他无法被快速地搬动,还要在营地痛苦地静养5天。在他到达曼尼普尔边境附近的茂叻(Mawlaik)总部后不久,昂觉正在那里充满懊悔地自首。

威廉姆斯也同样感到懊悔。在等待伤愈以及审判的半个月时间,他陷入了反思。流连在他肋部的疼痛并未给他带来报复心理。相反,他感觉到自己将那次见面弄砸了,简单地说,"或许是我咎由自取。"

昂觉是他打过的第一个也是最后一个缅甸人,他写道。他自责于自己表现出的挑衅和蔑视。如果他显得更有人情味,事情或许不会这样。当刀子出现时,威廉姆斯感觉,他本应努力让昂觉冷静而不是继续挑衅。他本可在事情发生前,呼叫伐木场的工人。但他感觉自己的男子气概受到了挑战,所以他加剧了场面的紧张气氛。优秀的男人应该超脱误解,而不是堕落。

威廉姆斯产生了一种明悟:"如果我对昂觉能表示出同情和理解,就像自己之前对大象那样,"他写道,"袭击根本不会发生"。他认识到，人类对人类的感情与人类对大象的感情并无不同。这是一个教训。"有一件事可以确定，"他写道，"在丛林中，包括我自己在内，杀人或毁灭大象的观念绝不可出现。"现在，他让这种观念引导自己。

随着审判日的临近，威廉姆斯和昂觉一起以一种特别体面的方式重新界定了事件。"我们几乎是一起犯了谋杀罪，"他的理由是，"谋杀我自己。我对自己在这起事件中的行为感到羞愧。我想，昂觉也是如此。""昂觉的生命危在旦夕，却要独自承担责任，"威廉姆斯写道，"某种层面上，这也是我的罪过。"

威廉姆斯走进地区法庭，决定要为昂觉提供帮助。当他们的眼神接触时，他看到被告的脸绽开了真诚的笑容。这次可怕的事件在他们之间形成了一种奇怪的感情，"如果法官只命令他道歉就好了，我会觉得正义得到了伸张，而昂觉和我离开法庭后会成为终生的朋友。"

昂觉穿着一件表示他有罪的红马甲，面临着谋杀的指控。他的辩护律师团表现得并不给力，威廉姆斯看到法庭坐满了被英国人（孟拜公司和政府的文员）雇来反对被告的缅甸人。昂觉胜诉的机会非常渺茫。

尽管威廉姆斯是这次审判的证人，但他还是决定支持昂觉。他知道，自己或许是昂觉唯一的帮手。昂觉看上去非常困惑，因为庭审是用英语进行的，他一个字也听不懂。

这让威廉姆斯想出了一个办法。年老的英裔印度法官起身准备宣判，威廉姆斯出人意料地提出了一个从未被外国人提出过的请求：说缅甸语，在用英语对《圣经》起誓后再用缅甸语起誓。"可以如证人所愿，"法官说，"但所有的取证和诉讼程序仍必须用英语进行。"

威廉姆斯接过一把用红布系好的刺鼻棕榈叶。在肃静的法庭前，他将破旧的《真萨》（*Kyeinsa*）举过头顶，并吻了一下。这是本缩略版的宣誓书，警示虚假作证的人会进入永恒的地狱。

当威廉姆斯讲述他的故事时，整个法庭都安静了下来。律师问他，昂觉是否带着谋杀威廉姆斯的意愿来到伐木场。威廉姆斯想起了大象的杀戮，他相信，它们绝非蓄意，它们会因一时冲动而后悔。他否认了律师的问话。

随后，昂觉也站到了证人席开始作证。翻译将他的证词译为英语，他讲述了一个不合情理的故事，威廉姆斯挥舞着左轮手枪意外地撞向了自己的刀口。当检察官反复质问昂觉时，昂觉难以自圆其说。最终，昂觉改变了口供，他证实了威廉姆斯的版本。

昂觉仅被判了 3 年的有期徒刑。实际上，1 年后，他就获释出狱与自己的家人住在了一起，威廉姆斯还曾去看望过他。"我看望了他亲爱的老父母，"他说，他们叫回了自己的儿子。"他一进门就双膝跪地，哭喊着请求怜悯和原谅。"他早已得到了谅解，威廉姆斯说。

与昂觉相比，和森林里的其他生物和平共处显然更加艰难。

CHAPTER 14

班杜拉：英雄还是歹徒？

班杜拉拯救了比利·威廉姆斯的生命，背着重病昏迷的他渡过了奔腾的尤河，尽管途中大部分时间威廉姆斯不省人事。有几个瞬间，威廉姆斯还能记起这头长牙象的艰巨努力，它缓慢而谨慎地伸脚试探巨石密布的水底，它有着充裕的体力。威廉姆斯还能记起河水冲刷他所骑象背的感觉，他们能安全渡河完全是个奇迹。

尽管现在他们到达了对岸，但仅完成了一半的路途，要到达钦敦江的野外医疗站还有很长的路要走。威廉姆斯的眼睛再次开始翻白，昂内和另一个伐木工人知道，必须把他拖到干燥的地方。他们先把班杜拉放出觅食，然后沿着阶梯把威廉姆斯拖到一个潮湿、坚固的吊脚小屋里。昂内用毛巾擦干威廉姆斯的身体，给他换上了干净的衣服，然后将他放到一张轻便床上。

在正常情况下，前往钦敦江的旅程是顺畅的，因为尤河会汇入这条大江。但这条水道有一小段非常危险，即使天气良好的条件下也很困难。在下雨的时候，几乎无人能通过。威廉姆斯知道，在每年的这个时候，从未有人能挑战这些激流。他唯一的选择是，骑着班杜拉穿过遥远的原始森林到达钦敦江。但现在，这个选择已变得非常不现实。因为他的身体情况持续恶化，他也许撑不过这摇摇晃晃的旅程。

1927年，大雨倾泻如注的雨季正密谋置他于死地，他正遭受着一系列疾病的连锁反应，这一系列疾病包括疟疾和雨季齐大腿深的泥巴携带的一种会致命的真菌感染，人们称其之"迪尼信韦"（tinea

PART ONE 大象达人炼成记

雨季的齐大腿深的泥巴携带有致命真菌，人们将其称为"大象痒"。

sin wai），即大象痒。皮肤和污泥接触的地方会长出小脓疱。"我知道这种隐藏之物的发展过程，"威廉姆斯写道，"我的小腿会发生溃疡。在交感神经效应下，我的腹股沟腺体会肿胀至拳头大小。一刻也无法停止抓挠，甚至威士忌也不能帮助入睡。"在这种折磨中，疟疾的发作似乎变为了福利，至少能使人陷入昏迷。

当然，他没法一直保持入睡状态。在小屋里醒来后，威廉姆斯再次被疼痛包围，他让昂内往旧煤油罐里装满了开水。昂内帮助抓稳他发抖的双手，两人举起沉重的水罐，将开水浇到威廉姆斯的腿上。这是酷刑，但非常有用。

雨水像他的病情一样绵延不止。两天后，威廉姆斯的病情恶化，在神志不清和虚弱的情况下，他放弃了，他希望在睡眠中死去。多年来，他常规巡检时会经过现在停留的地方，他在这里待了足够长的时间，种下了一些自己喜欢的花和灌木。他感知到，这里或许会成为自己的坟墓。

战象连

雨暂时停了下来，得以让其他人骑着大象带着给养赶上了他。不过，威廉姆斯的病情并未减轻。雨接续而来，接着，第二个奇迹发生了——三艘独木舟抵达了这里，其中一条由科林·凯耶姆驾驶，他是孟拜公司最勇敢的男人之一。

凯耶姆刚下船，昂内就告诉了他威廉姆斯的病情。两人爬上梯子，在油灯下，凯耶姆发现他的老友神志不清、满身大汗、瘦骨嶙峋。凯耶姆轻轻地把毯子拉到威廉姆斯渗液的腿部，看到了灾难临头的情景。于是，他花了整晚的时间将"毒液"从崩紧如鼓的溃疡里排出。

次日早上，威廉姆斯感到从未有过的舒服。他从床上虚弱地坐了起来，甚至能和凯耶姆一起喝茶。

在雨水击打屋顶的嘈杂声中，凯耶姆宣布了一个决定。"我们要摆脱这个残酷的处境，"他说，"我要组建一个由志愿者船夫组成的团队，去战胜激流。"这本是威廉姆斯极力避免的做法，然而，他的朋友设法让这个方案变得现实。

"我没意见。"威廉姆斯回答，"就按你说的办。"

凯耶姆组织了最强的人力，并把给养装上了船。他将病人绑在了其中一艘船船头的椅子上，并用一个遮篷盖住了他，昂内坐在病人身边。班杜拉和其他大象站在滂沱的大雨中，伐木工人们向他们挥手道别。船被桨推离了岸边，径直划向了湍急的水流中心。几个小时里，他们奋力往下游前进，在汹涌的浪花、漩涡，以及尖锐的礁石间，小船几乎倾覆。凯耶姆正在完成班杜拉开启的任务，每克服一次激流中的险情，他都会向威廉姆斯叫喊，"别担心，老伙计，你会再次见到巴黎的。"

他说对了。威廉姆斯至少再次见到了仰光，他在仰光住了很长时间的医院。仅几个月后，在圣诞节期间，他就恢复了健康，可以再次回到丛林。

圣诞节后那天的清晨，比利·威廉姆斯带着宿醉醒来，登上了公司停泊在上钦敦江上的豪华蒸汽船。从长假中归来准备退休的哈丁对他说："你昨晚可不容易，伙计。"他继续说道，"你可能需要这段经历以看清那些大象。"他正握着一杯"黑丝绒酒"——香槟和黑啤酒等比混合而成的强力混合酒。威廉姆斯变得摇晃起来，他可以听到浪花轻拍船舷的声音。

在船上有威廉姆斯、哈丁、米利和想尝试丛林生活的年轻男人托尼（Tony），他们已喝了好几天的酒。前天晚上，哈丁昏了过去，死气沉沉，他的朋友以为他死了。在玩牌时，他突然从椅子上往前滑倒。威廉姆斯看到哈丁头顶日晒形成的秃斑已失去了颜色，像猪油袋那样又白又凉。他发现，自己已"深深敬爱"上了这个老人。

早上，这头强硬的老鸟第一个起床，带着一杯酒温柔地叫醒了威廉姆斯。威廉姆斯喝下了这杯酒，在寒风中起床，看到迷雾像毛毯一样笼罩着河面，他可以看到远处岸边的几棵高树伸出了雾面，宛如梦境。

今天是个大日子，虽然哈丁和米利更有经验，但领队是威廉姆斯的工作。他现在比有几十年经验的森林人更擅长与大象打交道，而督管大象渡河需要真正的大象人。35头大象在河岸聚集，准备渡过这条1英里（1 600米）宽的河到新的伐木点去。不管喜欢与否，对大象人来说，渡过如此宽阔的河流均非易事。

想成功渡河，必须依靠大象自己的命令和时机而定。这和迷信或者感情无关，渡河过程的确存在某些神秘之处。渡河需要领头大象，它的身份尚不知如何被定义，它的出现似乎是由一个秘密仪式指定，没人能弄清它的身份是如何解决的。这令人困惑，但直指领导力的复杂本质，至少在大象中是如此。

渡过一条宽阔的河流充满了挑战，即使河中有一块长沙洲。虽然可以在沙洲的浅滩上暂作停歇，但渡河依然不易。考虑到河水的流动，以及渡河大象的数量，威廉姆斯知道，它们最终会分散到达对岸——部分大象会漂到下游半英里（800米）外的地方。

10点，威廉姆斯独自离开轮船，坐着当地的独木舟与吴山丁（U San Din）会面——他是大象头人。距离渡河还有一段时间，因为大象不喜欢在水温较低的环境进入水中。当独木舟划过水面的时候，威廉姆斯被面前的景象吸引了——阳光明媚，晨雾流连未散，对岸的沙滩和高树间，几十头大象聚集在一起，排成参差不齐的队伍，它们的耳朵扑扇着，象鼻蜿蜒着，四只脚轮换着站在那里。

它们互相间说着话。到现在，威廉姆斯可以对这些熟悉的对话进行分析。低沉的隆隆声表示亲密接触；高亢的吼叫表示长距离联系；短暂的鸣叫表示发送不安的信息，长的鸣叫表示欢乐；震耳的嚎叫表示指责。然后，还有一种古怪的、金属般的轰响，由象鼻敲打地面发出，这表示大象对某些事情不太确定。

这让威廉姆斯感到高兴。尽管前面的任务还很凶险，但仅是看着它们的队伍形态，就让他触动不已，他感觉到了某种心有灵犀。当他的眼睛被其中最英俊的大象"班杜拉"吸引住时更是如此。虽然班杜拉和其他公象被前方的母象遮挡住，但它的块头还是很容易被人发现。毫无疑问，班杜拉也发现了他，如果不是通过视线，就是通过他的嗓音或空气中弥漫着的他的气味。

下午 2 点，天气开始变得暖和起来。象夫跨上了大象，并检查那些绑在大象腰部的绳索。大象在游泳时会不时地潜入水里，此时象夫可以抓住这些绳索以免被甩脱。

是时候让这些大象渡河了，威廉姆斯发出命令让象夫肃静。一切都停止了，一切都留给了大象，它们可以自由地入河。吴山丁钻进独木舟在水面上进行监督。他和船上其他的桨手像牧羊人一样，如果大象随水向下漂流，他们会将大象赶回渡河队伍。

人们都在等待着那名未知领袖的出现。野生大象能建立良好的阶层结构——老年母象带领家庭成员；在动物园中的大象也能解决它们的社会等级问题，它们的命令链是竞争和微妙合作的产物；但在伐木场，自然的阶层被打破了。伐木象中难以出现固定领导者是基于一个简单的原因——不允许出现领袖。如允许它们存在权力结构，夜间将大象释放至森林时，这种权力结构将会衍生出人们不希望看到的效果。

此时，在河岸发生的是又一个可以适用在人类身上的大象经验：领导并非统治。威廉姆斯说，"从动物身上，人类可以学到不用霸权行使权威"。大长牙象可以跳进水里，但没人会跟随它，因为渡河所需的是信心而非勇敢。事实上，常年的经验告诉象夫，领导者不会是公象。聪明的女头领才是关键，所以，象夫会将公象排在最后。

迷雾已完全消散，但谜团还悬而未决。谁会第一个下水？谁将跟随？人们对此好奇且紧张。等待的过程一片死寂，接着，沉默被打破了。

8头母象涉水而入，水花被它们巨大的身体溅起，"它们随意得就像是在日常洗浴"。接着，又有5头母象进入了河流，但它们随即停了下来。这只是娱乐，众多大象浸浴在河水里，领袖还未现身。大象们随意地站着，而人们的情绪开始变得紧张。

威廉姆斯听到岸上一阵骚动：终于，一头母象驮着象夫推开了别的大象走到前面并钻进了水里。它没有犹豫，向水域的深处走去，坚定地冲向了河道。"有一刻它消失了，连带着骑手一起。"威廉姆斯说，"然后，它像瓶塞一样浮出水面。它在水上漂浮着，坚定地游向河中间的石岛。"

也许是它的信心吸引了其他大象的注意，也许是它们选择它来启动渡河。不管商讨的结果如何，其余母象陆续地在它身后列队前行。它们游得很有力，不时带着骑手浸入水里，但总能钻出水面。从河岸看去，这一景象非常神奇，以至于威廉姆斯、哈丁、米利以及年轻的客人托尼都沉默地自发起立。威廉姆斯写道，"很少有景象比强壮的年轻大象在深水里游泳更令人感到愉快。"

领头母象带着队伍到了沙洲，它似乎不想休息，继续向对岸游去，其余的母象和它一起行动。"对于这次迁徙，"威廉姆斯写道，"成队或者以个体工作的大象，突然变成了野生状态下跟随母象的象群。"

母象们表现得非常不错，是时候让长牙象出场了。威廉姆斯看着班杜拉像俊美的驱逐舰驶入了河里，它犁开河水，掀起了巨大的浪花。即使身体的大部分都在水下，它还是显得雄伟——它巨大的头颅露出水面，外露的皮肤湿漉漉地闪耀着紫色的光芒。

战 象 连

　　现在,全部大象都进入了水里。象夫并未下达任何命令——动物们支配着自己的行动。圈养大象转变为了野生大象,变得更有威严,这足够将人类观众置于它们的脚下。

　　整个渡河过程耗费了几个小时,大象和象夫安全抵达了对岸。现在,大家可以吃饭休息了。威廉姆斯回到了船上,准备庆祝。但他刚上船就收到了一个可怕的消息:班杜拉杀死了他的骑手。

CHAPTER 15

谋杀调查

人们告诉威廉姆斯，这头巨型长牙象在渡河之后，就像其他公象一样被系在了一棵树上。当它的象夫昂巴拉（Aung Bala）在它面前弯腰调整腿间的铁链时，班杜拉用象牙穿透了他的身体，用一种常见的技巧杀死了他——用它的头挤压这个男人，然后，把他破碎的尸体像扔破玩具那样抛开。

尽管这种死亡并不常见，但任何象夫都能坦然接受。大象如此珍贵，以至于那些暴戾的大象仍会得到征用，但它们会被交给富有经验的象夫照料。这些象夫会收到额外的风险工资，并经由长矛手保护。杀过人的大象会一直配戴着金属铃铛，而非木制象铃，这是特意为它们定制的。

威廉姆斯认为，坏大象就像真正邪恶的人那般稀少。但即使是正常的、好脾气的公象在交配期狂暴状态的支配下也会变为杀人的野兽。

班杜拉显然不属于这一情况，它不暴戾且不在狂暴状态。"如果说在狂暴状态杀死象夫具有合理性，这次的班杜拉则可以被定义为蓄意谋杀，如果确是事实。"威廉姆斯写道。他独自展开了调查。如报告属实，威廉姆斯会很没面子，大象班杜拉也显然配不上威廉姆斯对它的评价。他一路念叨着，工人划着桨把他送上了岸。死去的象夫昂巴拉是有名的鸦片瘾君子，但在这里毒瘾并不稀奇，只要你不妨碍其他象夫。

当威廉姆斯到达时，他看到了象夫及他们的家人，营地中满是悲伤气氛。威廉姆斯继续向前走，看到了他从未想过的事情：波多，一个以温柔驯象著称的人，手中拿着长矛看守着戴着镣铐的班杜拉；另一名长矛手也警惕地站在附近。

威廉姆斯认真地观察着这头长牙象，他相信，在大象身上可以看出类人类的情感，包括耻辱。事实上，许多杀死人类的大象在事后都会表现出哀伤，甚至会试着把受害者扶起，让他们站立。但班杜拉现在的表情丝毫看不出后悔的迹象。给人的感觉是，这次袭击或许还给它带来了好胃口。它身边堆积着很多新鲜食物，有甘蔗、芭蕉树和竹子，而它正以惊人的速度贪婪地将其全部塞入自己的嘴里。

这显然不符合逻辑，答案一定没那么简单。威廉姆斯要扮演一次侦探。威廉姆斯首先确认了，班杜拉不在狂暴状态，它的双颊没有出现任何液体。

是有人袭击了它？威廉姆斯开始寻找是否存在隐藏的伤口。他让波多小心地把班杜拉的耳朵向前拉开。如果象夫虐待大象，通常会对大象耳朵后的敏感皮肤下手。但威廉姆斯并未发现什么，班杜拉身上没有伤痕。

威廉姆斯研究现场越细致，波多就越显紧张。接着，威廉姆斯注意到了一个细节：这头被铐住的大象周围没有粪便，也没有被打扫过的痕迹。这表明，它有几个小时的时间没有排便。

威廉姆斯问波多是谁给班杜拉带的食物，他回答是昂巴拉。现在，事情似乎有点不对劲了：昂巴拉已死亡了几个小时的时间，但这里的食物还有如此之多，班杜拉的进食显然才刚刚开始。威廉姆斯察觉到了问题。

威廉姆斯并未表露出自己的想法，只是让波多和他一起去看看昂巴拉的尸体。一路上，他们路过了那天渡河的其余大象。它们所站之处的景象与班杜拉监禁处的景象截然不同，这些大象的晚饭没剩下任何东西，到处都有消化的证据：大象站着的地方充斥着很多粪便。

吴山丁领导了这次渡河，正在头人的房子里等着。威廉姆斯表达了自己的看法，吴山丁松了一口气，他现在不用担心自己会被担上告发人的罪名了。因为，威廉姆斯自己解开了这个谜团，吴山丁补充了一些细节。班杜拉没有进食，甚至已有3天时间未进食了，且被限制自行觅食。班杜拉的象夫（"吃大烟的人"）鸦片吸得太过兴奋，没能妥当照顾它。他本该遭到波多的惩戒，但波多也忽视了这件事。波多被自己家里正在发生的闹剧分了神。他娶了第二个妻子，是名十几岁的少女。第一个妻子的不快乐和第二名妻子的需求让波多忽视了对班杜拉的照顾。

班杜拉几天没能真正吃上东西，渡过一条宽阔河流又极端消耗了它的体力，这让他们付出了沉重的代价。它又饿又累，还要顺从象夫的命令站在一棵树边等待镣铐。在那之后，它逐渐失去了耐心。独自站在那里，又没有食物，班杜拉跺脚反抗，象鼻从一边甩到另一边，它的铁链绞缠起来并打上了结。昂巴拉靠近它，只是理顺了脚镣而不给它提供食物。"它勃然大怒，杀死了这个男人。"威廉姆斯写道。

波多迅速在这头饥饿的动物周围堆上了成堆的植物，试图掩盖自己监管不力的罪责。有很多人要被追责，威廉姆斯也难逃其咎。的确，波多和昂巴拉均负有责任，但威廉姆斯也难逃干系。他明白，班杜拉指挥链上的三个人都出错了。

威廉姆斯回到了船上将此事告诉了哈丁。哈丁称，等待波多的将是纪律决定。他们都认为班杜拉并非杀手，如果将它打上杀手标记只会把它变为一个真正的杀手，因为恐惧的骑手会用长矛对付它。所以，这次杀戮不会进入班杜拉的官方记录，它也不会被戴上金属铃铛。

就波多的事，威廉姆斯选择了宽容。这是波多第一次辜负班杜拉，威廉姆斯知道，波多自己也对此感到心碎。他给波多作了降职处理，但并未减少他的薪水。

这并未解决事态，更严重的事情正在波多身上发生。真相是什么，威廉姆斯自己也没弄明白。不久后，波多提出辞职的请求，威廉姆斯并未同意，并说服了他选择休假。威廉姆斯越来越对波多感到困惑。事实证明，当时的他并不知道这个驯象大师的谋划。

CHAPTER 16

反叛与重聚

1928年底，威廉姆斯得到公司的续约和职务晋升。他现在成为了森林官员，并拥有几个助理，在茂叻东南约390英里（627公里）的彬马那（Pyinmana）总部工作。当时，这里被视为世界上最有价值的林区，同时也正演变为对欧洲人而言最危险的地方，反叛活动的温床。那些被打上"反叛分子"标签的人通常是民族主义者，即意图复国的人。巧合的是，这里正是波多休假的地方、班杜拉的出生地、波多岳父母的家乡。又或许，这并非巧合。

这些年，对英国政府及其统治的国民来说困难重重。缅甸人显然渴望得到自治，至少，激进主义分子希望对这个国家的事务拥有更多的控制权，其中一个争论的焦点就是森林资源。森林资源一直为英国人管辖，其结果是，柚木林租约被授予了欧洲的公司而非缅甸的公司。几年前，英国人曾作过策略性的让步，专门设立了一个缅甸籍森林部长的职位。虽然这是个进步，但该部长的权力非常有限，分配重要柚木租约的权力仍然掌握在英国人的手里。此外，森林附近聚居地的农民掀起了广泛的动乱，因为他们被禁止采集柴木和竹子。

农民对此的回应则是不断上升的敌意。通常，这种敌意只是表现为非法采伐木材，但最终会发展为对森林官员的谋杀。用森林总管的话说，"表现为与政治骚乱紧密相连的普通违法事件"。骚乱分子的头目是萨亚山（Saya San），他是佛教僧侣、巫医和政治家。在20世纪20年代末期，他以免费为农民家庭派送木材和竹子的形式鼓动非暴力抵抗。很快，萨亚山进一步组织了武装起义。那是一次复杂的行动，有很多驱动因素，包括合法的民族主义诉求和对税收政策的抵抗，以及对全国教育改革的憎恨（因为传统上的教育由佛教徒管理）。太多的东西都在英国人手里——不仅是权力，还有大块的土地。据统计，缅甸人只拥有不到一半的富产大米的省份的土地。

威廉姆斯的新岗位即在冲突地区的核心。他到达那里的时候，冲突刚开始在这里扎根。想了解这些身处政治动乱环境中的新工人非常困难，他对这里的情况尚不熟悉，且还没有来得及和这里的工人们建立良好关系。他意识到，为英国公司工作使自己成为了靶子。没人知道最近发生的几起犯罪事件是否与更大的政治阴谋相关，但欧洲人在丛林被谋杀的事件不断上演。威廉姆斯辖区曼德勒以南的地方就有森林工人被象夫所杀，而三角洲南边还有天主教牧师被刺死，这只是诸多事件中的两起。

威廉姆斯依仗的是伐木场员工以及他带来的旅行象，他对自己所见到的工人感到乐观。他对自己的工人表现出了信任，然而他非常清楚，即使这样，他和工人们也存在分歧。"虽然我已学会了缅甸语，且用心了解过为我工作的工人，但我知道，我只能明白他们头脑里的一小部分想法。"他写道。殖民主义对缅甸人意味着什么，他心知肚明："我虽然是一家私人公司的雇员，但代表着政府，而他们是被统治者。"

他为孟买博玛公司工作的事实让他的处境变得危险。这个公司在英国最初统治这个国家的时候曾出过力，那是历史学家所言的英国接管缅甸的三次战争中的第三次战争。

第一次英缅战争爆发于19世纪20年代，伟大的缅甸将军班杜拉（Bandula）曾攻克了阿萨姆邦（Assam）。那次战争的最后结果是缅甸将若开西南地区割让给了英国。19世纪中叶，几名涉嫌谋杀的英国人被捕为第二次英缅战争提供了充足的借口。这次，缅甸的所有沿海省份包括仰光均被英国占领并统治。第三次英缅战争发生于19世纪末，一系列因素聚集起来引发了那次战争。君主锡袍（Thibaw）国王被视为对英国在商业上不友好，此时正值法国人巩固对邻邦也即后

战 象 连

威廉姆斯相信自己的雇员，但他也知道，在这个殖民地世界里分歧仍然存在。

来被称为法属印度支那（French Indochina，越南、老挝和柬埔寨）统治的时期。当锡袍政府对孟买博玛公司的偷税漏税行为罚款时，英国人找借口发起了战争，其结果是英国废除了缅甸王朝并接管了他们剩余的国土。国王锡袍和素葩遥莱（Supayalat）王后被流放到了印度。缅甸多年来作为印度的一个省被进行管理。英国人控制了缅甸的木材出口以及其他高利润生意，而印度人被招募填充了大部分的公务岗位。殖民者认为缅甸人太懒，印度工人则大受欢迎。威廉姆斯在缅甸的时期，仰光有53%的人口为印度人。几十年内，数以百万计的印度人移民到了这个国家，本土居民非常憎恨他们。

威廉姆斯的策略仍是首先做好安抚工作，通过拜访辖区内的伐木场以认识那里的工人。他对此驾轻就熟，他在各个伐木场间旅行、支付工资、检查大象，并处理问题。

这是一群新的大象，它们都有自己的特征，威廉姆斯很快就认识了它们。他快速地记住了它们的名字，自信地治疗它们的疾患、瘿子和肚子不适。他现在已经学到，腿肿可通过将动物置于冷蒸汽下以缓解症状；如果大象变得难于管理，威廉姆斯可用老练的象夫替换生手；怀孕的母象则会被减轻工作负担并减少工作时长。大象们被喂养得更好了。

威廉姆斯尝试用一种新的、实验性的炭疽疫苗给大象接种。这种由细菌引起的传染病是可怕的瘟疫，削弱并杀死了很多动物。在彬马那，他有机会做自己喜欢的事情。但接种必须用大象厌恶的大孔径针头完成。即使是面对那些他很了解的大象，这也是危险的活儿。何况这是一个全新的地方，动物们对他并不熟悉。但他发现，自己已有足够的经验进行这些工作。

然而，与大象一起的生活总是充满风险。一次，威廉姆斯和工人在森林里徒步旅行。在交错的大块阴影和耀眼的阳光中，发生了一件不可思议的事情：一头站着不动的大象隐形了。由于未察觉到它的存在，威廉姆斯几乎与它相撞。他和这头大象只有一步之遥的时候，大象拼命地吼叫起来。它警醒地伸直了耳朵，愤怒地咆哮，快速而猛烈，毫不犹豫地冲了过来。直觉让威廉姆斯和他的工人跑向了相反方向。威廉姆斯飞奔的时候也不忘回头看工人的位置。工人们很安全，因为这头愤怒的大象只盯上了威廉姆斯。

他往邻近的村庄跑去，他能分辨两种不同的金属的撞击声。其一是，大象脚踝上绑的铁链。很幸运，这能减慢它的速度——这非常重要，因为这种生物可以短暂地爆发出18英里（29公里）每小时的速度，能很容易地追赶上大多数人类。其二是，大象脖子上挂有金属铃铛，而非普通的柚木铃铛。冷酷、连续不断的声音让他颤抖，通过声音的识别，紧追他的是头杀人象。

那一刻，他想起了它的名字——杜信玛（Taw Sin Ma）。脾气暴躁的它在年幼时就得到了这个名字，意为"野象小姐"，它是辖区内最危险的动物。

威廉姆斯在树木间穿行躲避，最终成功到达了营地。此时，杜信玛已放弃了追逐。它的骑手前往森林抓住了它。

威廉姆斯回到了巡视之旅。

战象连

威廉姆斯急切地用一种实验性质的新炭疽疫苗给他的大象接种。这种传染病曾害死了大量他照料的大象。

在一段可怕的高温天气中,他的大象做了一些非凡的事情。那天非常闷热,人们不断发出抱怨声。饭很快准备好了。在威廉姆斯坐下来吃饭时,所有的大象列队都回到了营地。前所未见,它们从未在休息时集体回来。不仅如此,它们还站在了日光的暴晒下,并未选择阴凉处。正常情况下,它们会不停地走动,现在却奇怪地一动不动,就像陷入了思考。这真是一件诡异的事情。

事情变得离奇起来。一阵热风吹动了林地里的干草,当风停下来时,世界重归寂静,天气更热了。

"一种奇特的感受让我站了起来,"威廉姆斯写道,"就像我未完全置于陆地上也未完全置于空中。从很远的地方——或许是印度,又或许是中国的西藏——传来了低沉的隆隆声"。

突然，万物摇晃起来——树梢、房屋，甚至是大象。森林似乎在呻吟和嘎吱作响，树枝折断。威廉姆斯感觉自己好像坐在一条船里"迎接巨浪"。

"大地摇晃起来，就像一只西班牙猎狗在晃动它的皮毛，"威廉姆斯写道，"枯死的树枝和彩带一样的树叶落到了地面上。"

地震之后，当地面再次变得坚固时，象夫欣慰地大喊起来。"大象们，"威廉姆斯记道，"就像结束了出席某种严肃的典礼，离开了空地，再次进入了丛林。"

威廉姆斯担心还会出现余震，但人们向他保证，大象已帮助我们作出了判断，它们的判断从未出错。威廉姆斯平静地回到了自己的餐桌。

在一个伐木点，波多意外地拜访了威廉姆斯。波多正在附近休假，他说他有点担心，因为有流言说，班杜拉在上钦敦江地区的老伐木场走失了。威廉姆斯马上警惕起来，他回想起哈丁的话，"盯着他点"。他预感波多与班杜拉的"消失"事件存在关联。

尽管非常担心，但威廉姆斯仍没法丢下手中之事全力寻找班杜拉。

整个缅甸都谈论着叛乱的话题，威廉姆斯第一次感觉到了在偏远的森林一隅旅行的危险。他甚至收到了一封由缅甸语写的匿名信，匿名信威胁他不要再在这块区域工作。他也许被吓着了，但他不会被吓跑。他想，最好的办法是找个保镖。他又给自己找了一条狗：那是一条大警犬和野狗的杂种犬，有深巧克力色的皮毛，双下巴，天鹅绒般的耳朵和"小而灵巧、稳健的爪子"。它的尾巴卷着，像一只雄狮狗。"它很了不起，"威廉姆斯写道，"它用猎犬的声音向我低沉地吠叫。它在乞求一个新的家和机会。"

威廉姆斯的朋友认为，他信任这些畜牲甚至到了疯狂的程度。他从狗身上看到了一些东西，且很高兴有这些勇敢的动物伴随自己穿越反叛区，他身上还带着一大笔支付给大象承包商的经费。

战象连

在接下来的几天里，威廉姆斯发现他拥有的是一条被称为八盛（Ba Sein）的狗，八盛是他见过的最杰出的狗——能保护人、拥有直觉，并能时刻保持高度警惕。"它的眼睛让人着迷，颜色就像它身上的短毛一样是温暖的棕色，它的双眼凝视之深邃超过了我见过的任何东西。"威廉姆斯写道。

一切都很顺利，直到他们到达了下一个营地，那是一个荒芜、被遗弃的村庄。在那里，八盛不知怎么中毒了，它被人发现时正阵阵地发作癫痫，几分钟内就死了。威廉姆斯怀疑是匿名信的写信者杀死了他心爱的狗。他立刻把人们召集起来，打包离开。"我的营地从未被拆得这么快过，"威廉姆斯回忆，"大象们背起了行囊，最后一头大象扛起了八盛冰冷的尸体，它被包在一块毯子里。"

日落后移动营地很少见，但这次却很有必要。午夜时分，队伍抵达了该区域最大的镇，那里驻扎有殖民军队。民警已出动，一个官员告诉威廉姆斯，"整个郊区都被叛军掌握了。"

持续数月的罢工开始了，这段日子对柚木公司来说可不是个好时期，因为罢工发生在华尔街大萧条之后，大萧条甚至影响了缅甸的金融业。

出于安全的考虑，欧洲的木材雇员都被命令进行隔离保护，并被禁止在伐木场间旅行，这意味着威廉姆斯没法一一检查他照料的大象。虽然威廉姆斯无法得知象夫的政治倾向，但他知道，他们不会抛下自己的大象不管。

他的工人绝不会和他讨论政治，那太危险了。在英国法律中，政治活动是被禁止的，但活动分子还是找到了法子。因为宗教组织是被许可的，所以民族主义者发现他们可以通过佛教协会促进自己的事业。

在印度，甘地推进了非暴力不合作运动；在缅甸，萨亚山想要的是武装行动。他将佛教、星相学和魔法的元素糅合起来，创立了一种大众运动，并开始集结他在军队里的3 000名士兵。1930年12月，萨亚山撕下了所有宗教活动的伪装，他希望能统治这个国家。在这段时间，森林部门有6个雇员被杀，尚不清楚他们是否为萨亚山的追随者所害。

作为回应，英国人集结了 8 000 名士兵，大部分为印度人，击退了反叛者。当英国公民组成的武装民兵成立之后，威廉姆斯和他的旅行象被征召入伍对森林进行侦察。

在这段紧张的时期，旅行象连晚间也被锁在了营地周围。工人没法像平常那样在早上出去寻回自己的动物，因为他们有被俘虏的危险。

直到最后，威廉姆斯的队伍也没有碰到一个反叛分子，但另一个夜间潜行者骚扰了他们。来自森林的野生公象潜进营地探访了被拴住的大象。类似事情发生了多次，即使他们将营地频繁移动，也未能避免这样的骚扰。首先是工人们告诉了威廉姆斯这名"跟踪者"的存在，然后是被惹恼的大象在晚上用它们的象牙发出特别的金属撞击声宣布了"跟踪者"的存在。太阳升起时，威廉姆斯可以看到空地边缘巨大的大象脚印。野生公象不仅拜访了他们，甚至一直跟踪着他们。

第二天，队伍集合，继续巡查，他们排成一条长队钻进了丛林通道——人和动物穿透茂密的森林植物而形成的小路。当靠近巴韦（Palway）小溪时，整个队伍停了下来，骑手们喊着："野象（Taw Sin）！野象！"威廉姆斯向队伍后面走去。在这样近的距离对付野象非常冒险，因为很难预测工象对野生象的反应。威廉姆斯看到了这名不速之客，那是处于巅峰状态的巨大公象。公象有着漂亮的灰色皮肤，上面点缀着粉色斑点，它的象牙弯曲得就像舞女的腰身。

它是班杜拉。它工作的伐木场离这里有几百英里远。

长牙象认出了它的老伙计背包象，当威廉姆斯喊它的名字时，它也认出了威廉姆斯。班杜拉已独立在外晃荡了一年时间，虽然它喜欢威廉姆斯，但它更喜欢自由。它吼叫着转身跑开，露出屁股后面的标记。

它没走多远，它和这些熟悉的人与象捉迷藏。在威廉姆斯的队伍沿着小路前进时，班杜拉总是紧紧跟着他们。

威廉姆斯想到现在或许需要波多的帮助，可波多不在身边。波多本应前往钦敦江的老伐木场报到，但他并未抵达那里——他最后被人看到在反抗运动盛行的区域活动。威廉姆斯召集他的象夫。从目前的情况来看，班杜拉在野外待了一年后已变得对人类很警惕。有人自愿去抓它吗？

有人提议，可以用一种捕获野象的传统方法——梅拉希加（mela shikar）。这种方法需要驾着两头"成年且脾气温和的母象"靠近野象的两侧。母象上载有两名骑手，其中一人在条件许可的前提下可跳至野象的背上。

可靠的母象——香玛（Shan Ma）和因津玛（Yinzin Ma）——被选中。它们被驾驭着进入了高高的象草墙，班杜拉就在附近。威廉姆斯爬到树上观察，他只能通过班杜拉行动时摇动的草尖去追踪。或许是出于天性，或许是母象对班杜拉并不畏惧，香玛和因津玛平静地大力咀嚼着一路上的植物，它们被引导着缓慢接近班杜拉。

"越来越近，突然，"威廉姆斯写道，"当它们之间的距离接近一箭之地时，叽叽喳喳的声音打破了沉默。不知怎么的，我把这个声音和可爱而伟大动物班杜拉联系了起来……那是一种满足且欢乐的声音。"大象们似乎正在对话，且非常顺利。

一名骑手刻意转向了公象，光着脚小心地跨到了它的背上。很快，威廉姆斯看到了快乐的大象队伍——"走在最前面的是香玛，背上只有一名象夫；之后是班杜拉，骑手刚从香玛那里跨到了它的背上；最后是因津玛，背上骑着两名象夫。"威廉姆斯被这些人触动，"他们与动物的友谊唱响了和谐之音"。

这里与叛乱区中心的钦敦江距离甚远，威廉姆斯被他最爱的大象所簇拥。他并不急着将班杜拉送回，这头长牙象将跟着他一起巡查，直到叛乱平息。被当作旅行象对班杜拉来说有点降格，所以威廉姆斯坚持不把它打扮成旅行象的模样。如果给班杜拉佩戴旅行象的背鞍而不是身着标志强大的伐木拖具，无疑会伤害他自己以及班杜拉的骄傲。

同时，他再次打听到了波多的消息。他显然已遭到了警察的怀疑，被限制离开他的村庄。被警察释放后，波多想办法找到了威廉姆斯，他的模样非常吓人。威廉姆斯的直觉是，波多的确参加了反叛军。不止如此，他怀疑这名驯象人还安排了班杜拉的大逃亡。

虽然威廉姆斯没有任何的政治偏见，但他绝不会支持针对自己祖国的民族主义运动。他安慰自己，帝国是在为缅甸人提供帮助。最终，裂痕出现了，"曾经存在于我们之间的信任开始动摇。"但威廉姆斯并未一根筋地把他的导师一脚踢走。"我不能否认，班杜拉在波多手里更合适。"他写道。

他将班杜拉和波多留了下来，远离波多可能联系上的任何一名起义者。不管怎样，叛乱一定会被很快清除。萨亚山已藏到了曼德勒北边的寺庙，当他往东边的掸山奔逃时，他会被抓获、审判，并被处以绞刑。

在彬马那，威廉姆斯可以进行一些自我证明。远离西部的缅甸大本营，独立训练一群新的大象。他成功了，达到了他梦寐以求的专家水平。毫无疑问，比利·威廉姆斯成为了大象达人。

PART TWO

LOVE AND ELEPHANTS
爱与大象

CHAPTER 17

老虎时间

1931年，33岁的威廉姆斯准备放弃爱情。他把生活交给了命运，回到了定期的森林巡检中，带着他的狗，一条名为莫莉·米娅的聪明的忠诚的德国牧羊犬。

一次巡检途中，他在贝德基（Bwetgyi）流域偶遇了林业总管史蒂芬·霍普伍德（Stephen Hopwood），他正在那里的小溪钓鱼。威廉姆斯一直期待有机会与这名丛林老手谈谈。霍普伍德刚过50岁，不苟言笑，为人正派。除了在第一次世界大战有过从军经历外，他还在法国担当过野战炮手，他整个成年时期都在缅甸度过。由于在作战时负伤，他曾获得过英勇十字勋章。据说，他比别人更了解缅甸森林以及森林里的居民。

霍普伍德并非一直冷淡生硬，是他妻子海伦（Helen）的悲剧死亡改变了他。她在陪丈夫进行森林巡检时，被高烧要了命。霍普伍德英雄般地设法将她运送到了曼德勒的医院，但为时已晚。妻子死后，他消失在了森林，并和朋友们断绝了联系。搜寻队最后找到了他，但那个快乐的老霍普伍德消失了，他甚至再未提及海伦的名字。

霍普伍德让威廉姆斯继续前往下一个伐木点，但要确保大象不混淆——威廉姆斯的旅行象放置于下游区域，霍普伍德的大象放置于上游区域。让大象们分开，显然更易于人们管理。

威廉姆斯带着莫莉·米娅徒步抵达了霍普伍德提及的那个区域。他渡过河流，望向河岸上的营地，那是一块不错的开阔地，高树环绕。

战象连

狗是威廉姆斯最亲密的伴侣（包括莫莉·米娅和卡尔）。

奇怪的是，那里出现了两个帐篷。威廉姆斯感到失望，他想和总管谈谈未来的计划。他不希望有其他人干预自己，他甚至希望继续沿着河流走下去。

此时，他瞥见了空地上一个高挑、苗条的女孩。女孩也看到了他，并向他挥手。为了致意，威廉姆斯举起了他的特赖帽（Terai，宽边毡帽），和哈丁的一模一样，仿制的是英国和印度军队里廓尔喀（Gurkha）士兵戴的帽子。他非常喜欢自己的帽子，但此刻，他产生了一种不悦的预感，"当我穿过空地的时候，突然想到这似乎有点荒谬。我承认，我感到有点害羞。"

PART TWO 爱 与 大 象

　　这个女人刚从阳光下的小睡中醒来，对在森林里遇到的任何人都感到惊讶，更别说威廉姆斯还是英国人。她注意到了威廉姆斯的高大，脸上露出了友善和愉快的表情。

　　她28岁了，身高大约1.7米，苗条、漂亮，灰色眼睛衬着深棕色的头发，卡其布猎装使她显得更加漂亮。事实上，她为自己的缅甸之行购买了非常多的衣服，以至于她的家人给她起了个"仰光女士"的外号。

　　她首先发话："我是苏珊·罗兰。"

苏珊·罗兰（Susan Rowland），漂亮且未婚。吉姆·威廉姆斯还愉快地得知，她与自己一样喜爱动物。

131

战 象 连

"我是孟买博玛柚木公司的比利·威廉姆斯。"

他问道，他和他的工人是否惊扰了她，并安慰她说自己并非丛林匪徒。她似乎也一样害羞。"或许，她对一名不受欢迎的陌生人感到尴尬？"他嘲笑自己，"或许，只是因为我的帽子。"

他告诉她，自己刚和霍普伍德交谈过，但霍普伍德并未提到她的存在。她饶有兴味地想了想，"波波叔叔（Uncle Pop）怎能忘了我的存在。"不过，她对能遇到这样一个活泼的年轻人感到高兴。

她注意到他身边的莫莉·米娅，威廉姆斯介绍了它，"我恐怕拥有的是一条世界上最不友好的狗。"他告诉她，"它性情温和且非常忠心，我没法让它对我之外的任何人感兴趣。"

威廉姆斯突然发觉，在他说话的瞬间，忠诚的莫莉并未靠在自己身边而是蹭着苏珊。威廉姆斯从未见过这条狗如此亲近除他之外的人。

苏珊非常高兴，她抚摸着莫莉，对话的尴尬似乎消失了。"多可爱的狗，"她说，"我曾听说过莫莉·米娅的故事，森林助理们曾经谈起它对威廉姆斯的忠诚。"

苏珊递给他一杯酒，他们坐在了一起。她还未告诉他自己为什么会来到这里。苏珊说道，她到缅甸是为了接替她的表姐妹们照顾自己的叔叔。"我不太在意你是谁，"威廉姆斯对她说，语气有点轻佻，"能在这里和一位美丽的姑娘同坐喝酒，是一件出乎意料且非常有趣的事情。"

威廉姆斯简单地作了自我介绍——他来自康沃尔，在缅甸从事柚木工作。他们很快沉浸在谈话中，直到象铃声将他们惊醒。威廉姆斯说，"一定是自己的旅行象到了，他要去吩咐一下自己的工人。"

看到苏珊眼中的好奇，他询问，"想一起去看看吗？我给你介绍。""他已简短介绍了自己的生活，但正是在那一刻，"她后来说，"当把她介绍给他的大象时，他由一个迷人的男人变为了非凡的男人。"

领头象是一头公象，它从森林里现出了身影。"它看起来令人激动——长着闪光长牙的雄伟公象。"苏珊说。它后面跟着其余14头形态、身材各异的大象。

威廉姆斯指着长牙象说:"这个领头的棒小伙是'工象',并非'旅行象'。但现在,它正处于康复期。"

威廉姆斯走向这头大象,用缅甸语和它交谈,看着它的眼睛,并向苏珊耐心地解释。她看着他和公象交流,先是简单的语言,然后用某种类似魔法的方式:威廉姆斯用身体接触,用手摸遍了大象全身粗糙的皮毛。此时,人象间没有任何语言交流,动物竟能举起鼻子让他检查自己的前胸。最后,威廉姆斯高兴地看了看象夫,这头长牙象很快就能回到作业中了。

在这头大公象的身后,是3头老母象。威廉姆斯说,它们已到了半退休的年龄。它们只能运送轻微的货物,大部分时间都在自由觅食并与其他营地大象或野生大象交流。

苏珊的视线越过了这些令人尊敬的老母象,那边传来了动静:所有的年轻大象都在那里,8~21岁不等。它们几乎无法保持安静。她看到11条象鼻在空中蜿蜒——或是捕捉她的气息,或是彼此抚摸,或是抓起树叶塞到嘴里,期待着即将到来的自由的夜晚。它们的脸上撅起了皱纹,脸颊拉紧发出惊人且高调的声音。她发现,它们的欢乐具有传染性。

威廉姆斯无意中提到,这些年轻大象们要么"还在上学",要么刚刚"毕业"。苏珊可从未听说过这样可笑的概念——大象学校。威廉姆斯捕捉到了她脸上带着怀疑的表情。"我没开玩笑,"他告诉她,"这都是事实。"他解释了自己努力创立的系统。他的热情、温柔和激情,解除了她的戒心。她意识到,他对动物们的忠诚、尊重和真爱。

这时,霍普伍德带着晚餐回到了营地——10磅(4.5公斤)重的马西亚鱼。这是一种美味的野生鱼,英国人有时称它为"印度鲑鱼"。他邀请威廉姆斯留下来共进晚餐,然后,他消失于帐篷去洗澡并换上了干净的衣服。

至少,他们吃的不是平常的饭菜。苏珊已逐渐厌倦了波波叔叔喜欢的安全的、乏味的菜单。"他非常喜欢仰光的巴内特兄弟公司(Barnett Bros)生产的英国罐装食物——罐头汤、罐头蔬菜和罐头鱼。"她后来在自己的回忆录里写道。

他们都需要一番梳洗。苏珊进入了自己的帐篷，莫莉跟着她。威廉姆斯无法相信自己的眼睛。当他们再次出现时，天色已晚。苏珊写道，"那时，一种神秘的光降临在了丛林"。她听说，这个时段被当地人称为"老虎时间（Tiger Hour）"。

巨大的篝火升起，霍普伍德的工人们开始上酒。莫莉安静了下来，绕着苏珊匀称的双腿。威廉姆斯有很多东西要请教霍普伍德：缅甸的森林保护和困顿的全球经济，正严重影响着柚木业。但霍普伍德讲述的却是自己的丛林探险传奇。很快，威廉姆斯忘掉了自己原本希望探讨的话题。这并非源于老头子的大型狩猎故事，而是苏珊的介入。

午夜，霍普伍德站起来说道："我要睡觉了，你们晚安。"

威廉姆斯和苏珊暗地里都松了一口气。但很快，年轻的求爱者再次被害羞困扰。他可以迷住多数女人，但对苏珊却显得笨拙。"我想和这名年轻女士在一起，但我想不出任何可说的话题，"他回忆道。他告诉她，他一直喜爱动物，从到达缅甸的这个公司开始，大象就成了他生活的中心。

交谈中，她打量着他："英俊、身材高大强壮、温和、发亮的棕色眼睛和金色卷发。"在火光中，他脸颊上的细微突起部分（十几岁时，一次枪支意外嵌进了一粒铅弹）消失了。她还注意到他漂亮的双手。她为他的友善、他的"丛林知识储备"，以及美妙和智慧的叙事方式感到震惊。

威廉姆斯兴奋地讲述了他在孟拜公司接下来需要完成的任务：他将前往孟加拉湾森林覆盖的安达曼（Andaman）岛，和一个本地罪犯队伍一起调查那里是否有足够的食用植物以喂养工象群。公司正调查在神秘群岛采伐柚木的可能性。

苏珊为自己突然产生的心理刺痛感到震惊。为什么她如此在意这个新来者的离开计划？她的生活中并不缺乏献殷勤的男人。除了森林旅行外，过去一年她都和波波叔叔在仰光过着平稳的生活。每天，她都有忙碌的社交活动。她骑着名叫"完美（Perfection）"的英国猎狐马沿着城市的马路行进。几乎每天都安排了游泳、跳舞和网球活动。周六下午，她还会穿戴"齐脚踝的长裙和阔边帽"参加赛马。她是所有顶级殖民俱乐部的会员：赛马会（Gymkhana）、勃固（Pegu）、帆船运动（Sailing）和乡村俱乐部（Country Club）。工作日，当波波叔叔在秘书处的办公室工作时，她会买些日常用品，到大百货公司如劳氏公司（Rowe & Co.）购买新货或者到小时装店定制衣服和鞋子。她从不为钱发愁，每个地方都有年轻的英国男人追求她。

然而，他们似乎都缺少点什么。确实，来自本土的未婚女孩在缅甸非常少。面对仰光的外籍单身汉们，她有太多的选择，但没人像威廉姆斯那般吸引她。

互道晚安后，她走回自己的帐篷，为即将来临的分离而感到苦恼。"我很惊讶，几乎是对自己感到生气，"她写道，"我发现自己对这个年轻人的离去感到痛苦，我们才相识不到24小时。"

早上，苏珊一反常态，坚持要求参与到工人们评估该区域树木的日常工作中去。当他们一起徒步行进时，她非常高兴，"莫莉几乎一直陪在我的身边。它整天都跟随着我，在我们停下休息时还会冲上前来躺在我的脚间。"

比利·威廉姆斯想离开的想法也烟消云散。那天晚上，遵循殖民地的丛林礼仪，威廉姆斯回请了晚餐。

苏珊洗完澡并穿上了她最好的旅行装，到达了威廉姆斯的营地。他们坐在了帆布椅上，靠着一张折叠桌。她非常吃惊，厨师约瑟夫的灰色头发上戴着一顶黑色圆帽，他的厨艺惊人。"我们吃的这顿饭，很难相信来自丛林。"苏珊写道。他们以鸡汤为前菜，之后是烤鸭，边上配着绿豆和美味的女爵土豆泥（捣碎的土豆加上鸡蛋和奶油，做成玫瑰形状，外面炸得酥脆），紧接着是一道鲜蘑菇烤面包片。

这次，霍普伍德明白自己成了电灯泡，所以特别早就上床睡了。他把威廉姆斯和苏珊留在了漫漫的长夜。到现在，他们彼此感觉更加自如。缅甸的丛林变为了浪漫的背景，奇特、不停歇的夜鸟啼叫着，林中空地摆脱了丛林树木的遮盖，星星在黑暗的天空下显得格外耀眼。

威廉姆斯熟悉的黑牌威士忌帮助他们变得分外轻松。苏珊喜欢聆听比利的故事，也很感动威廉姆斯对她的故事表现出的好奇，认真倾听着她的"倾诉"。

她和5个姐妹在1918年的流感中失去了母亲，由她们的祖父养大。苏珊接受了保姆培训，因为她的父亲对她希望上园艺大学的志愿不屑一顾。她想为自己追寻点不同的东西，虽然她不确定自己的未来。波波叔叔的提议是一声霹雳。叔叔对她来说很陌生，缅甸很神秘，但她欣然抓住了这个机会，"我就像一只刚孵化的蝴蝶，翅膀还有点湿润和笨拙，但那就是我的翅膀。"

霍普伍德（波波叔叔）是她父亲的堂兄。他轮流将几个侄女带到缅甸去帮忙管理自己的房子，他将她们统称为"波比（poppy）小姐"。这样，他不必去区分她们的名字。

那天晚上，她和威廉姆斯笑着谈论了很多故事。当威廉姆斯逗乐了她时，苏珊感觉到一种爱慕之情正在他俩之间形成。她开始称呼他为"吉姆"，就像他的家人那样，而不是他的同事们称呼的"比利"。

"与吉姆的认识越深，他对生活的巨大热情就越加感染我"，她回忆。这个男人拥有罕见的个性——温暖、爱笑。他还散发着一种团结意识，能激发深厚的信任感。他相信人性本善且他本人也一直践行。

苏珊询问，在他外出探险时如何安置莫莉。威廉姆斯告诉她，这是他最大的担心。森林里的游牧生活让他对忠诚的伙伴特别亲近。莫莉是他遇到过的最聪明的狗。他总会准备一些轻便的小床，吊离地面以充作莫莉的睡床。莫莉是他见过的唯一一条懂得如何调整蚊帐的狗，它会在晚上自己跳上睡床。他能在远离营地10英里（16公里）的地方指挥它回去取物件，它总能顺利地完成。他确信自己甚至不需要和它说话或者靠近它，就能与其交流。有时，他会将莫莉留在后方的营地，他感觉自己仿佛可以在脑海中看到它——并非记忆，而是感知到真实的图像。他很自信能从数英里外的地方无声地呼叫它，它总能找到自己。他甚至安排了一个测试，命令莫莉待在营地，然后请求昂内

PART TWO 爱与大象

莫莉·米娅（左）是威廉姆斯遇到过的最聪明的狗。他确信它能阅读自己的思想。

记录它实际离开岗位的准确时间。正午时分，他在 4 英里（6.4 公里）外的地方无声地召唤莫莉。后来，昂内告诉他，恰是那个时刻，莫莉·米娅突然警觉起来，冲进了森林直奔威廉姆斯。它事先并不知道威廉姆斯的位置。

"我们的联系如此密切，如此依赖彼此的陪伴，"吉姆告诉苏珊，"我难以离开它。"

苏珊指出，莫莉似乎并不讨厌我。她说，"让我替你照顾它吧，我很想要一条狗，我确信波波叔叔不会介意，它是如此的可爱。"莫莉似乎察觉到苏珊在说它，配合地摇了摇尾巴。

在隐约的灯光中，吉姆看着这名美丽的女士，出乎意料地同意了："如果你喜欢它，我可以把莫莉·米娅交给你。"他告诉苏珊，"她对莫莉的关心会解决一切问题。"

这太好了，苏珊想。通过莫莉的分享，她将与吉姆建立起坚固的联系。他们非常正式地道了晚安。令威廉姆斯惊讶的是，莫莉·米娅小跑着跟在苏珊身后进了她的帐篷。

到了早晨，用完早茶和早餐并打包好了行李，威廉姆斯提醒苏珊拴住莫莉，为他的离去做准备。"我向莫莉道别，心里默默地希望莫莉会流露出伤感的表情，"他承认，"但莫莉仅是摇了摇自己的尾巴。当我离开营地大约半英里（800米）远时，我等了一会，想听这只德国大狼狗紧紧追逐我的声音。"显然，这并未发生。威廉姆斯暗暗许下了一个玩笑："如果她在我回来的时候已赢得了莫莉·米娅的心，我将莫莉抢回来唯一的办法就是迎娶这个女孩。"还在营地的苏珊也有同样的想法，"虽然我们在一起的时间短暂，但某种牢不可破的联系已在我们间建立了起来。"她现在有了莫莉·米娅这个"人质"。

    威廉姆斯在一周后重回仰光时，继续了自己的求爱行动。威廉姆斯电话苏珊相约晚餐，波波叔叔接到了电话。老头子完全歪曲了这条信息，他告诉苏珊，"小伙子威廉姆斯"想拜访自己并和他谈谈深海钓鱼。他同意威廉姆斯过来吃晚餐，但他会将莫莉关在一个单独的房间。这与威廉姆斯表达之意完全相反。

    第二天晚上，吉姆抵达了这栋位于温德米尔（Windermere）公园25号的豪宅，这是仰光最高级的郊区。他并未打算与波波叔叔共进晚餐，而是与苏珊约会。霍普伍德缓慢地走向自己的餐桌。苏珊现在才意识到她的叔叔全程计划了这次惊喜。在她准备赴约前，她先行去了餐厅。"我的心放在了可怜的波波叔叔身上，他独自坐在餐桌旁，像笔那般直。"她写道，"在那兴奋的时刻，我决定给他一个吻。他看起来似乎迷惑不解且显露出了惊吓的表情。"

    吉姆和苏珊在那段时间几乎每天都黏在一起——观光、跳舞和社交，莫莉则陪伴在他们的身边。苏珊发现了吉姆的最大特点：他拥有无穷的体力，他似乎不知疲倦。她对威廉姆斯在朋友中的受欢迎程度感到沉醉。"我对他了解得越多，就越被他磁铁般的个性和强烈的幽默感吸引，"她说，"我们跳舞、欢笑，并谈论着世上的一切。到了那周快结束的时候,我知道自己爱上了他。更重要的是,他也爱上了我。"

    她的感觉是对的，但威廉姆斯手头还有一些其他事情，特别是他

PART TWO 爱 与 大 象

还需要进行一次复杂的考察。在追求苏珊的间歇，他和孟买博玛贸易公司商讨政策，并着手着自己的准备。一个他经常联系的雇员是某个执行官的助理。"他是个花花公子，"威廉姆斯写道，"公司其他人给他起了个'硬汉（He Man）'的绰号"。

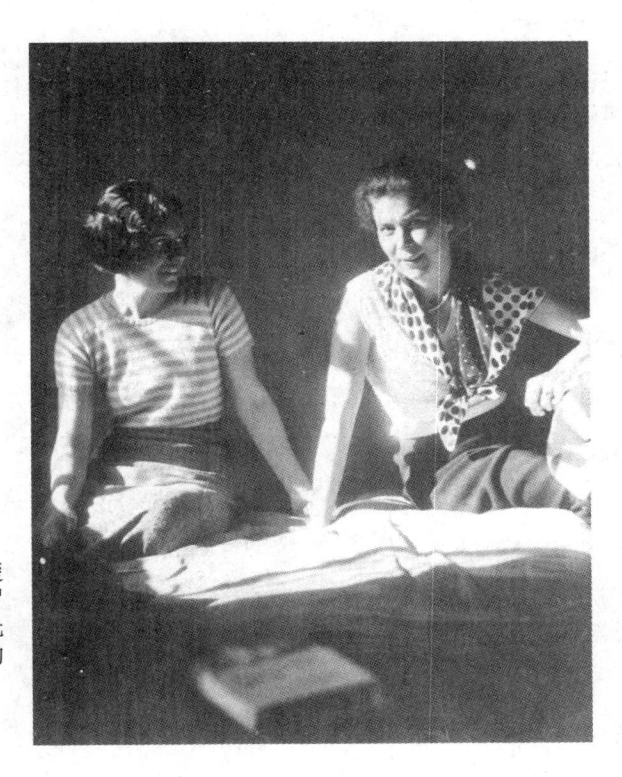

成熟而楚楚动人的苏珊·罗兰（右）在仰光吸引了很多人的注意。

"硬汉"主动提议照顾莫莉·米娅，但威廉姆斯告诉他，这个任务现在归苏珊了。"如果是这样的话，""硬汉"回答，"我想，我应该去照顾苏珊。"

在离开前的几天，威廉姆斯举办了一次晚宴派对，有亚麻、瓷器和印刷的菜单，主厨是约瑟夫。

苏珊盛装出席，莫莉·米娅紧随其后。吉姆回忆，她看起来就像狩猎女神黛安娜。不幸的是，"硬汉"也出现了，威廉姆斯抢占了苏珊左边的位置，"硬汉"占据了右侧位置并迅速成为了焦点。他靠

战 象 连

咬掉香槟玻璃酒杯的一侧像小丑般地吸引女孩们的注意。虽然女人们感到十分惊讶，但威廉姆斯颇显震怒。为了和苏珊调情，"硬汉"拿起了她的玻璃杯咬了下去。让威廉姆斯幸灾乐祸的是，血从"硬汉"的嘴里流了下来。一个客人警告道，"注意点，'硬汉'，别让莫莉·米娅咬你哦。"

威廉姆斯想出了一个好游戏：人们各自翻开自己的自制菜谱，分别记录下自己遗憾漏下的最重要的事情。当其他人都在胡乱写字时，苏珊安静地将一张便条递到了威廉姆斯的手心——苏珊。

威廉姆斯凝视着她的眼睛，笑了。"不，我没有，"他说，"且永远不会。"

威廉姆斯在仰光的最后一个夜晚，霍普伍德邀请他到自己的家中共进晚餐。老头子送给他满满一箱上品的钓鱼装备，包括鲨鱼钩和一把鱼叉枪。波波叔叔喜欢装作对这段恋情一无所知，他建议苏珊帮他理顺这些装备。然后，他独自走出了房间，将时间留给了这对情人。

被热恋冲昏头脑的威廉姆斯带她去了缅甸最神圣的地方。在温暖的热带夜晚，他们绕着雄伟的金顶瑞德贡大金塔（Shwe Dagon Pagoda，又名仰光大金塔）及其复杂的楼阁、寺庙和宗教圣物散步。千年佛寺有一座钟形佛塔，多年来，信众们给它镀上了一层黄金。乐观估计，它有 10 000 磅（4 535 公斤）重。

白天，它非常威严；晚上，在聚光灯的照射下它流光溢彩。用威廉·萨默塞特·毛姆（W. Somerset Maugham）的话说，"这是黑夜中突如其来的希望"。佛塔生气勃勃、人潮涌动，油灯发出了闪烁的光芒，耳畔传来知了的歌声以及数以千计的金银铃铛发出的叮当声。苏珊呼吸着甜蜜的空气，充满了白天祭拜者留下的花香——莲花、茉莉和金盏菊。

神秘的佛教信仰引起了吉姆的共鸣。他被宗教神性中的不可知吸引，还有其宽宏、温和，以及其赐给信众的宁静。他相信佛教"万物皆有灵"的信念，这个信念使缅甸的大象与人充满了爱。

离别前夕，在单独相处时，两人向彼此表达了深切的情意，甚至谈到了婚嫁。但吉姆和苏珊各自的回忆却不太相同。吉姆写道，他们的交流是无言的，他们仿佛存在某种默契。他写道，"没人直率地表达自己的感情，甚至没有这个必要。"他向苏珊提及，自己到达安达曼群岛（Andamans）后将前往英格兰。这是在暗示，他们将在那里结婚。他在道别前吻了苏珊。

苏珊一直记得佛塔梦幻之夜这段心灵对话。"在最后的那个晚上，"她说，"离别的思绪让人难忍。我们达成共识——3个月后，当他回来时，我们若依然拥有现在的感觉，我们就订婚。"

CHAPTER 18

食人群岛

前往安达曼群岛的任务是比利·威廉姆斯孜孜以求的冒险。然而，他没法全身心地投入其中，因为他正在离开他心爱的：大象、德国大狼狗莫莉·米娅，以及苏珊·玛格丽特·罗兰（Susan Margaret Rowland）。

各个方面，他都有放不下的牵挂。大象，是他过去10年生活的重心，现在正由一名有能力但未经考验的新雇员照顾它们；莫莉，从未离开过自己，现在要和一些它不甚了解的人待在一起；苏珊，自己的一生所爱，现在他想确认对方是否也如此看待他们的关系。长牙象会被处于交配期的母象吸引，聚集于丛林。而在他离开后，留在仰光的人也会发生类似的场景。苏珊是孟拜公司诸多男人关注的目标，甚至有"硬汉"这样的情敌扬言要照顾她。担心充斥着威廉姆斯的心绪。

4个月后，他还能拥有灵魂伴侣、狗、自己的大象队伍吗？鉴于这些未知元素，他无法确定自己的未来。这还建立在他能顺利回到这里的前提下，鉴于当时的时代背景，这也充满了不确定性。

安达曼群岛包含550个岛屿，几个世纪以来，外来者不敢涉足。神秘群岛的周围环绕着鲨鱼出没的水域。这里隐藏着充满敌意的土著、致命的疾病、巨大的蜥蜴和红树林湿地。在世界的角落，探险者或许会消失得无影无踪。一些岛屿不过是几块岩石突出水面，很少有岛屿适宜人类居住，所有的岛屿都令人恐惧。托勒密（Ptolemy）称这些岛屿为"食人小岛"。威廉姆斯的缅甸朋友将这个地方称为"Kalah

Kyan"——黑岛、无归之岛，或疾病群岛。

有3名年轻助理辅助他的工作，分别是孟拜公司仰光加工厂的杰弗里·W.霍丁（Geoffrey W. Houlding）、马科斯·克里斯坦·卡尔·波宁顿（Max Christian Carl Bonington）和年轻男人布鲁诺（Bruno）。"我没有参加这次探险的情况介绍会，"威廉姆斯写道，"我仅是收到了通知。因为太平洋硬木木材的竞争正影响缅甸柚木市场的价格，雇佣我的公司希望我能考察这个新的区域。据信，北安达曼群岛的森林也许能提供柚木储备。我的工作是探索这些小岛，在其间巡游、计算林业产量，并在我发现的区域采集标本以上报。"

人类以前仅在狭窄的海岸小块土地上进行过伐木作业，所以其内陆木材的质量和数量都尚未可知。

威廉姆斯最擅长对大象的生活环境评估，它们是否能依靠当地现有的植物生存。在做准备时，他曾连续三天跟踪目标母象，为弄清楚它吃了什么，食量多少而昼夜不休。这次，具有木材加工专业知识的森林工程师杰弗里将负责帮助他判断这些森林是否蕴含值得开采的木材资源。

这次旅行最引人注目的部分（实际上他的同事比较反感）是威廉姆斯将雇佣一支由48名罪犯组成的队伍。他总将缅甸囚犯看作侠盗罗宾汉（Robin Hood），而不是西方意义上的恶棍。所以，他对这些人从不担心。这些罪犯将被给予最大程度的活动权限。在经历了昂觉刺杀事件后，他相信，像尊重大象那样尊重别人就会产生奇迹。

威廉姆斯和这些罪犯达成了协议：如果表现好，他们将被减刑1年，并能在探险结束后收到酬劳。在威廉姆斯的努力下，他们将被分发新的短裤和背心以及毯子。白天用于工作的缅甸小刀会在晚上被收回。

大部分时候，这段旅程和威廉姆斯希望的一样。自然奇观正等待着他：翠绿的岛屿、拍岸的白浪，各种类型的珊瑚（包括火珊瑚和鹿角大珊瑚）。群岛养育着巨大的湾鳄、鲨鱼、眼镜蛇、壁虎、鹿和椰

战象连

子蟹。椰子蟹是世界上最大的螃蟹。它体形巨大，强壮得足以夹开椰子壳并享用椰肉。他还看见了儒艮，那是一种罕见的海洋生物，海牛的近亲，也是美人鱼传说的灵感来源。

在这个木材丰富但环境艰难的地方工作是辛苦的，队员们感觉自己仿佛是在一寸一寸地向前凿进。当基地设在新加坡的英国皇家空军（RAF）派出南安普敦（Supermarine Southampton）水上飞机为这次探险作航拍时，威廉姆斯登上了其中一架。在高处俯视，无需缓慢的开路工作就能一览无遗，他更为眼前的美景惊叹：海洋带着深浅不一的蓝色点缀着粉色的珊瑚床，下方一块块黑色的海藻像玉米田那样摇摆着，红树林沼泽的图案就像深绿色的东方地毯。

飞机不仅提供了观察群岛的俯视视角，还为他提供了一次与苏珊通信的机会。他一直渴望着与苏珊联系，现在，突如其来的机会令他陷入忐忑。"我不知如何向苏珊写信以描述自己的心情。或许，那种我认为存在于我们间的无需言语的心灵相通只是自己单方面的幻想。我的信到达苏珊手里时，她是否正与'硬汉'约会？我对自己的爱没有信心，我担心自己成了个傻子。"

或许，最好的方式是什么都不写。这样，可以保证自己不会被伤害，这胜过一封信或许会带来的欢乐。不过，他有一本约翰·斯蒂尔（John Still）写的书，书名是《丛林潮汐》（*Jungle Tide*），书摊开在他的野营床上。他亲自手抄了其中一首能产生共鸣的诗歌，这似乎是一种碰运气的安全方式。这是一首对自然的颂诗，歌颂了威廉姆斯珍视的所有事物——山峰、丛林、大海，以及"漫步其间的野生生灵"。诗歌反复回溯了迭句"我爱着的这些让我着迷／但比起这些我更爱慕你（All these I love with a love that possesseth me / But more than all of these I worship thee）"。他将信放入一封未签名的信封，封口后交给了即将返航新加坡的飞行员。

事实上，群岛也充斥着温柔。在和一个队员探索林区时，他看见了雄性梅花鹿带领着小群母鹿的场景。雄鹿踱向了威廉姆斯，它的动作充满了优雅，无所畏惧。它摇动着尾巴，谨慎地靠近。"它伸长了脖子，天鹅绒般的鼻子上抽动的鼻孔让我触手可及"。这头公鹿再次伸长了脖子，轻舔他手上带着盐味的汗水。"这是一种非比寻常的感受，"威廉姆斯说。

威廉姆斯发现，有足够的证据证明群岛能满足大象的生活。事实上，他兴奋地发现了一头几十年前被卸在此处的公象仍自由活动的证据。他继续环游诸岛，威廉姆斯知道杰弗里的报告或许没那么顺利，他也许会扼杀这个计划。群岛拥有足够的木材——种类多样，包括高价值的紫檀木、大理石纹木，以及印度火柴业需要的软木材。但杰弗里认为，在这些偏远岛屿采伐木材存在太多潜在危险，他认为此处似乎不适合人类生存。

这让威廉姆斯感到懊恼。如按照杰弗里的想法，这些囚徒的命运也变得微妙，他们曾工作得如此努力和认真。威廉姆斯本希望在正式的伐木行动开始后，他能以自由人的身份雇佣他们。"我从未这么心碎，"他写道，"看着这些男人上船回归监狱。他知道，他们将在那里跌回'绵羊一般的无精打采的状态'，而他们已证明了自己的善良、诚实和可靠"。

他登上驶回仰光的船，他像一名长着胡子的海盗，思索着前方等待着自己的未来，以及他的大象、狗和女朋友。船将靠岸时，收拾得干净利落的威廉姆斯急切地扫视着码头上接船人的脸庞。苏珊不在，反倒是他最不想见的"硬汉"站在岸边。实际上，这个厚脸皮的混蛋已找到了他，正笑着并疯狂地向他挥手。这是否意味着他已和苏珊订婚了，他正为这个消息兴奋得喘不过气？

结果，并未出现威廉姆斯想象的坏景象。"硬汉"告诉威廉姆斯，苏珊在曼德勒被耽搁了，但第二天能回仰光，他还带来了一份她发来的电报。威廉姆斯拆开电报。她已订了回英格兰的船票，她以为，威廉姆斯也会乘坐这艘船。苏珊的意图已非常明确，威廉姆斯立即给她回了电报："你订错船了。如果你想和我一起回家，你应乘坐什罗普郡（Shropshire）号。"

不过，伴随着这个好消息一同到来的还有一个坏消息。据威廉姆

战 象 连

在从曼德勒发来的电报中，苏珊·罗兰向威廉姆斯挑明了感情。现在，她像他家人那样称呼他为"吉姆"。她爱上了他。

斯多年后发表的文章，他声称这份电报中报道："很抱歉，莫莉·米娅不能来迎接你，我们在曼德勒耽搁了一天。"苏珊·威廉姆斯自己的回忆录也是如此。但真相更加令人痛苦。在他的私人文件里，威廉姆斯写到了可怕的"心痛"，他得知莫莉·米娅已在自己离开的那段时间死于一次意外。

　　第二天，苏珊到达了仰光。即便还处于哀伤中，吉姆发现，我们彼此间似乎有了一种谅解。没有太多时间留给浪漫，因为威廉姆斯还要写一份详细的报告材料，这帮助他暂时遗忘了莫莉。"就像我生命中经历过的大多数悲伤一样，"他写道，"只有忙碌的工作才能帮我忘却。"大象也给他带去了安慰，他将融入它们。在离开前，他计划前往北方完成一个任务，将孟拜公司在泰国新买的 50 头大象加入自己的队伍。

这些动物和它们的骑手在过去的一年里已到达了上缅甸。大象会留在那里，象夫将回到自己的祖国，大象的控制权将由新的象夫代替。

威廉姆斯离开仰光，回到森林，如鱼得水。威廉姆斯的新雇员爱德华（Edward）在内陆，负责雇佣新工人并协调会合地点。他选择的营地是个不错的空地，周围环绕着巨大的罗望子树，提供了炎热季节急需的树荫，一条宽阔的小河是数英里内仅有的水流。

威廉姆斯在过去的数月里极其渴望大象的陪伴，没过多久，他就听到了美妙的交响曲：50个柚木象铃声从远处传来。接着，酷热、寂静的森林因为这些巨兽的存在活了过来，威廉姆斯也为之一振。一个巨大的身影从植物的"墙壁"中出现，走进了林中空地——帝王长牙象。这头巨大的公象正处于交配狂暴期，它颞角被腺体的分泌物染出了黑色的条纹。它被一名象夫驾驭着，边上站着两个长矛手。在它身后，庞大的队伍接续出现，其中四分之一是长牙象。象夫裸露着胸膛，穿着宽松的黑色裤子，就像穿着军队制服。

"我的职业生涯还未见过如此壮观的大象队伍。"威廉姆斯心想。它们比自己的缅甸象更敦实。尽管经历了12个月的旅途，它们的身体状态依然良好。

威廉姆斯和爱德华以及领头的象夫引领着这个威严的队伍，逐个接收。威廉姆斯回想起自己刚到缅甸时的场景，他转向爱德华并模仿着哈丁曾经的模样。12年前，重复起哈丁委托给自己大象时说的话："这里是50头缅甸最好的大象。它们是你的了，如果你没法照顾它们，你就祈求上帝保佑吧。"

现在，威廉姆斯要奔向他在茂叻的内陆总部，进行自己的扫尾工作。在那里，他曾度过了自己的大部分职业生涯，那里也是班杜拉的故乡。他将从那里请假回家，并指导接替他工作的男人。爱德华有自己的工作：安排50头大象和象夫去几个新的伐木场，每个伐木场可分配7头大象。他们还不能真正开始工作，因为高温假刚刚开始。

尽管忙得团团转，但到了1932年5月，吉姆·威廉姆斯还是登上了毕比（Bibby）邮轮"什罗普郡号"和苏珊一起开始了为期6个月的休假。霍普伍德祝福了他们的结合。老波比叔叔带着他特有的克制说，"他是个真正的男人，波比小姐。"

当邮轮驶过安达曼群岛时，这一故地激起了他心中的思绪，他称其为"纷扰混乱的感觉"。他在丛林里生存了10多年，正获得公司承诺的传统奖励——升职、妻子、使命完成感。遗憾的是莫莉的离去，以及安达曼群岛之梦。"回首往事，"他写道，"我把这天当作是我年轻时代的终结。"

CHAPTER 19

阳光和阴影

"那是个阳光灿烂的清晨，太阳追逐着山丘上的阴影。"苏珊回忆。1932年9月9日9点30分，她和吉姆举行了婚礼。举行婚礼的诸圣堂教堂（All Saint Church）位于北科茨沃尔德（North Cotwolds）边缘美丽的伊夫舍姆（Evesham）镇。他们选择在假期即将结束的时候才结婚，这样，他们的蜜月不会占用他父母和他团聚的时光。

吉姆弄了一辆锃亮的黑色跑车，跑车漆着红色赛车条纹，有一个高性能的特制离合器。这是他对性能车终生爱好的开始，他们离开了教堂，跑车咆哮着溅起了路上的石子——他们自由地驶往威尔士，嘴里嚼着在苏珊家的果园新摘的苹果，没有既定目标。"我们轰鸣前行，"苏珊回忆，"跑车似乎也像我们一样快乐。"她手上戴着在锡兰买的蓝宝石戒指。

10月中旬，他们回到了缅甸，与吉姆在东方的家人重聚。他们的船靠岸时，站在码头上翘首以待的有昂内、厨师约瑟夫和波隆（会英语的团队新成员）。那周，他们住在位于仰光的，向公司借来的砖木房里，忙得不可开交。仅有的时间用于购买"罐装和瓶装的奢侈品"，这些物品在偏远乡村可无法购买。之后，他们动身前往茂叻的总部，那里邻近曼尼普尔边境的上钦敦江。他们从声音嘈杂和五光十色的仰光火车站出发，搭乘曼德勒邮政列车，坐上了头等车厢。这是一个舒适、通风的小房间，与储存丰富的餐厅相连。（在拥挤的三等车厢，数百名印度和缅甸乘客不得不将脚伸出窗外以保持凉快。）

战象连

　　他们抽时间游览了曼德勒，这个国家的第二大城市，位于伊洛瓦底江岸。接着，动身去了蒙育瓦（Monywa），乘坐公司的船进行了为期三天的河运之旅，去往上游的钦敦江。茂叻总部是个大城镇，也是份大责任。

　　夫妇俩恰好在日出前到达目的地，他们乘坐的小型豪华游船在靠近码头时发出了尖亮的汽笛声。在高高的沙岸，苏珊看到一辆牛车正等着拖运他们的行李。越过牛车，可以看到几栋木头棚屋。

　　"在这里，公司旁边，"苏珊写道，"驻扎着宪兵队、民警、森林部门等。"这里有家小医院，事实上是栋单薄的帷席竹屋，由一名印度医生运营。社交俱乐部有一个网球场、一个马球赛场和一个危险的九洞高尔夫球场。这里虽然没有售卖英国商品的百货公司，但有一个相当大的本地市场，售卖本地土产，供应漂亮的兰花。

　　吉姆和苏珊将行李放进了车厢，步行1英里（1 600米）去往他们的房子。公路上细红色的灰尘笼罩了他们的身体。"这是11月，这是缅甸最惬意的时间，"苏珊写道，"凉爽季节的开始，每天都像

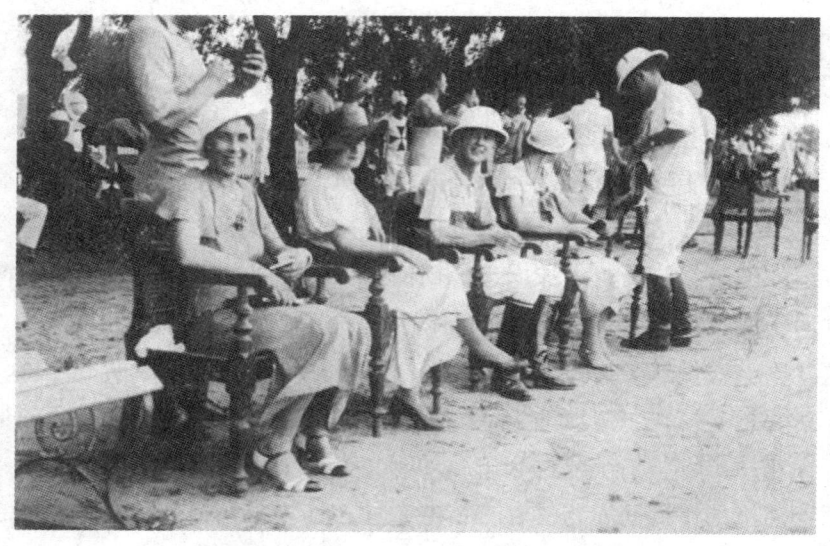

他们位于茂叻的新家，苏珊（左）观看吉姆参加马球比赛。

完美的夏日。"他们的新家外面围着白色的木栅栏，高高地建在山上，可以看到山下小镇和河流的景色。房子完全由柚木建成，屋檐漆成了白色。底楼有个通风极佳的游廊，摆了几把老藤椅，可作为一个半开放的客厅。漂亮的庭院里种满了鲜艳的灌木和花朵——紫色的三角梅、进口的黄葛，以及红色和黄色的美人蕉，吸引了纤小的蜂鸟徘徊。苏珊计划增加一个菜园，她可以种上辣椒给吉姆的早餐黄油煎蛋增加点风味。

房子内部宽敞美观，进门就是一个巨大的餐厅和起居室。漂亮的螺旋楼梯占据了中央位置，公司选择的家具结实且庄重。

卧室也很宽敞，每间卧室都有两个浴缸。尽管配备了水龙头，但蓄水仍无法通过现代的自来水管，必须依靠佣人用罐子抬热水。一个上釉的陶制"勃固缸"里装着凉水，伸手可触。一名地位卑微的印度工人负责清理厕所，他会从清洁工人专用的楼梯上来，悄悄清理掉卫生间会溢出的脏物。

尽管苏珊迫切地想搬进去，但他们还得等上一段时间。这对夫妇还未来得及拆开从英格兰带来的包裹，就将开启他们在一起后的首次丛林之旅。这是吉姆10年来梦寐以求的——和他的真爱一起分享自己在大象世界中的生活。

他要和苏珊分享自己的一切，包括他的衣服。他为她设计了一套丛林服装的女性版。以一件澳大利亚军装衬衫开始，衬衫定制了四个大口袋，修改为女性式样，在膝盖处折边。衬衫下面，苏珊将穿上细滑的棉莱尔布的长筒袜、羊毛短袜和帆布登山靴。她很喜欢这套服装。

第二天清晨，天气凉爽，日出时他们就开始了旅程。吉姆现在的职位和婚姻状况让他拥有了一个巨大的随从队伍。20头旅行象（包括不适宜伐木工作的长牙象、成年母象，以及小象）从环绕房子的森林中露出了身影。动物们被带到后面的走廊，佣人们在那里给它们装上行李、轻便的缅甸篮子和鞍具。一切都井井有条。"波信"（Po Sin），厨师约瑟夫的厨房象携带着所有的锅和盘子以及藤编的篮子，里面装着活鸡鸭。一切就绪后，他们启程了。

战象连

历经了 4 个小时的稳健前行，他们到达了宿营点，伐木队的人已清理出了这块地方。他们当天就搭建好了一个巨大的开放式餐厅，餐厅有着竹编的墙壁和丛林草编成的屋顶。大部分的营地餐厅都有一个放收音机的竹桌和一个放饮料的托盘。森林人不管去到哪里，都要重新搭建这些小建筑，虽然它们的使用时间通常不会超过两天。

不久，苏珊听到了象铃发出的声音，她期待着看见卸下负担的大象。不到半个小时，帐篷就搭好了。安装"收音机"装置则需要一个漫长的过程，电池必须要用一篮子的干草包裹好，以免旅行时出现酸溢出。当天线固定在高高的树上，且山区满足收音的条件时，苏珊就能听到收音机中伦敦大本钟的钟声盖过丛林的鸟叫。"虽然钟声远离他们，但这让我们感觉离家更近，"她写道。《上帝拯救国王》（英国国歌）在空中奏响时，这种联系则更加深切。这时，吉姆和苏珊会从他们的帆布折叠椅上肃穆地起立。

在夫妇俩的帐篷中央，吊床占据了一大块地方，床上挂着蚊帐。里面还有一个浴室，用帆布隔开，容纳有一个浴缸。用完的煤油罐里盛满了附近小溪接来的水，水在大篝火上烧开过。苏珊会在每晚晚餐前享受一次热浴。她有时会玩算命游戏，通过茶杯底部的茶叶来阅读吉姆的命运。接着，他们会上床钻入毛毯中睡觉。

晚上，昂内会用洁白无瑕的桌布摆好桌子，倒好鸡尾酒。约瑟夫备好新鲜面包、腌肉或者烤鸡。苏珊回忆，这与她跟着霍普伍德进行的"简朴的巡游"大不相同，那时的每顿饭都枯燥无味。

日落后，丛林充满了生机。威廉姆斯通常会留下一盏巨大的反射灯，整晚亮着以吓走野生动物，特别是豹子。它们能从帐篷里熟睡的主人身边把狗抓走。威廉姆斯的一个同事就是这样失去了自己的大拉布拉多猎犬。

早上，苏珊会先起床，因为"男孩们"在她穿好衣服前不允许进入帐篷。白天，苏珊会监督室内的工作，包括用沉重的炭热熨斗熨衣

PART TWO 爱与大象

服。此时,吉姆会补上文书工作,与承包商和伐木场的工人会面。附近的人们很想看看吉姆的新婚妻子,他们带着礼物纷纷前来道喜。"半打鸡蛋、一个菠萝、香蕉、甜柠檬、橘子,没人会空着手上门。"苏珊写道。这种温情让她十分感动。人们欢迎着她,她发现他们的文化和习俗善良得令人心安,且他们都很注重家庭关系。在大村庄,她爱上了佛教仪式的声响:孩子的吟唱、召集和尚进行祷告的锣声,以及夜空中传来的佛塔铃铛声。

每到一个地方,吉姆都会抽出他的大医药箱,因为他不仅是一名大象医生,还是一名人类医生。公司发放的医药箱里装满了治疗发烧的奎宁、缝线、针、药膏、药片和绷带,对附近村民的需求他总是随叫随到。丛林的生活是残酷的,他能治疗最可怕的疾病和伤口:遭遇马来熊攻击的伐木人,一只眼睛掉了出来,头皮被撕离了头骨;乳房长了脓肿的女人,用蛆治疗以清理腐烂的组织;许多人患上了疟疾、痢疾、天花、甲状腺肿和营养缺乏疾病,例如脚气病。威廉姆斯知道,他的业余医疗技术或许会导致病人死亡,但拒绝医治等同于宣判他们的死刑。吉姆做赤脚医生时,苏珊通常会在边上看着,后来渐渐参与进来充当护士的角色。

吉姆带苏珊来到了以前总部的所在地,那是1920年他刚开启职业生涯的地方。被重新分配到茂叻最大的快乐是吉姆可以再次回到班杜拉的后院。再过几周,他就能将妻子介绍给曾拯救过他生命的长牙象了。

对威廉姆斯夫妇来说,这不仅是一次丛林之旅,还是他们的蜜月。他们会经常做爱,甚至频繁到被人注意。一次,在一个营地安顿下来后,苏珊找到了吉姆,请他调查一下自己床上的奇怪味道。威廉姆斯拆开床,发现固定帆布的皮带被涂上了一层猪油。当他质问负责的仆人时,这个男人咧开了嘴,说这能帮助减少嘎吱作响的声音。

苏珊以惊人的自在和热情接受了这种生活。发现有人像他一样爱着森林,吉姆感到由衷的喜悦。"我以前享受着丛林中的孤独,尽管对伴侣的渴望会不时袭来。我享受,是因为它能带给我欢乐,我不敢

战象连

相信有人能和我一起分享。苏珊不但能和我一起分享快乐，还能增加欢乐，这太完美了。"他写道。他还狂喜地发现，虽然苏珊曾和霍普伍德也曾游览过缅甸森林，但她从未像现在这样开心。霍普伍德是猎人，他的想法是杀死猎物。"现在，和自己的丈夫一起，"吉姆说，"她能享受丛林里所有的生命，包括鸟、兽和花。"这是他们的伊甸园。

"缅甸丛林清晨的惊人美景令人难忘，"苏珊写道，"太阳升起时，深绿色的森林点缀着些许粉色，河床笼罩着轻雾。木材的烟雾从刚被搅动的篝火中盘旋升起，散发出轻微的芳香。空气中有股令人惬意的寒意，不时传来大象被套上鞍具时发出的尖声长叫。围着温暖的毛衣和披巾坐下，抿着第一杯早茶，吸上第一支香烟。这样的时刻，生活是如此美好。"

苏珊和吉姆在森林里徒步旅行，有时甚至需要走上10英里（16公里）的路。刚开始的时候，路还很宽，够牛车行进，但接下来会渐渐变为羊肠小道。他们会继续向前行走，分享自己最爱的包装食品（纯巧克力或黑麦薄脆饼干），探索野生动物的行迹，或欣赏盛开的丛林花朵。吉姆会和苏珊坐在巨石上，吹响指间捏着的草叶，模仿赤麂求偶的鸣叫声。有时，甚至会有一只这样的小生灵冒险从植物里探出红色的头。

他们拜访了各个伐木场，吉姆就像老朋友一样和工人们相处，苏珊可以看到他最好的一面。第一次拜访伐木场的时候，苏珊坐在营地里，威廉姆斯则大步走向前。"来吧，苏，"他说，"我带你检查这些大象，它们正在下面小溪的一个水塘中洗浴。"他成为大象人已超过10年的时间，但此时，他充满了兴奋之情。

他们向下走到了溪岸，大象们——母象、长牙象、小象——在凉水里溅起了水花。象夫骑在它们身上，用藤蔓擦洗大象的皮肤，这种藤蔓能像肥皂一样泛起泡沫。很多大象用鼻子慵懒地吸水，喧闹地喷进自己的嘴里。它们会不断地重复这些动作。它们有时会将长鼻噗通伸入水下，呼气时水泡嘶嘶地升出水面。

吉姆和苏珊继续旅行，终于见到了他经常谈起的班杜拉。与班杜

象夫用藤蔓擦洗大象的皮肤,这种藤蔓能像肥皂那样泛起泡沫。

拉的重聚令吉姆情绪激动,虽然吉姆并未明显地表露出来,但苏珊观察到了吉姆的变化。吉姆难以压抑自己的兴奋之情。

她自己也被吉姆的兴奋感染。吉姆并未夸大其辞——站在她面前的是她见过的最漂亮的长牙象。不管离开它多久,威廉姆斯总能以自己的方式和它对话。他用缅甸语与它交流,抚摸它的脸颊,递给它小甜点心。苏珊立即意识到,班杜拉即决心的化身,具有最高"勇气和智慧"的动物,就像吉姆曾经所说。事实上,他描述这头大象的所有美德都让她联想到了吉姆本人。在苏珊心里没人能超过吉姆,如有例外,也许班杜拉能勉强达到。

"它能选出指定的任何一件工具、解开链子或是移动一块巨石,"吉姆说,"它真是绝妙的动物。"苏珊笑着挽起他的手,"你就像它的父亲,是吗,亲爱的?"

"我?"吉姆说,"是的,我想是的。"苏珊希望在接下来的几个月里能多看看班杜拉,吉姆能够满足她的要求。

在他们接下来的旅途中,苏珊发现了喜欢叮咬人类的昆虫,以及无处不在的蚂蟥。吉姆警告她，在丛林深处蚂蟥的数量不可计数，它们可以将自己藏在任何一个洞穴里。苏珊"享受"了一次蚂蟥的待遇——蚂蟥安静地堆积在叶子下，黏附上了苏珊的皮肤，吸着她的鲜血膨胀起来，用点燃的香烟才能将它们烫得掉下皮肤。当然，它们也会吸狗的血，甚至大象也会成为它们攻击的对象。

在广袤的森林旅行，吉姆有部分工作是关心他的助理们。他们都是孤独的年轻男人，渴望着见到能说英语的伙伴。一天，他们和一名年轻助理格里·卡罗尔（Gerry Carol）会面。他就像大多数年轻助理一样坚韧而自信，友善而热情。他是吉姆最喜欢的助理之一。

格里用他最好的食物和烈酒招待了吉姆和苏珊。第二天早上，他和吉姆一起动手照顾大象，他们计划着在接下来的一周时间结伴旅行。在旅行的第一个晚上，晚饭时，格里突然表现出了不适。在晚上的早些时候，格里抱歉说自己可能着凉了，需要卧床休息。威廉姆斯警觉起来，他太明白有朋友陪伴对孤独的森林助理而言是多么重要，特别是格里这样爱社交的人。这么早休息，一定是发生了什么意外。果然，到了早上，格里发起了高烧。发烧其实并不用太担心，这是森林人的家常便饭。但问题是经过了24小时的护理，依然不见好转——包括3倍剂量的奎宁。到了晚上，他的体温持续上升到105华氏度（40.5摄氏度），格里陷入了神志不清的状态。"我感觉不好，苏，"威廉姆斯告诉他的妻子，"我们必须把他送去医院。"

这是伤寒热，经由感染者粪便或饮水进行传播的疾病，这种病不在吉姆的医疗能力范围内。

那天晚上，他们什么也做不了，只能在格里的帐篷里轮流守护。坐在藤凳上，用冷敷法和安慰的语言给格里提供帮助。在防风灯的灯光下，苏珊检查了格里的蓝眼睛，他的眼睛空洞而无神。她后来写道，"可怕的无助感向我袭来。"第二天一早，他们需要赶往30英里（48公里）外的铁路，跨越"缅甸最艰难的地区"。他们尽可能快地打包好行李，用一个临时担架抬起格里，前行了7个小时。对格里来说，这是一种折磨，但他即便在清醒时也不曾发出一声喊叫。

到达附近一个乡村时,他已完全昏迷。他们把他放到了树荫下休息,服侍着他,尽管别无选择。第二天,他们有了一辆坚硬、摇晃的牛车听从调遣,牛车拖着他们走完了最后的23英里(36.8公里)的艰难路程。

对这个重病的年轻森林人来说,这是疲于奔命的两天。给威廉姆斯夫妇带来巨大安慰的是,他们成功到达了铁路路段。"我们感觉自己胜利了,"苏珊说。他们将格里抬上了火车。"看到他的脸上划过的解脱的表情真是令人伤感。"苏珊回忆。

他们坐了整天的火车,格里在日出时醒来。威廉姆斯轻柔地扶起他的肩膀,帮助他望向窗外,"你必须看看,老伙计,多美。"格里看着暖色的微光从地平线上升起,在伊洛瓦底江面上反射着光芒。他挤出了微笑,轻声对威廉姆斯说:"比利,你是世界上最好的医生——你知道什么景色对我有用。"

他们抵达了一个现代化的医院,威廉姆斯向他们转交了病人以及细心记录的病历。治疗开始了。威廉姆斯夫妇相信这种"肠道疾病"很危险,但并非无药可治。然而,医院却没有适用的抗生素。3天后,格里在病房中去世。"在我们的婚姻岁月中,我从未看到吉姆如此地沮丧。"苏珊后来回忆。他们梦幻蜜月的安宁被打破了。

CHAPTER 20

进入熔炉

身为老板，威廉姆斯不必选择在酷暑时出行，但炎热还是找上了他。即使是日落后，人们也摆脱不了炎热。回到他们的大房子，吉姆和苏珊在晚上来回地换睡处，寻找凉快一点的地方。"经常发生的事是，"苏珊写道，"早上，我在房子的一个地方醒来，而吉姆躺在另一个地方。"

这里没有电。汽灯在晚上会增加热度，所以，通常情况下人们宁可待在黑暗中。天花板上的"punkahs"（缓动宽叶风扇，人力风扇）由"人力风扇夫（punkah-wallahs）"提供动力，通常是仆人的孩子们。他们白天坐在外面工作，一根线的一头系着他们的一个脚趾，另一头系在风扇上。他们通过有节奏地踏脚使扇叶保持旋转。

尽管季风雨季并非什么好天气，但苏珊期待着靠它来缓解酷暑。雨季归来时，吉姆会开始他的巡检之旅，而她会选择留在家中。这是公司的规定，季风雨季的旅行对妻子们来说太过危险。

5月，暴雨倾盆而下，威廉姆斯在后廊与苏珊告别，与他的大象队伍一起离开，消失在狂风暴雨和起伏的绿色森林之墙。他将离家1个月的时间。

在房子里，苏珊发现了一种不可思议的变化：所有物体的表面都变得黏糊，"数以百万计的带翅生物活跃起来。"她已习惯了在缅甸房子里与人类共同生活的虫子和蜥蜴。她还记得和霍普伍德在仰光的那段生活，首次见到它们时的情景："第一天的晚餐就像噩梦。有的昆虫掉进了汤里，有的昆虫顺着我的脖子向下爬动。"在茂叻，除了一群带翅昆虫之外，白天有蚂蚁，晚上还有蝎子。蝎子会藏在厨房里的锅或者罐子下面，苏珊发现被它们叮咬后会引发一个星期的高烧。它们是如此的常见，以至于在晚上，苏珊甚至希望在僻静角落和裂缝处出现小蜥蜴去捕猎它们。

黑暗中还有更多令人惊讶的事情：鞋子会长出毛茸茸的霉菌，洗过的衣服很难晾干，偶尔雨停后的阳光下会出现从地面升起的蒸汽。

吉姆不在家时，她和会讲英语的仆人波隆住在一起。她还时常拜访一些来自英国的邻居。她被邀请前往朋友家共进晚餐，来去通常都跟在提灯的仆人身后，仆人在前方警戒蛇虫。家里陪伴着她的还有她喜爱的收音机，收听新闻会令她产生一种矛盾的感受：收听新闻可让她与更广阔的世界相联系，但又因其与她所处的环境太遥远而感到更加孤独。

对威廉姆斯来说，"丛林旅行是严酷的"。这个季节尤其如此，因为季风雨粗暴无情。然而，这还不是最糟糕的，他现在没法接收邮件，手下的几个工人还患上了病。只有一件事情可以给他带来鼓舞，他很快可以抵达波多养班杜拉的那个营地。尽管情况很糟糕，大雨将小道变成了泥沼，但能见到他最爱的长牙象非常美妙。

一天下午，他待在小屋里，昂内沿着细长的竹梯爬到门口，大声通报"邮件终于到了（Sar yauk byee）"。邮递员山彪跟在他的身后，他带来了从茂叻的家里寄来的信件。威廉姆斯贪婪地把信件分类，苏珊的信、英格兰的家信、一捆报纸，以及工作文件。但昂内又折返了回来，紧张地整理那些不需要整理的东西——梳妆台的"丛林临时代用品"，包括镜子、梳子、刷子，以及苏珊和莫莉·米娅的带框照片。威廉姆斯奇怪地问，"出了什么事。"昂内在他面前跪下，说道，"我不敢告诉你"。最后昂内说道："山彪非常肯定地认为，那个会说英语而留在了后方的波隆，正试图给苏珊下毒。"作为证据，山彪呈上了一个自制小信封。威廉姆斯打开这张皱巴巴的纸条，发现了一片和比切姆药一般大小的药片。比切姆药是一种英国泻药。山彪告诉他，波隆给苏珊上的每一杯饮料都加了这样的药。

警惕的威廉姆斯询问她是否生了病，山彪告诉他一切正常。当务之急是要告知苏珊。尽管他冲动地想要跑回她的身边，但他知道，那些年轻的伐木工人更适合夜晚的丛林赶路。他最后决定，由班杜拉驮着一个跑得特别快的克伦人长矛手绍邦苏（Saw Pa Soo），渡过涨水、危险的河流前往通知苏珊。他则跟在他们的后面。他迅速地给苏珊写了一张警告条，交给了绍邦苏。他让长矛手一定要在第一时间将便条交到苏珊手上。如果他能足够快，将有一次升职作为奖励等着他。

夜幕很快降临，吉姆走在班杜拉的身边看着这头巨大的长牙象消失在深水和黑暗中。班杜拉再次执行了救援任务。

威廉姆斯却没法镇静，他必须亲自出马且立即行动。他让昂内抓起饼干并装上了一瓶神药：等量的强力热红茶和威士忌。昂内像往常那样跟着他，以及营地邮差山彪。天气似乎也在配合着他，雨减弱了，在班杜拉驮着他们渡河时水位已大幅下降。

男人们不停歇地连续赶路，只在经过的营地小休，找工人补充大米或者寻求旅行建议。路上非常艰苦，很多地方的泥巴足有3英尺（91厘米）厚。72小时后，他们到达了茂叻。雨停了，这让他们得以快速赶路，尽管此时的威廉姆斯已疲惫得难以站立。他听到前方传来了马蹄声，苏珊骑着一匹赛马出现在了转角，看上去非常健康。她身后跟着一个马夫，骑着一匹叫"小不点（Little Me）"的马。吉姆兴奋地向他们挥手。

送信人已于他们之前到达，情况也已通知了当地警方，一切都处理完备。马夫下了马，吉姆爬上了"小不点"。回家后，他一头睡了过去。晚上，他发起了高烧。蓄意谋杀未被证实，但警察怀疑波隆有摆脱苏珊的想法。这个仆人担心他的职务可能会变得缥缈，因为有个女人在管理家务，所以他从一个乡村牧师那里弄来了一些所谓的魔药。他遭到了解雇。

因为生病，威廉姆斯传话让波多带班杜拉先行回去。波多几年前已被降职，而现在，因感激他给苏珊送信，吉姆恢复了波多之前的职位。

他将再次成为掌管伐木场的人。威廉姆斯还确保了他与班杜拉不分开。

待事情尘埃落定后,吉姆感觉非常棒:苏珊怀孕了。然而,外部世界也闯入了他们的生活。大萧条的余波造成了柚木出口出现巨大亏损。缅甸林业税收 1926—1927 年大约为 2.2 亿卢比,1933—1934 年降低至 800 万卢比。政府开始大肆裁减林业管理职员。威廉姆斯并不担心自己丢掉工作,但孟拜公司正进行着各方面的改革以节省开支。1933 年 11 月,吉姆和苏珊接到调令将前往一个新区域瑞保(Shwebo)。瑞保位于曼德勒西北、钦敦江东岸,那是一片干枯的森林,纵深可达 100 英里(160 公里)。虽然路程并不遥远,但搬家还是会消耗他们很多时间。在这个过程中,吉姆还需要检查沿路的几个伐木场。这次旅行将被安排在 5 月,部分路程将在炎热季节中进行,这对怀孕妇女来说将显得非常困难,但苏珊却没有丝毫排斥。她爱上了这里的生活,她像运动员那般健康。她坚持和丈夫徒步,而不是独自乘船。"只要能一起分享生活,"她写道,"不管什么都是完美的。对我而言,吉姆是完美的伴侣。"

5 月月底,吉姆和苏珊开始了他们在钦敦江的西岸之旅。他们的首个惊喜是偶遇了一条长达 17 英尺(5.18 米)的巨蟒,它的身躯像男人的大腿那样粗大强壮。这次偶遇发生在他们徒步穿过一个峡谷时。吉姆开枪射杀了巨蟒。当他们剖开巨蟒时,发现身体里有只小赤麂。

很快,他们遭遇了另一个障碍。在一个森林区域,河流改变了走向。威廉姆斯估计,约有 1 万根原木因此搁浅在深泥、高草和停滞的水塘里。柚木陷入改道的河流是柚木人的噩梦,经常有人在挽救木头的时候受伤甚至死亡。他的好友科林·凯耶姆曾在一个漆黑的山洞中差点因此而死。因为山洞里一块岩石困住了上千根原木。在用炸药疏通这个堵塞点时,死伤了 7 个男人。

威廉姆斯可不打算碰运气。"在我仔细研究测量草图时,"威廉姆斯写道,"我意识到要将所有柚木拖出水道,100 头大象也不够。"现在,他能调动的仅有 40 头大象,其中大部分是长牙象。班杜拉在名单的前列,它现在 30 多岁,是头庞大的公象,肩高约 9 英尺(2.7 米),

重量超过 4 吨。威廉姆斯让这些大象尽量向下坡方向拖曳原木。但愿它们的努力能在淤泥上开拓一些深沟，雨季的雨水到来时，可将滞留的原木冲刷到河床。

这一行动将孤独的森林一角变为了嘈杂的工地。他们还从附近村庄里雇来了劳力。他们在象草中砍出道路。成对拖曳木材的大象被征集集中干活，持续了整整 30 天。

这段时间，一直有人抱怨波多和班杜拉。威廉姆斯不能理解，他认为，这或许是象夫有问题。次日，他徒步到了这两个老友被所分配的森林区域。他将控告告诉了波多，并说，最好由波多亲自驾驭班杜拉。但波多告诉他，问题并不在于骑手而是班杜拉自己。流言并非虚假——班杜拉可以在泥地里行走，但它讨厌这份工作。象夫大师波多提醒威廉姆斯回忆自己多年前曾告诉过他的一个故事：幼年时期，班杜拉就曾经历过被困泥中的场景，这段经历吓坏了它。威廉姆斯后来写道："此事已过去了 30 年，现在的班杜拉很结实，它已完全成熟，是缅甸森林里最强的大象，但它依然对泥带有莫名的恐惧。"

威廉姆斯会从人类的角度看待大象，特别是班杜拉。"很少有男人或女人成年后，彻底忘却儿时的阴影。如果人类如此，动物们也理应如此。"班杜拉被带离了团队，而其他大象继续接下来的工作。威廉姆斯很遗憾自己最爱的长牙象离开，但他还是留在原地继续监督接下来的工作。

不久后，班杜拉又一次和他重聚，但这次的情况很吓人。威廉姆斯收到波多的消息，班杜拉"倒下了"。大象通常会躺下休息，但只会维持很短的时间。如果大象长时间趴着不能起来，通常意味着它们临近死亡。

威廉姆斯匆匆离开，赶在天黑之前到达了班杜拉的营地。他大步走向工人的聚集地，看到长牙象躺在地上。这一情景非常恐怖。巨大的大象侧躺着，它的身体扭曲变形，各个部位似乎都摆错了位置。最糟糕的是，班杜拉的腹部鼓胀。它的眼睛瞪着前方凝视不动，它的象鼻蜿蜒着搭在前方的地上。

PART TWO 爱 与 大 象

前一天晚上，它闯进一个仓库，用鼻子吸进了不计其数的干大米。心满意足后，它走回小溪狂饮了溪水。之后，它肠道里的所有东西开始发胀。

威廉姆斯站在它的身旁。怎样才能让大象打嗝？或者呕吐？或者放屁？他思索着。

他知道，当下的首要任务是迫使班杜拉站立。早前，波多试过一种平常而痛苦的刺激方法使大象起身——将辣椒酱扒到班杜拉的眼睛里。但班杜拉已足够痛苦，这个办法现今已起不了任何作用。

威廉姆斯有了一个想法。他曾听说过一个故事，两头非洲象用自己的身体作为支撑避免第三头大象倒在地上。野生大象也曾被观察到一起合作举起或稳定住第三头大象，它们甚至会喂养生病或受伤的伴侣（在伴侣无法使用象鼻的前提下）。威廉姆斯需要两头公象来配合自己。"让布宗（Poo Zone）和斯瓦奇盖（Swai Zike）带着拖具过来，"他说，"如果，我们没法让它起身，它或许会在30分钟后死亡。"

长牙象就位后，威廉姆斯让它们靠近班杜拉的脊柱，命令它们用自己的象牙举起班杜拉，就像举起原木那般。动物们弯下腰，将象牙像叉车一样放到班杜拉俯卧的身体下。但它们只能将它抬起1英尺（30厘米）的高度，难以完全抬起。

如果它们没法让班杜拉站立，至少，威廉姆斯希望能将班杜拉翻滚至另一面，这或许可帮助它适当缓解鼓胀。人们将链子连到班杜拉的前后腿，平放于地面。然后，人们将链子卷起，跨过它的身体。布宗和斯瓦奇盖背朝着班杜拉，人们将铁链勾在它们的鞍具上，命令大象前进。"它们肩并肩地拖着铁链，合作得均匀且轻柔。"威廉姆斯说，"我笃信它们能理解这个动作的要旨。"

随着它们的拖动，班杜拉开始翻动身体，直到班杜拉四脚朝天地背躺在地上。可怕的是，班杜拉的头并未随身体转动。威廉姆斯担心继续扭转，或许会导致它的脖子折断。突然间，班杜拉鼓起了劲，转动了自己的头颅，同时发出了巨大的呻吟。班杜拉也许很痛苦，但它的斗志尚存。它的鼻子挥动起来，嘴巴大张着喘粗气。

与继续翻身到另一侧相比,班杜拉或许另有计划。当腹部肿胀的一侧似乎瘪下去的时候,班杜拉挣扎着用自己的力量站起身来。人们匆忙移动链子。威廉姆斯命令布宗(Poo Zone)和斯瓦奇盖分别站在班杜拉的两侧,"就像两个朋友试图扶起夹在中间的醉汉"。

效果很好,可怜的班杜拉勉强地站了起来,它看上去摇摇欲坠。

它的消化肠道出了毛病。肠道停止了工作,甚至不能正常地排便。

威廉姆斯没有丝毫犹豫,他让人将班杜拉的尾巴举至一边。同时,他将手臂深塞入班杜拉的直肠。他开始清理粪便,尽量清除班杜拉的肠道堵塞。"我尽自己最大的能力清空粪便",威廉姆斯写道。憋在身体中的气体欢快地冲出。对威廉姆斯来说,这些消化系统开始重新工作的隆隆声让他高兴,这意味着班杜拉重新恢复了健康。

回到营地后,吉姆带上苏珊继续他们前往瑞保的旅行。旅途漫长且疲劳。更糟的是,"乌云"一直追逐着他们,听闻了吉姆父亲去世的消息。1934年3月初,苏珊看到了他们的新家。"这是一块荒凉之地,"她写道,"没有花园,唯一的植被是几棵可怜的矮小的凋零的树。"在经历了茂叻繁花似锦的生活后,她对这里的第一印象是"肮脏、干枯和破旧"。这里曾是一块废弃的军事区:少校的小屋将成为他们的房子,陈旧的破兵营空空落落,食堂被改装为吉姆的办公室和他的助理们的单身宿舍。仆人的宿舍则破旧得更为糟糕,吉姆不得不将它们推倒重建。房屋后面的公墓增添了这里的荒凉气氛。那里散落着年轻英国士兵的墓碑,几十年前,他们曾在这里死于热带疾病。

在这里,苏珊第一次遇到了蜂蛇——世界上最致命的动物之一,其毒性比眼镜蛇还强,这是一种连捕蛇者都害怕的蛇。守夜人马赞凯(Marzah Khan)用棍棒打死了它。

夫妇俩安顿下来,尽管周围的环境非常糟糕。到了夏天,他们的儿子杰里米(Jeremy)出生。他是个胖胖的、精神的健康男孩。这本应是段喜庆的日子,但吉姆不合时宜地生病了,发热并伴有头部疼痛。更严重的是,他还患上了恐惧症。"疟疾以及其他疾病,全都找上了他。"苏珊写道。人们逐渐怀疑,或许是他的爱狗令他感染上了狂犬病,他们射杀了那条狗。他没被咬过，但他或许接触过这只生病动物的唾液。吉姆明白，失去爱狗的哀痛或许催生了自己的焦虑。但焦虑本身也是狂犬病的一种症状。狂犬病的潜伏期难以预计：从数周到数年不等。

公司在1934年的秋天批准了他的紧急医疗休假。11月，他、苏珊和保姆玛金（Ma Kin）带上杰里米出发了。11月12日，他们抵达了锡兰（Ceylon）的科伦坡（Colombo）港，急切地向家的方向前进。刚踏上英国的土地，吉姆就被伦敦的海员医院协会（Seamen's Hospital Society）按照热带病流程收治。医务人员给他喂食、补水，并用最现代的医疗手段进行治疗。然而，他并未很快被治愈。"是英格兰的一名精神病医生，"苏珊写道，"最终治愈了他。"

在他恢复身体的那段时间，杰里米死于肺炎。"他感染了流感病毒，死得非常突然。"苏珊写道。他被埋葬在当地公墓他祖父的坟墓旁。苏珊将失去杰里米描述为"对自己的沉重打击"。

威廉姆斯总说，身处大象的围绕帮助自己挺过了与疟疾甚至是登革热的持久战。

来自德国的可怕消息使他们在家乡的境况越加糟糕。在温斯顿·丘吉尔（Winston Churchill）警示了国民，英国潜在的威胁后，形势越来越明朗。德国无视《凡尔赛条约》的约束，组建了强大的空军。阿道夫·希特勒（Adolf Hitler）宣布，必须加强德国军队的力量。不难想象，下一次战争或许会很快爆发。

1935年9月，夫妇俩回到了缅甸，回到了那座荒凉的小屋。苏珊将全部精力放在为这个枯竭的场地修建花园上，这成为了她一生的爱好。她记住了所有植物的拉丁名字。瑞保的房子或许不太像家，但森林就是他们的家。雨停后，她总愿意和丈夫一起步入森林。

尽管信号不稳定，收音机还是播出了德国逐渐增加军力的新闻。1936年，这种声音越来越响亮，日本似乎也效仿起来。意大利强占了埃塞俄比亚，英国计划扩充自己的海军。在缅甸的森林，和平犹在，但吉姆已感到了危机。

同时，缅甸也发生了一些变化。1937年4月，这个国家脱离了印度政府的管理，成为了独立地区。缅甸将拥有一个单独的参议院，只是这个参议院议员人选依然由英国总督来挑选。

一件特别的新喜事是，苏珊发现她再次怀孕了。秋天，她得了一次糟糕的疟疾，但他们的儿子特雷弗（Treve）还是在1937年11月12日安全诞生。吉姆和苏珊围着他高兴得忘乎所以。他们认为，他们能从他的眼里分辨出真正的智慧。"我们都为他感觉到骄傲。"苏珊写道。苏珊不像柚木业中的其他那些情绪紧张的母亲，她决定尽快安排全家的旅行。他们唯一的妥协是，等特雷弗14个月大的时候再将他变成旅行团的正式成员。苏珊听到过其他一些主妇的议论，他们认为威廉姆斯夫妇很愚蠢，将孩子带在身边将冒极大的风险，意外情况下的医疗救助难以得到保证。她无视这些议论。他们雇了一个保姆，是个名叫瑙拉（Naw Lah）的克伦女孩。在长途跋涉中，特雷弗会戴着小遮阳帽或太阳帽，坐在一个丛林版的竹轿上，吉姆把它设计为摇篮的式样——"移动睡床、婴儿围栏合二为一"。3岁时，大人放心地给特雷弗配了一把丛林小刀，他还可以骑上一匹欢快的棕白相间的

PART TWO 爱与大象

斑纹小马。昂内教他如何用泥巴制作小硬球,并用弹弓发射它们。苏珊写道,"丛林之神在我们这边,他从未受到过伤害。"

尽管特雷弗还未见过班杜拉,但这头大象早成了他心中的英雄。班杜拉被神化般地在他们家庭生活中口口相传,以至于小男孩遇到挑战时总会问自己的父亲,"班杜拉会这样做吗?"吉姆会爽快地回答,"是的,它会努力尝试。"

吉姆非常想念班杜拉,他认为,他们在同一片森林一起工作的时机总会到来,这值得期待。至于现在,他的生活就像他一直想象的那样:爱妻、爱子、爱象,以及爱魔幻的森林。吉姆和苏珊都希望这是他们在一起的多年森林田园生活的开始。但世界大势正持续地给他们带来威胁。1938年春,奥地利成为了德国的一个省,捷克斯洛伐克准备向德国投降。威廉姆斯夫妇1938年4—10月在家休探亲假。随着战争临近,吉姆考虑是否留下来应召入伍。但当时,在确信日本也将介入这场战争后,他认为自己回到东方或许能发挥更大作用。

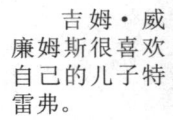

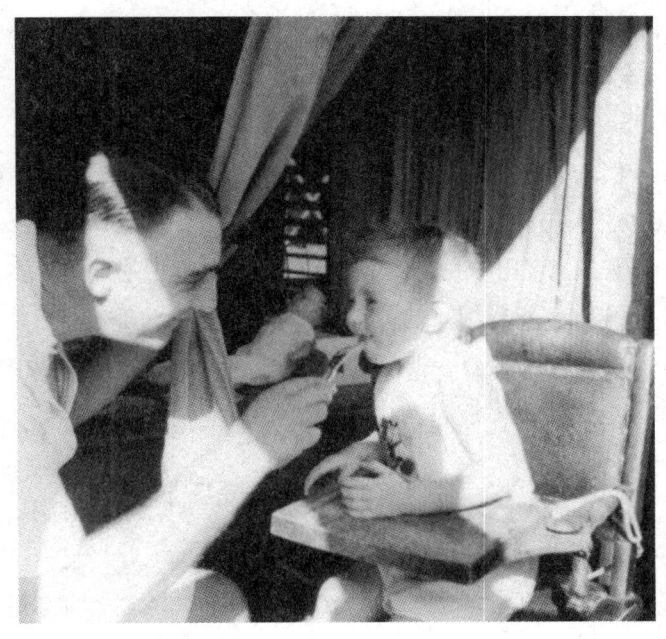

吉姆·威廉姆斯很喜欢自己的儿子特雷弗。

战 象 连

　　回到缅甸，他的工作一如既往地进行着。到了 1939 年 9 月，英国、法国、澳大利亚和新西兰向德国宣战，吉姆再次陷入矛盾并考虑是否乘船回国参战。最终，他做出了决定——柚木像钢铁那般重要，在这里工作是他最好的服役方式。最终的事实证明，他不需要去寻找战争，战争会自动降临到他的身边。

特雷弗是个能干的小男孩。3 岁时，大人就可放心地让其骑上小马并配上一把丛林小刀。

　　但在这个节点，殖民政府从最高领导层到最低的政府文员仍心存幻想。他们自信地认为，虽然日本正与中国交战，但日本人绝不会袭击在英国管理下的缅甸。对苏珊以及大部分英国公民来说，缅甸是个安全的地方。吉姆不这样认为。在瑞保的总部，他在一次晚餐派对上宣泄了自己的观点，他对周围的平庸人群说道："我必须告诉你们，很快，我们都将被卷入战争。"

　　那年的炎热季节来临时，威廉姆斯夫妇撤营前往眉苗（Maymyo）的一处居住地，那里离曼德勒仅有 40 英里（64 公里）远，被称为"夏都"。那是一个豪华的山区避暑小镇，在缅甸，此处是最接近英国风

PART TWO 爱 与 大 象

格的地区。英国政府官员在夏季通常会从仰光搬到眉苗居住。因为那里四季凉爽，长满了鲜花。"从沉闷的平原去往这个微风习习和空气凉爽的山区，给我们带来了新生活。"苏珊写道。威廉姆斯夫妇的小屋被盛开的樱桃树围绕。孟买博玛公司深受爱戴的经理杰夫·博斯托克和他的妻子伊芙琳（Evelyn）以及儿子约翰（John）和休（Hugh）住在附近一所叫"伍德斯托克（Woodstock）"的大房子里。吉姆会在附近的希韦利（Shweili）森林工作。

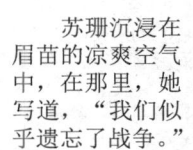

苏珊沉浸在眉苗的凉爽空气中，在那里，她写道，"我们似乎遗忘了战争。"

1940年春，吉姆年轻的侄子和侄女【他哥哥汤姆（Tom）的孩子】在他们的母亲去世后从印度搬来和他们共同居住了18个月的时间。3岁的黛安娜（Diana）患上了痢疾，迈克尔（Michael）还是个婴儿，不到1岁。在这个快乐的家庭，他们很快称苏珊和吉姆为"妈妈、爸爸"，并组成了五口之家。1940年9月，日本正式宣战，和德国、意大利缔结了同盟。

汤姆（左）和吉姆兄弟俩非常亲近，但他们对是否送苏珊和特雷弗去印度持有不同意见。

　　缅甸似乎不再安全，到了1941年11月，汤姆·威廉姆斯带走了黛安娜和迈克尔。他争论着，苏珊和特雷弗也应被一起带到安全的印度，但苏珊不愿离开吉姆。他们清空了屋子，吉姆、苏珊和特雷弗准备着再次旅行。他们不知道的是，这将会成为他们的最后一次丛林之旅。

　　旅行的前期非常美妙。天气很好，他们需要的一切都在象背上，20多头大象排成了一条长队。森林就是他们的家，不论在哪儿。他们还和更大的家庭圈子一起分享生活——昂内、约瑟夫和瑙拉。

　　吉姆非常享受这样的生活。当他和家人一起在参差的森林光线中前行时，听着身后传来的象铃声，他感到了宁静和平和。晚上，他和苏珊睡在一个快速搭建的小屋里，喝着鸡尾酒，听着收音机里的新闻。12月初的某天，在丛林深处，吉姆将收音机的调频旋钮慢慢转到了英国广播公司（BBC）世界电台的频道。手里还拿着酒的他和苏珊听到了可怕的消息：美国的珍珠港遭到了日本的袭击。日本人还登陆了距离缅甸不远的英属马来亚。接下来的几天，收音机带来了更多这方面的消息。美国、英国、澳大利亚、新西兰、荷兰、自由法国、南斯拉夫、中国，以及其他国家向日本宣战。接着，英国皇家海军舰艇"反击号"（HMS Repulse）和"威尔士亲王号"战列舰（HMS Prince of Wales）在保卫新加坡的时候被日本人击沉，阵亡士兵超过了1 000人。吉姆和苏珊试图努力理解这些新闻的含义，弄清这些信息对他们的国家、对缅甸、对他们的生活意味着什么。邮件系统尚保持着稳定，据吉姆所知，他将继续履行采伐柚木的职责。12月的大部分时间，这都是他需要完成的工作。

到了圣诞节前，战争打到了家里。英国疏散了位于这个国家南部的军用机场。因为那里被敌人当作了目标，日本人开始空袭仰光。1941年12月23日，空袭声响彻了首都，上千名市民涌到街道上被日本人炸死。虽未宣布正式的疏散，那天晚上，难民开始抛弃仰光，包括城市发展所依靠的印度工人和公务员。

威廉姆斯夫妇度过了一个令人不安的圣诞节，为了特雷弗还得假装英勇无畏和兴高采烈，但他们开始感觉到难以承受的压力。家乡的亲人和朋友们正遭受德国的闪电战（the Blitz），西欧大部分地区已陷入纳粹手里。那天晚上，英国直辖殖民地香港向日本投降。

1942年1月初，他们害怕但预想的电报到来了：立刻返回曼德勒。考虑到电报信息经历了7天时间才到达他们手上，他们知道，此时的形势和电报发出时相比或许更危险了。他们迅速给大象装载好行李，开始了新的旅程。他们不知道未来即将面临的是什么。

PART THREE

WAR ELEPHANTS
战象

CHAPTER 21

逃离缅甸

当他们抵达曼德勒时，接待威廉姆斯夫妇的孟拜公司的员工向他们通报了当前的严峻形势，日本人正在轰炸仰光。1942年1月20日，孟买博玛贸易公司命令，立刻疏散所有员工的妻子和儿女。他们是首个采取这一行为的欧洲公司，一些人认为这是草率的命令。吉姆已错过了让苏珊和特雷弗加入第一支撤往钦敦江上游队伍的机会。

撤离缅甸的大规模行动开始了，威廉姆斯夫妇手头的经济并不充裕——他们是在森林旅途中被召回，其重要物品均未随身携带。吉姆赶回了眉苗。公司允许每人带一件行李和一个铺盖。照片、书籍、日记、礼物和其他衣服均不得携带。马和宠物被留给当地雇佣的人照顾。事实上，很多人在撤离时都射杀了自己的狗，他们不希望它们落在日本人的手里。很多邻居把值钱的东西埋在了花园中，并将现金转移出这个国家。吉姆抓起一些旅行的必备品——苏珊和特雷弗每人一个小行李箱，他自己一个旅行袋，里面装着一件干净衬衫和一些洗漱用品。

公司指挥这个家庭坐火车和船到钦敦江的老总部茂叻。如有必要，他们可能需要从那里徒步170英里（272公里）行军前往印度曼尼普尔的一个火车站。苏珊质疑"行军"这个说法有点危言耸听了。

然而，日本人的确在急速逼近。他们从暹罗或泰国的基地入侵缅甸，正渗入这个国家的南部地区。1942年1—2月，他们全力进攻缅甸，装备不良以及后勤补给不足的英国军队快速撤退。印度17师在锡唐（Sittang）河挖了壕沟，希望能抵抗住日本人的猛攻。但在激烈的战

战象连

斗后，他们被日本人从侧翼绕过，就像他们将来会无数次遭遇的那样。

日本人将缅甸当作重要的军事目标，并非因为这个国家本身，而是为了它的战略位置。攻克缅甸能控制同盟国向中国——日本的死敌——的陆路补给通道。沿着著名的滇缅公路（Burma Road），弹药和油料被源源不断地运输到了中国。此外，缅甸还被视为通往印度的垫脚石，印度也被纳入了日本人的狂野计划。他们认为，印度人并不满意英国人的统治。

在缅甸的英国人的自信心已严重不足。威廉姆斯夫妇要做一些艰难的决定：他们是否要带上仆人？他们已将几个仆人看作了自己的家庭成员。他们待在自己的国家是否会更好？日本人正追赶的是英国人，而非缅甸人。事实上，大部分缅甸人并没有自己的政治忠诚。

缅甸是个多民族国家。当牵涉战争时，缅甸人并无一个统一国家的概念。大多数情况下，人数最多的缅族人痛恨殖民统治，渴望独立。他们中的多数人甚至期望着日本人能成为解放者。要知道，日本人用"亚洲人的亚洲（Asia for the Asiatics）"口号抛出了一个诱人的理想。一大部分克伦人（这个国家较大的少数民族之一，大部分皈依了基督教）、克钦族人和掸族人选择站在英国一边。留在缅甸的一些人逃进了丛林以躲避日本人，另一些则欢迎他们的到来。还有一些人和英国人一起参加了对日战斗。另有18 000名民族主义者加入了缅甸独立军，和日本人结为同盟。当然，这些希望得到解放的人，最终得到的只有"日本人的占领"和"日本人的种族歧视"。当时，有一份报告发现，10%（大部分是处于缅族人控制下的少数民族）的人支持英国，10%的人反对英国，其他的80%属于中间派。

吉姆和苏珊将最亲密的一些工人聚集起来商量对策。最后决定，昂内、约瑟夫、璐拉以及山彪和威廉姆斯夫妇待在一起。其他人的家人都在家乡，他们需要留下。这似乎是正确的决定，尽管他们不知道到达曼尼普尔边境时会发生什么。

PART THREE 战 象

精简后的威廉姆斯团队坐上火车到达了蒙育瓦的港口。吉姆将会待在那里,直到看到他们安全地登上船出发为止。然后,在他们去往钦敦江的上游茂叻时,他会回到眉苗附近,与森林人和大象在一起。

到达蒙育瓦后,孟拜公司的第二批撤离队伍还在那里,不知所措地等待着出发命令。公司对能否顺利送走全部妇孺感到紧张,于是,将刚到达这里的比利·威廉姆斯当作了救命稻草。他被命令不得返回眉苗,而是先护送这个超过50名成员的队伍到达茂叻。威廉姆斯和上司争执起来,他迫切希望回到自己的森林中,给象夫付工资并保卫家里的那些动物们,但他的反对无效。

接着,公司的船到达了港口。这艘船在建造之初只为少数的乘客提供奢侈服务,现在却塞满了人。开阔的甲板变成了宿舍,女人和小孩紧靠在一起。他们的后面拖着一只小船,载着一个被隔离的患有包虫病的家庭。这是威廉姆斯的刻意安排,他是为了更多人的健康考虑,且这时的苏珊也再次怀孕了。

他们抵达了茂叻,这是吉姆和苏珊非常了解的破旧的临河小村镇,他们的到达加深了其他旅人的不安。这个小镇偏远土气,远谈不上文明,交通方式也非常落后。被驱赶到这个国家最边缘的地区,意味着英国人已对这里失去了掌控。如果连仰光和曼德勒都无法确保安全,其他地区将更不可能有安全一说了。

特别是对英国逃难者来说,印度的伐木公司和茶叶种植园是保护伞,可以给他们提供补给、栖身之地和帮助。强硬的、有知识的员工是英国第14军的无价之宝。正如一个高级法庭法官当时所写:"一头是茶叶事务,另一头是柚木事务。"

在人们等待公司指示的那段时间,充满了恐惧和混乱。威廉姆斯充分利用这段时间,组织好补给、装备和大象,以防在特殊条件下女人们需要徒步进军前往曼尼普尔。他明智地给每人都注射了霍乱疫苗。

威廉姆斯的朋友和老板杰夫·博斯托克已搜集了紧急补给,并停止了所有的伐木工作。对威廉姆斯而言,这是大象进入战争的开端。1942年2月,大象们被征集进行运输补给,它们还要运送病患和老人,甚至是拓宽道路。

噩耗不断传来。新加坡、马尼拉和吉隆坡都落入了日本人的手中。残酷无情的东京甚至在澳大利亚也扔下了炸弹。

吉姆完全明白,家属被困在茂叻意味着什么。他们必须被安全地送达印度,他下达了徒步行军的命令。如果没有这些大象帮助运输罐装食物补给、铺盖和帐篷,撤离计划绝不会获得成功。他们的队伍需要从茂叻徒步旅行至缅甸的达武(Tamu)镇,那是曼尼普尔邦的边境。全程大约需要 6 天的时间。那里将被作为集结区,为下一阶段的撤离做准备:翻过耸立在达武镇后方的险峻群山,前往英帕尔(Imphal)平原。

过去数周发生的一切不断刺激着在缅甸的外国人。如今,无数的难民正从缅甸逃往印度。鉴于宽敞的道路早已拥挤不堪,威廉姆斯决定让自己的队伍走小路。大象们根本无法与这些拥挤的人群一起前行,且大象们不断排泄出的粪便也会令周边环境变得糟糕。

威廉姆斯将需要撤离的 40 个女人、27 个孩子与 110 头大象分为两个组。威廉姆斯和博斯托克负责第一组,包括 22 名妇女和 15 个孩子,加上象夫、仆人和送信人,总计 83 人(外加 56 头大象,包括 18 头长牙象)。伊芙琳·博斯托克和苏珊负责掌管旅程中的食品供应。博斯托克负责照顾妇孺;威廉姆斯负责照顾大象,大象主要用于运输补给。他们还雇佣了苦力,让这些来自附近的最底层劳动者抬临时担架上的老弱病残。

1942 年 2 月 23 日,星期一上午 10 点,他们离开茂叻。这是炎热季节的开端,天气渐渐变得闷热。不少公司员工的妻子都是新手,她们从未参加过丛林旅行。她们没有适合这次旅程的衣服,他们的装备在崎岖的地形里极易损坏。事实上,光脚走路几乎等于死刑,因为水泡和伤口会引发感染。

家属和褴褛的苦力在后面跟着长长的大象队伍,它们不紧不慢地背负着行李、野营装备和食物,食物包括 100 只鸡和 60 只鸭子。这对大象来说是全新的经历,它们此前从未见过如此多的陌生人。

PART THREE 战　象

　　威廉姆斯给这个队伍设立了作息时间表。每天早上大约5点30分醒来，穿好衣服并吃早饭——茶、麦片粥和蘸果酱的厚片面包。1小时内，组织并打包好行李，然后开始10英里（16公里）的日行。威廉姆斯会留在队伍的最后，检查大象的行李装载。一旦大象准备完毕，他会快步超过人群，到前方寻找合适的过夜地。他欣慰地发现，大部分路途草料丰富且水源充足。

　　这次行程的前期段路较为平坦，这在一定程度上帮助他们提高了对旅行的适应度。没人抱怨他们的军事化旅行，只是特雷弗令苏珊大为头疼，总是不听使唤。他遗传了父亲的独立和果断，习惯自己徒步旅行，反对被关押式的强迫坐在苦力抬着的帆布吊床上。

　　下午，酷热难当，队伍会停下来小休，每个家庭都能在自己的帐篷中享受隐私。食物储备非常丰富——午餐有炖鸡肉、奶酪和饼干，下午茶有面包和果酱，晚餐有三道菜。愉快的情绪洋溢在队伍中。时间流逝，不可避免地出现了一些摩擦。下午在营地选好后，女人们会争夺位置最佳的遮荫处。苏珊并不参与，作为吉姆的妻子她理应作出高姿态，为自己的家人选择了最差的地方。

　　压力不只存在于人类，也存在于大象，吉姆敏锐地察觉到了这点。对它们来说，这是一个新世界，平日里的所有规矩或规则都不再适用。它们旧有的日常安排都被取消了。在这里，它们要连续行进几个小时，并被剥夺了下午的洗澡时间。晚上，它们不能自由觅食，象夫也不得不外出搜集数百磅重的竹子、草和树枝以供它们食用。

　　威廉姆斯担心这种压力会在这些敏感和复杂的动物中爆发，特别是天气越来越炎热。起初，它们稍有暴躁和不安。之后，这种不快乐在白天开始易于察觉。晚上，大象会寻找象夫松懈的机会逃脱。不过，它们总会被很快地重新找回。最终在一个下午，大象爆发了一次大规模越狱。最初，几头大象迅速逃开，以引起场面的混乱帮助其他大象逃跑。几十头大象踏入了茂密的森林，男人们立即展开了行动，女人和孩子们则在大树后寻找庇护。大象很快屈服了，"幸运的是，未出现人员伤亡"，威廉姆斯写道。

战象连

但这种幸运并未维持太久。

1942年3月2日，星期一，顶着炎热的天气，他们到达了边境村庄达武镇，这是个混乱嘈杂的地方。"这个偏远的大村镇曾经非常冷清，只有100个家庭、1个政府大楼和1个电报局。现在，它变成了拥挤的瓶颈，塞满了数千名难民，其中大部分为印度人。所有人都思索着如何搞定接下来的50英里（80公里）路程——顺着崎岖的马道，翻越5 000英尺（1 524米）高的山峰。"威廉姆斯写道。

这里正变成地狱，一个混乱、肮脏和充满恐惧的地方。几乎没有什么组织，没有卫生设施。尽管这里已非常糟糕，但人们都很清楚，更糟糕的还在后面——离开达武后，等待他们的将是荒芜的山区。

对人类而言，这几乎不能算是避难所；对大象来说，更是一无是处。整个旅途，威廉姆斯都在为如何控制这些动物而头疼，他感觉自己正看管着一颗定时炸弹。最后，威廉姆斯决定，将18头长牙象送回茂叻，脾气更平和的母象则留在队伍中与他们继续前行。

在村子里拥挤的道路外，威廉姆斯叫停了这些大象。女人和孩子去看镇子里的情况，威廉姆斯和象夫们则负责卸下大象的包裹。既然大象的数量被削减，包裹也应重新组织和分配。事实上，他们需要扔掉一些不必要的东西。

天气热得令人难以忍受，四处充满了灰尘，人们筋疲力尽。象夫一个接一个地把包裹递给地面上的伐木工人：帐篷、行李、炊具和收音机。威廉姆斯行走在大象队伍中，开列出鞍具的清单，试图安排得井然有序。一件小事吸引了威廉姆斯的眼球。10码（9米）外，1头大型长牙象的背上，象夫正传递着色彩鲜艳的"航空行李箱"，象夫在大象背上抛递箱子并最终丢给地上的伐木工。有经验的伐木工伸手接过箱子，表面上毫无预兆，突然间这头大象斜过头颅将伐木工压在了地面，同时将背上的象夫甩了下来。

这个可怕的事件在人群中掀起了骚动。威廉姆斯和其他象夫奔上

PART THREE 战　象

前来帮忙制服了这头长牙象。但为时已晚，大象头部的力量足以粉碎男人的身体。目击过这种攻击的人说，受害者会被损坏得不可辨认——不仅辨不出人貌，甚至看不出人形。这也是威廉姆斯和其他人当时看到的场景。他们迅速拿布盖住了被压扁的男人的尸体，搬离开来。

事件在难民中引发了恐慌。一个十几岁的英国撤离者在她的日记中记录了这件事，并说，此后很多英国旅行团再难以雇佣这些低工资的廉价苦力。为英国人搬行李已变为了非常危险的事情。

当苏珊和其他人赶到现场时，她看出了吉姆的郁闷。但他们必须面对现实。威廉姆斯召集好队伍，向大家解释，"现在人们允许携带的行李必须进一步缩减——平均每人不能超过 60 磅（27.2 公斤）。大家必须学会放弃，不仅要抛弃奢侈品，甚至帐篷和野营床也要学会放下。"在此之后，"苏珊写道，"我感觉自己更像逃难者了。实际上，我们本来就是。"

威廉姆斯一家没什么贵重物品可抛弃，但队友们却面临着痛苦的离别。他们的厨子约瑟夫将妻儿留在了后面，昂内在缅甸还有一些家人。战争也许会关闭边境多年。继续前往印度，他们或许将永远无法回来。面对这些可怕的未来，威廉姆斯痛苦地做出决定：他们在家乡也许更安全。他相信，将他们继续带远或许太自私。"告诉他们，是时候回去了。"吉姆对苏珊说。

苏珊看着吉姆走向他们。"对他们来说，这或许是最艰难的时刻。"她写道。10 年来，他们两人对吉姆的服务和陪伴，已缔下了深厚的感情。他从自己的口袋和所有他认识的人那里搜集了尽可能多的钱，分给了他们。昂内在过去的 22 年中，几乎从未离开过吉姆的视线，从早上睁眼到深夜睡觉。现在，他们要在最糟糕的情况下分离。威廉姆斯唯一能做的是，告诫他们，不要告诉任何人自己身上带了多少钱。到了最后道别的时刻，每人都默默无言。

威廉姆斯看着昂内跟在约瑟夫的身后，头也不回地进入了森林。他再未看到或听说过他。

战象连

　　两天后，"威廉姆斯－博斯托克"组再次出发。威廉姆斯在前方探路，女人和孩子们跟在后面，大象排在队伍的最后。他们正向曼尼普尔山区进发，他们将步行超过一周的时间。多石、狭窄的小道向山上延伸，日复一日，数千人的队伍步履艰难地单列行进。印度旅行者将财物塞进箱子，顶在头上超过了他们。

　　条件变得越来越糟，霍乱逐渐成为他们的大麻烦。浮肿的死尸覆盖着蛆虫，被抛弃在道路上。有时，一群蝴蝶在其上方盘旋。人们没时间去掩埋尸体。威廉姆斯会试着将尸体残骸抬到陡峭的路堤上，以免被孩子们看到。尸臭依然笼罩着小道，母亲们会催促她们的孩子快速通过。

　　随着他们上升到更高的海拔，天气变得越加寒冷。晚上，他们会清理出一小块儿地方，睡在单薄的被子中。

　　印度的一些茶叶公司已派人沿路修建了避难所，但大部分避难所仍未完工，几乎所有房子里都有前面旅人留下的粪堆。食物配额越来越少，步行变得越来越难，人们的体重大大减轻了。听收音机成为了人们主要的娱乐方式，但清晰的频道却总给他们带来糟糕的消息。

　　1942年3月8日，仰光被日本人占领。抢劫者潜行在这个首都的高档社区，纵火肆虐。当然，也有许多是西方人的纵火，他们不希望在自己离开后将任何有价值的东西留给日本人。仰光的陷落不仅是人们心理上的灾难，它还意味着缅甸唯一真正的港口陷落。现在，同盟军的补给必须从印度进行陆路运输。鉴于那里复杂的地形和道路、基础设施的缺乏，补给运输已成了大难题。

　　纷至沓来的战争记者描绘了一幅黯淡的景象。失去了仰光，整个缅甸已被击溃，而印度也开始面临威胁。数以千计的难民冲出城市，前往西北方向的印度。他们的人数随着半路加入的队伍不断增长，他们都挤向了同一个方向。

　　把缅甸留在身后的威廉姆斯夫妇和难民正与山峰战斗。在5 000英尺（1 524米）的高度，饮水开始变得困难。小特雷弗现在已能独自行走，但对4岁男孩来说，这段路程太艰苦。饥饿与疲惫显露在所有人的脸上。

队伍继续艰难地行进。道路全是弯道，一个拐角连着一个拐角。终于，拐过一个弯道后，他们看到了开阔的风景：山下绵延数英里的平原。他们即将走离山区。前面是条延伸数英里的道路，塞满了其他的旅行者，他们拖着步子，踢起了红色的飘尘。

总计有大约 60 万绝望的难民奔赴印度，大部分往西行走，小部分穿越在胡康河谷（Hukawng valley）的荒凉道路。在当时，这是历史上规模最大的人类迁徙。迁徙队伍中仅有 5 万人是英国人，其余大部分为印度人。据统计，8 万人死于这次大迁徙。

尽管他们为即将摆脱山区感到兴奋，威廉姆斯还是预感到了棘手。几个峡谷拦在了前方，峡谷上的桥梁均为细长结构，难以承受大象的体重。以往穿越峡谷时，象夫们不得不引导这些动物绕过去——从陡峭的坡走下去，从另一边爬上来。象夫们被警告，即便桥梁看上去很结实，也绝不可尝试。混乱中，一个未听劝告的大象进行了莽撞的尝试。桥在大象脚下崩塌。虽然大象跳过了悬崖，象夫却被抛向了前方。声响和惊吓让它惊慌地乱窜。威廉姆斯看着这头大象——没有骑手，没有包裹——冲向了他。他试图挥舞一根装有矛尖的拐杖阻止它，但未起任何作用。大象飞奔而来，他不得不跳开。大象转头冲向了人流前进的方向。不可思议的是，大象停住了脚步回到了象群，或许是它不愿和自己的伙伴们分开。

当他们跨越缅甸边境，抵达终点印度曼尼普尔邦的帕勒尔（Palel）镇时，整个队伍已筋疲力尽。苏珊虽已怀孕几个月时间，但看上去仍然骨瘦如柴，她减轻了 15 磅（6.8 公斤）的体重。大象也处于较差的健康状况，好在，它们现在可以被释放去洗澡和进食了。动物和象夫留在了帕勒尔，威廉姆斯和博斯托克陪同妇孺乘坐英国军队的卡车，行驶了 160 英里（256 公里）抵达了位于迪马布尔（Dimapur）的火车站。威廉姆斯对象夫们能在帕勒尔得到休息感到满意，因为他们为拯救英国妇孺并帮助他们通过最肮脏的撤离通道奉献了一切。

战象连

　　家属们坐上卡车后，对卡车减震不良未流露丝毫抱怨，人们对能乘车前行早已感激不尽。他们在英帕尔的一个大型难民营停留了两晚。在茶叶种植园的安排下，这里住满了数百名撤离者。每个家庭都有 8 平方英尺（0.74 平方米）的居住地和洗澡的机会，还能用电报给自己家里发送短讯。

　　一个糟糕的消息毁掉了苏珊和吉姆的好心情。他们需要被迫经受一次分离。有官员告诉他们，"缅甸人"不许进入印度。吉姆想尽了办法，希望让特雷弗的保姆成为例外。但无论怎么恳求，可怜的山彪也未被允许继续跟在队伍中。临别前，吉姆允诺山彪，在女人们安全后他会回来找他。苏珊观察到，"第二天早上，他站在那里，绝望且不知所措。带着沉重的心情，我们挥手道别。"

　　离开英帕尔，是前往迪马布尔的 130 英里（208 公里）的军用卡车之旅。在雨水中，他们在下午 7 点 30 分到达目的地，还享用了一顿丰盛的晚餐。晚上 11 点 30 分，在汽笛声中，他们登上了火车。女人们安全地登上了火车。苏珊望向窗外，吉姆正站在酷热的站台上与她挥手道别。他穿着平日里的野战服，洗得干净且清爽，但干净的衣服里包裹着疲惫的身躯，这让她无比心痛。吉姆捕捉到了苏珊表情的变化。"别担心！"吉姆大声喊道，甚至盖过了火车的轰鸣声。他叫喊道，很开心她和特雷弗安全了。"用不了多久，我们就能重逢！"他承诺。火车引擎平稳规律的呼呼声压过了一切，火车颠簸着向前开动。他们拼命地挥手，直到彼此的身影彻底消失。

CHAPTER 22

战象 1 号

　　见到吉姆在加尔各答的两个兄弟后，苏珊和特雷弗在西隆（Shillong）安顿了下来。西隆是阿萨姆邦温暖宜人的首府，威廉姆斯三兄弟的老大尼克（Nick）在那里拥有一栋名为"东丘（East Knoll）"的别墅。尼克并未居住在那里，苏珊和特雷弗将与房子中的罗伯森（Robertson）夫人和她的两个幼子同住。这座城市拥有豪华的英式俱乐部、电影院和西餐厅，给人提供了舒适的生活。他们的房子有个漂亮的园林，白雪皑皑的干城章嘉峰（Kanchenjunga）一览无遗，这座山是喜马拉雅山的一部分。住所中还有一名厨师和一名男管家。

　　在得知怀孕的妻子以及儿子安全后，吉姆将重心放在了对难民们的帮助上。在返回缅甸的路上，他充分发挥了大象的作用，运输补给并帮助建造难民营——难民们持续不断地逃往西方。他和博斯托克花了几周时间在难民营建造工程上，之后再继续前行。刚回到缅甸的土地，他们就着手帮忙修建公路。但日本人的攻势迅猛，到了4月，甚至那些撤退到最西边境的人（比如威廉姆斯）也不得不被迫选择再次撤离。英军士兵接到了撤退的命令，殿后的部队预计将坚持数周时间，直到季风雨季来临。

　　虽然接到了撤退命令，但威廉姆斯还是决定先寻找山彪和昂内。遗憾的是，他并未发现他们的踪迹。曾经，他打发他们返回缅甸，并认为这对他们来说或许是最安全的方式。实际情况是，到战争结束时，有100万缅甸人死亡——被日本士兵杀死、过劳死，或因战乱而饿死。

战 象 连

他还有另外一个搜寻工作：寻找班杜拉。他发现这头长牙象就在达武附近，它和波多在一起。他很高兴自己能抚摸它，和它说说话并招待它用餐。波多看上去垂头丧气。他背叛了公司，随着英国人的逃走和孟拜公司的倒闭，他意识到自己已难以得到公司曾许诺给他的养老金（他已 60 岁了）。

威廉姆斯什么也没说，他理解波多。他将注意力转回到大象身上，班杜拉还是那般雄伟。它正处于自己的巅峰岁月。它平静地站在那里，即便战争正向它咆哮。

威廉姆斯坚信，大象对日本人和英国人都很重要。一想到这些动物或许会落入敌人之手，他就感到愤恨。他计划带着 200 头大象行军离开这个危险地，但挤满了难民的道路让他的想法变得不切实际。他只能选择信任象夫和他们的大象能坚持到英国人回来。据丛林游击队员的表述，日本人绝非象夫的对手。威廉姆斯想，他的人可以带着大象消失于森林，没人能找到他们。

威廉姆斯希望能得到波多的帮助。他搜集了自己能找到的所有现金，并将这些钱递给了波多，请求他"如有可能，请将其藏匿起来"。威廉姆斯发誓会归来。尽管波多对威廉姆斯的话并不信任，但还是接受了他的提议。

波多命令长牙象坐下。"坐下！（Hmit！）"班杜拉缓缓地把身体伏到地面，老人爬了上去。威廉姆斯和它道别，看着班杜拉缓缓步入森林，前往波多位于加包（Kabaw）峡谷的村庄方向，位于钦山以西。威廉姆斯指望波多对秘密小路的熟悉，以及森林的不可穿越能保障他们的安全，他感激丛林可为大象提供庇护。

威廉姆斯步行赶往达武。唯一的好消息是，此刻，威廉·斯利姆将军已接管了缅甸英军的指挥权。这个男人聪明、谦逊，他从战士成长为将军，是这次战争中最受人们尊敬和喜爱的军官之一。士气低落的英军部队需要一个能让他们信任的将军，斯利姆是不二之选。

缅甸防务的组织，起初是由印度远东司令部负责，这是一份艰巨的工作。斯利姆有很多工作要做，但在 1942 年 3 月接管缅甸军团时，他的可用资源甚少，日本人在这个区域布置的军力远强于他。日本飞机的数量远多于盟军飞机，在缅甸更是凸显，大约900架日本战机对应140架盟军战机。英国皇家空军的大部队在3月末就撤退了，现在，英国和中国军队继续着各自的撤退。日本人疯狂地轰炸曼德勒，死伤者超过2 000人。

威廉姆斯所处的难民潮充满了绝望。汽车或卡车在抵达达武后几乎不能行动，公路严重受阻。穿越山区前往印度的道路不适合大部分的交通工具，即便吉普车在这里通行也非常艰难。不少驱车抵达达武的人现在必须下车步行。

威廉姆斯步行前往印度，背上只有一个简单的工具包，身边跟着一条朋友的黑色拉布拉多猎犬——科珀。在上千的人流中，痛苦和疾病随处可见。破碎的家庭不得不做出可怕的决定，或是将一个濒死的孩子丢下以拯救其他人；或是亲人们相互分散，又手忙脚乱地重逢。印度的报纸充斥着令人煎熬的寻人广告，由那些在旅途中与家人失散的人登出。到处充满着饥饿和疾病，极端的酷热、食物的缺乏、艰苦的徒步，年轻者也不能例外。一支孟买博玛公司的家属队伍从缅甸另一边的暹罗（泰国）出发前往印度。开始时候有20个孩子，最后只有1人活了下来。旅行时间最长的人学到了最丰富的生存技巧——刮下皮肤上干涸的汗渍食用以获取盐分；口渴时，从被丢弃的汽车的水箱里偷水喝。

威廉姆斯顺着小道爬上了曼尼普尔山，他发现了两个抽泣的印度孩子，兄妹俩又小又脏。他们的母亲还是个十几岁的少女，在烈日下瘫倒在路堤边。一路上的灰尘、疾病、饥饿和脱水压垮了她，上千人疲惫地从她身边路过。威廉姆斯跪在她身边，轻轻抱着她。他冒着染上传染病的风险，将水壶放到她的嘴边。她喝了几口，并未说话，但威廉姆斯完全能明白她的想法。

在她的眼里，他看到了感激，一种"祝福"，也有关于她孩子的恐惧。他感觉她在无声地问：我们会遭遇什么？他们互相对视着，女孩安静地死在了他的怀里。"发生得太突然。片刻之后，我意识到，我要承担照顾这两个孩子的责任。"他非常清楚,自己没法带着他们走完前方的旅程。他呆在那里,渐渐恢复了神志。他带着他们向后走了一小段路程。一辆罕见的吉普车出现在路上,颠簸着向他的方向驶来,车上坐着一个他在达武认识的安全官。安全官立即挥手,"没办法,老兄。"他说。威廉姆斯请求将孩子藏在后面的油布下面。接着威胁道,如果他的要求遭到拒绝,他会将安全官和他的车扔下山坡。于是,安全官同意将他们带往英帕尔的一个难民营。"当两个孩子安全登上那辆吉普车时,我的喉咙哽咽了。"威廉姆斯写道。之后,威廉姆斯还专程前往英帕尔,核对两兄妹是否健康,是否在孤儿区得到了照顾。

5月,季风雨季如期而至。雷阵雨、狂暴雨,以及从山坡上滚下的洪流,掀开了"大地的肋骨"。

日本人攻陷了曼德勒,他们继续向缅甸的南部进发并扩散至其他区域。

1942年5月,美国将军约瑟夫·"酸醋乔"·史迪威(Joseph "Vinegar Joe" Stilwell)在缅甸崩溃时曾这样评估日本人的威胁,"他就像其他难民一样,步行前往印度,带着他的队伍前往安全地。撤退的英军疲惫不堪,也在这条大路上前行。英军的伤亡和损失很大,日军在占有人数、空军和训练优势的前提下,伤亡极小。这样的局面使我们的军队丧失了士气。"史迪威还说,"我们惨败了,我们失去了缅甸,这是耻辱。"有限的安慰是,有消息称日本人在太平洋和新几内亚内陆经历了几次战败。

抵达西隆。1942年9月10日,苏珊顺利生下了他们的女儿拉莫娜(Lamorna)。吉姆陪在她的身边,他当时被命令待在原地几个月的时间,以辅助进行木材调查。看着自己的家人暂时拥有的安全状态,他泛起了一丝痛苦的回忆,他想回到那些被弃留在缅甸的人和动物身边。在得知大象能在战争中发挥作用后,他按捺不住想重回缅甸的冲动。1942年10月,随着英军第14师缓慢地从印度开往缅甸南部边境,威廉姆斯被东军(Eastern Army)的诺尔·麦金托什·斯图亚特·欧文(Noel Mackintosh Stuart Irwin)将军征召入伍。这位高级将领给他

PART THREE 战　象

提供了一个新职位：大象顾问。这是一个奇怪的职位，因为并无大象可供威廉姆斯调遣，至少当时没有。

　　1942 年 11 月初，威廉姆斯作为陆军中校被派往阿萨姆邦爵叭（Jorhat）的第 4 兵团司令部，此地位于达武的北方，与达武的直线距离为 273 英里（437 公里）。最终，他将加入著名的第 14 集团军。到 1944 年，其编制将达到 100 万人，是第二次世界大战中士兵数量最大的盟军部队建制，其作战区域大约为 100 000 平方英里（258 998 平方千米）。这支军队包括印度人、英国人、新西兰人、加拿大人、南非人、东非人和中国人，还有来自缅甸的缅甸族人、克钦族人、克伦族人。和他们一起战斗的还有麦瑞尔突击队（Merrill's Marauders）中的美国人，飞虎队（The Flying Tigers）的飞行员。

　　威廉姆斯服从于两个著名军官的共同管辖：斯利姆，以及东南亚盟军最高司令部（the supreme Allied commander of South East Asia Command，SEAC）的中将路易斯·蒙巴顿勋爵（Lord Louis Mountbatten）。【美国人并不真正热心帮忙收复英国的殖民地。人们常说着"SEAC"这样的笑话，即拯救英格兰的亚洲殖民地（Save England's Asian Colonies）的缩写。】在这两个领导人中，威廉姆斯的人生哲学与斯利姆最契合。斯利姆曾向他手下的一名军官口头表达过这种理念："作为军官，只有在亲自看到自己的手下吃、喝、睡、吸烟，甚至是坐下之后，才能做这些事情。如果你爱士兵达到了这样的程度，士兵会跟随你至世界的尽头。如果你做不到，那么，我会废了你。"

　　情报工作者很快发现了威廉姆斯的才智。威廉姆斯会缅甸语，且对缅甸中北部每条公路、小溪、铁轨和隐蔽丛林小道无比熟悉。他们对他青睐有加，军官们会不时地向威廉姆斯寻求帮助。威廉姆斯认为，如果自己可以和大象们在一起，将能做更多的事情。他找了自己的上级。一天，在工作间隙，他违反规定地走进了欧文的办公室，请求一次谈话。直接和总指挥官（GOC，General Officer Commanding）对话是一种冒险行为，何况欧文是一名粗鲁、好斗、优越感极强的司令官。

战象连

　　威廉姆斯开门见山：他需要吉普车和行动的自由权。日本人还未渗透到达武，威廉姆斯希望回到那里去察明是否还有未落在日本人手中的大象为己所用。他不知道，他的旧团队里还有多少人尚处自由；也不知道，那些被日本人征召入伍的人是否仍甘心为日本人服役。他的直觉是，有大量优秀的象夫还藏匿着自己的大象。事实上，那些被俘的大象也仅被用于运输，大象的作用远不止于此。只有柚木人才能明白大象的能力，它们能快速地完成建造工作，它们可以在没有起重机的地方发挥作用，灵巧地将原木举到高地。它们可以把陷在淤泥里的车辆拖出，或者在主要河流上拖曳木材用以造船。最重要的是，大象可以通过建桥和拓宽道路使部队在未开发地域里快速移动，为坦克和吉普车开辟道路。简言之，大象可以为战争出力。

　　司令官认同了威廉姆斯的想法。

　　威廉姆斯对缅甸非常熟悉，以至于他能凭回忆绘出乡村的景色图。顶部为第14集团军的标志。

PART THREE 战　象

　　为了让他的计划得以实现，威廉姆斯被分配到了英国特别行动处（Special Operation Executive）。这一特殊的作战部门与死板的英国军情六处（Secret Intelligence Service）完全不同。从现在开始，他成为了精英部队第 136 特遣队（Force 136）的一员：在缅甸敌后作战的勇士。他们不按规则出牌，发挥自己的智慧，利用一切可能的机会展开对日战争。

分配到第 136 特遣队后，为了收回他的大象，威廉姆斯打算深入敌后。

　　每天都会给苏珊写信的吉姆，匆忙写了一张便条——在接下来的一段时间，你或许不能继续频繁地收到我的信件。他会继续写信，但邮政服务不会那么顺畅——即使军方邮递员也难以确保信件的通达。

战象连

驾着自己的吉普车，副驾驶座上坐着黑色的拉布拉多猎犬科珀，威廉姆斯全速向缅甸南方行驶。吉姆·威廉姆斯找回了自己。在摆脱了军队的官僚作风，并得到许可重新征召他的大象后，他感觉自己有了用武之地。但这样的兴奋并未维持太久。

靠近熟悉的达武镇时，一股令人反胃的巨大恶臭袭来，笼罩了他的敞篷吉普车。这种臭味并不陌生，但规模惊人。他开着吉普车，掩住了口鼻，驱车进入了一个看似恐怖电影的场景。一名记者曾将此处描述为"死亡之城"。

威廉姆斯记得他上次离开这里时，有数百辆汽车和卡车拥挤在一起，被抛弃在道路上。6个月前，它们还是空的。现在，这里满是尸体。

他看着那些尸体，他们用空洞的眼眶回盯着他。他们惊恐地笑着，咧着嘴，露出了牙齿。一些骷髅笔直地坐在方向盘前，一些腐烂的尸体靠在窗边。每张挡风玻璃都是一张带框的恐怖地狱图。

他清楚发生了什么。这些人到达得太晚，雨季已经开始了。绝望、饥饿的难民已无法继续行走，洪水和淤泥困住了他们。在他们的前方，山峰不可逾越；在他们的后方，日本人牢牢掌控着这个国家。在没有庇护所的情况下，为了躲避大雨，他们窜进了汽车、巴士，甚至是救护车。没有食物供给，车陷入泥泞，他们渐渐被困死在车中。

威廉姆斯开着吉普车穿过死寂的车流，降挡停车。熄火的时候，车身发出了强烈的抖动。他本想逃离这种腐烂的臭味，但他感觉自己似乎被什么所召唤。他步行穿过这座寂静的小镇，四处都是死尸，他们生前都做着最平常的动作——笔直坐起、在发霉的桌子上弯腰、在电报局握着电话听筒、斜躺在床上。现在，他只能静静地看着他们，什么也不能做。他重回吉普车，重新发动了引擎。后来他写道，这个情景向他叙述了一个令人毛骨悚然的故事。

在附近的莫雷（Moreh）镇扎营后，威廉姆斯很快想出了主意，要建立自己的非常规军队，一支小规模的军队。军队成员将由几个像他一样在缅甸生活过的人组成，即在森林中经历过多年考验的男人，能经受孤独和疾病并能讲缅甸语。有了他们，威廉姆斯将有机会穿透

PART THREE 战 象

敌人的战线，在日本人的眼皮下偷出大象。

威廉姆斯的第一个"雇员"是哈罗德·郎福德·布朗，他是威廉姆斯的老朋友，现隶属于英国印度军的印度第 23 步兵师（the Indian Twenty-Third Infantry Division of the British Indian Army）。布朗为人正直。"南非出生，一个拥有健壮体格的男人，"威廉姆斯说，"拥有宽阔的肩膀和窄臀。他毛发旺盛，就像一只黑猩猩。"最重要的是，他拥有作为朋友的忠诚以及对象夫的热情，他不会容忍针对象夫的任何殖民者姿态的出现。"哈罗德深受缅甸人的爱戴，"威廉姆斯写道，"此外，他还非常了解大象。"

忠诚、能干和玩世不恭的哈罗德·郎福德·布朗将是威廉姆斯的非常规丛林军中的首个成员。

布朗的果断让他成功完成了第一个任务——烧掉死亡之城。他快速进入达武，将汽油倒进了那里的车辆和尸体，并划燃了火柴。这是对死者表示敬意的火葬，也是一次卫生焚化，这对之后将在此地工作的人们的健康非常重要。

下一个加入威廉姆斯和布朗队伍的是斯坦利·"钦敦江"·怀特（Stanley "Chindwin" White）。这个矮小、强壮、精力旺盛的男人拥有一种关键的品质，对威廉姆斯的队伍来说必不可少——非常规军队军人那般规矩。怀特人如其名，是个怪人。作为船长，他熟悉钦敦江的每处河道。他通晓缅甸语和印地语，是个神枪手，喜剧演员，还是半个丛林博学家。

"哈罗德·布朗和钦敦江·怀特的加入，使我们成为了一个很棒的团队，"威廉姆斯写道，"他们丰富的缅甸知识对我们帮助极大。"我们的目标是收回大象。这可不是简单的任务：占领缅甸的日本人已颁布了命令，所有的象夫都必须报到参加战争，不遵守命令者将被处以死刑。

威廉姆斯笃信，一些对他保持忠诚的工人会冒险回来投奔自己。最好的策略是将信息传播出去：他正寻找自己的象夫和大象。当然，威廉姆斯最想征召的是班杜拉。布朗在过去的几个月时间里和敌人在附近的森林里玩猫捉老鼠的游戏。他离开达武前往波多所在的维托克（Witok）镇，任务就是找到这头长牙象。

在日军占领初期，波多就将班杜拉拴在了一个偏远地区。为躲避日本人的搜寻，他连续几个月不停地挪动班杜拉的寄居地。为了不暴露自己，班杜拉不能单独外出觅食，波多需要手工喂养它。波多用尽了威廉姆斯给他的 6 个月的补贴，每天需要收集班杜拉进食的几百磅重的食物。

尽管现实令人沮丧，但他并不会屈服。他绝不会听从日本人征募大象的命令。他决定，与其将大象送给日本人，不如将它们送回森林。就在布朗到达的几天前，波多已撤去这头长牙象的脚链，告诉它，"避开野生长牙象，不要打架。"他放走了班杜拉。

当布朗出现时，维托克的每个人（特别是波多）都为他冒着生命危险来接触他们而感动。布朗没有浪费时间，他简洁明了地告诉波多他和威廉姆斯的想法。这个憔悴的大象人愿意冒险，他现在需要找到班杜拉。

布朗还招募了另外一个旧同事，名为麦克·维蒂（Mac Vittie）的"英裔缅甸人"。三个男人徒步回到了达武。威廉姆斯被波多憔悴的外表震惊，波多只想尽快制定策略找到班杜拉并让它安全抵达达武。尽管威廉姆斯也急切地想得到这头长牙象，但他坚持认为，波多必须先恢复健康才能执行接下来的任务。波多接受了威廉姆斯提出的休息2天的建议。2天后，他和麦克·维蒂动身出发寻找长牙象——人越少越能避免引起敌人的注意。

3天后，威廉姆斯正在小屋里，突然听到外面发生了一阵骚动。

正如他所希望的，班杜拉回来了，它巨大且健康。它往前走着，波多和麦克·维蒂坐在他的脖子上。"我从未见过能拥有如此雄壮身体的大象，甚至野生大象也难以企及。"威廉姆斯写道。这是他的老朋友，也是勇气和力量的化身。它的灰色身体结实而沉着，步伐轻盈。还有熟悉的皮肤摩擦声，那是大象在扇动耳朵给自己降温。班杜拉亮出它神气的象牙，自信满满，甚至有点自大。

威廉姆斯走向前迎接他们，用缅甸语和它对话，并伸手拍打它。班杜拉的存在立刻给他带来了宁静。首先，似乎总有一股暖流从它的皮肤传递到威廉姆斯的手掌。然后，他能感到班杜拉发出的隆隆的打招呼的声音。更重要的是，班杜拉站在他们身边似乎就能预示胜利。

威廉姆斯的新工作非常顺利，就像吉卜林笔下的人物"大象杜迈（Toomai of the Elephants）"拥有的那头伟大长牙象，班杜拉将成为"为政府服务的大象中最受人们喜爱和被照顾得最好的大象"。

威廉姆斯将其视为一个历史性的时刻，"班杜拉作为头号战象被送回到我的手里，"他写道，"它是为缅甸抗日而战的首头大象，战象1号名副其实。"

CHAPTER 23

"大象比尔"的由来

准确地说，目前的战象连仅有 1 头大象，这个现状必须得到改变。幸运的是，威廉姆斯和布朗打听到，有群象夫和三十几头大象正被日本人征召，位于他们的东面约 40 英里（64 公里）处。他们准备前往南方的茂叻，那是威廉姆斯曾经的总部，现已被日本人占领。

如要拦截他们，就必须与时间赛跑。威廉姆斯派出送信人递话：如果象夫们能赶来，他可以在达武等着他们。这是一个危险的请求，但正如威廉姆斯一直描述的，骑着大象躲开日本人远比乘坐吉普车更容易。在沉默象铃的情况下（全战争皆此操作），大象能在夜间行动而不被发现，不会像汽车那般因大灯而暴露踪迹。

象夫们收到了这个消息，并在天黑后出发欲加入威廉姆斯的战象连。他们进入了日本巡逻队驻防的森林区域。大象比象夫的数目多，但象夫们的妻子也习惯与他们一起旅行，充当替补。

第二天，威廉姆斯兴奋地看着 40 头大象从容不迫地走进营地：25 头健康、成熟的工象，外加 15 头年轻（20 岁以下）、怀孕、带幼崽、瘦弱及身体状况不佳的其他大象。

威廉姆斯迎接它们，轻拍象鼻，拍打象身，用缅甸语与它们交谈。它们组成了战象连的核心。从这一刻起，威廉姆斯开始明白，不管在哪儿，他的象夫们都会冒着生命危险重返自己身边。

他和布朗扎营在达武的北郊莫雷镇，建立了战象连司令部。这标志着他们能吸引更多象夫和大象投奔至这一行动。收拢他们是一份危险的工作，但这是第 136 特遣队的使命，他们被授权渗透进入敌人阵线就必须经历这样的风险。在他的情报网的帮助下，威廉姆斯成功穿过了危险区域——附近村民是他们的眼睛和耳朵。他收到的关于敌人动向的情报惊人地精确和神速。

一次又一次，他亲自护送象夫和大象，"在天黑后，安全地穿越阵线，并捂住大象的象铃"。此后的空中支援能帮助他覆盖更广阔的地域。他登上侦察机，避开敌人的阵线，俯冲而下向村民发出邀请。

一天，他和飞行员航行深入被日本控制的丛林。威廉姆斯从空中扔下一堆自己书写的宣传便条。几分钟后，他们安全地降落在一块稻田中。人们从屋里、地里，和森林里冲出来，呼喊着他的名字，表达着自己的喜悦。"他们告诉我，日本兵非常生气，因为我带走了他们的大象，他们正悬赏我的人头。"

威廉姆斯只在那里停留了 15 分钟，但几天后，这批村民成功地给他带来了 40 多头大象。他的战象连得到了扩充。

斯利姆将军也为威廉姆斯的号召力感到惊讶。要知道，他们都是平民，不受军法或纪律约束。斯利姆说："除了辛苦外，他们还留在了危险中，远离家乡"。"大象比尔"是威廉姆斯在战士中赢得的新绰号。没人知道这个名字始于谁，但它流传极快。

吉姆希望苏珊能少听到他们的消息。在信中，他总是淡化危险，只向她描述布朗和怀特的滑稽行为，以及自己和大象重聚的喜悦。同时，苏珊的回信总能令他精神振奋——小宝贝拉莫娜非常健康，特雷弗正迅速长大。小男孩很淘气，他已掌握了嚼槟榔的艺术，能像印度人那样吐出红色的果汁。苏珊还惊讶地汇报，她撞见隔壁的小女孩将自己的"私处"给特雷弗看。

第一次任务来临时，吉姆的团队迅速筹集了为 20 多头大象准备的鞍具和拖具。前进师皇家工兵连的指挥官想知道大象是否能帮忙拖曳原木以建筑桥梁。工兵和士兵工程师被耽搁了行程，他们想，战象连或许可以先行抵达那里并做好准备工作。威廉姆斯的使命是：证明大象并非只能用于驮运工具（这是军队将领对它们的一贯认识），它

大象几乎能拖曳任何东西,包括发生故障的车辆。但威廉姆斯知道,它们在战争中的重要职责还包括桥梁建筑。

们还能成为桥梁的建筑师。

威廉姆斯问指挥官,需要修建什么样的桥。"一个猪皮文件夹制作出了蓝图、粉图,甚至是白图",威廉姆斯写道。从建筑学上看,桥的设计很宏伟。但现在,他们需要通过的仅是200英尺(61米)宽的浅水道。威廉姆斯意识到,他必须得开诚布公地与指挥官谈谈:他想到了曾经学到的以及一直在使用的桥梁建造知识。"我拿过铅笔和纸,画了一座'象桥',粗略计算了原木数量和可用的大象数量,并说,'15天时间即可完成,我们不需要工兵。新建的桥梁将能承受任何带轮子或带轨道的载具通过。'"通常桥需要承受的最大重量是10吨,威廉姆斯向指挥官保证,他的简易版丛林小桥可承受20吨重的通过量。工兵工程师本想要一座宽阔的桥,配置双向交通。但威廉姆斯告诉他,并排建造两座简单的桥梁,即可解决问题。

指挥官说,他会请示上级后再作决定。威廉姆斯不想耽误时间,他已为25头大象准备好了鞍具,并给象夫们下达了命令——前去寻

PART THREE 战　象

找需求数目的原木。现在所需的，只是陆军准将的点头。他们于 1942 年 12 月 2 日动工，并于 15 日内完成了任务。整个旅的人员和卡车均顺利完成了渡桥。

1943 年 1 月 3 日，著名的奥德·温盖特（Orde Wingate）上校与"大象比尔"会面。他将在 2 月领导一支被称作"迪特中队（Chindits）"的精英游击队（该名由神话中的缅甸狮"辛特"衍生而来，半龙半狮守护兽）活动于缅甸的敌后战场。《生活》杂志将温盖特称为"以阅读柏拉图为消遣的傲慢苏格兰人"。他计划深入缅甸的敌后，用无线

战时关于"大象比尔"的众多报道之一。

战象连

电协调空投物资。温盖特以古怪、蛮横的行为著称，故朋友甚少。他会在脖子上系一个生洋葱当作零食或裸体会见来访者，以至于他经常被质疑精神不正常。就在去年，因沮丧、生病并服用了一种强力的抗疟疾药物，他用刀刺入自己的脖子试图自杀。但在军事上，温盖特是睿智和无畏的战术专家。威廉姆斯发现了他在军事上的惊人的智慧，上校在司令官的作战室里在彩色的缅甸地图上咨询了威廉姆斯有关缅甸地形的问题，温盖特勾勒了炸毁敌人控制区桥梁和铁路的计划。

要求战象连在莫雷－达武地区四周建造更多桥梁的命令如潮水而至。现在，这里成了第23师的司令部。威廉姆斯非常愿意效劳，但他需要更多数量的大象，日本人也正筹集大象。"大象争夺战全面拉开，"英国《每日邮报》报道，"大象战争已成为总体战争的重要部分。"

在地面，交战双方激烈战斗；在空中，大象成为了空军显眼的靶子。外国记者描述美国志愿航空队（American Volunteer Group，飞虎队）的战机发现日本士兵通过大象运输补给时的攻击情景——他们用机枪扫射大象；飞行员会扔下燃烧弹，希望大象四处乱窜，以更好地打击地面目标。《每日邮报》的另一个报道说，"因为日本人俘获了这些大象，并用于运输后勤补给，所以我们别无选择，只能击杀它们。英国皇家空军的轰炸机击杀了超过50头大象。"

争夺大象是一种危险的战斗。一队来自少数民族克伦族的象夫向威廉姆斯传话，他们有49名象夫将29头大象藏在了钦敦江边的丛林。他们想加入威廉姆斯的队伍，但他们之间50英里（80公里）的距离让人望而生畏。不仅是因为唯一的大象营地落在了日本人的手里，还因为有大量的敌军部队在追捕温盖特的迪特游击队。

了解到他们面临的问题后，威廉姆斯要求2个排的士兵前往迎接这队象夫和大象，但这一任务未能顺利执行。怀特和一些印度士兵沿着茂密的丛林缓慢前行。当他们到达钦敦江时，太阳已落山，错过了渡河的最佳时间。不幸的是，大象不愿在夜间渡河。威廉姆斯清楚，渡河的时机选择是大象的特权，牵涉到选出领导者的复杂过程。渡河只能等到次日的早上。大象被束缚起来留在了东岸，象夫们乘渡船抵达了更安全的西岸过夜。

几小时后，日本兵悄然渗入了这块区域。他们偶然发现了这群大象并隐藏于附近，等待伏击回来的象夫。

次日早上，怀特并未察觉到敌人的存在。他召集象夫，划回了大象驻留地。当他们靠近岸边时，一个日本军官从树后跳了出来，高喊着"万岁！（Banzai！）"这是一种能让盟军惊惶失措的喊声。水面在枪和迫击炮的轰击下炸开，所有的船都倾覆了。战斗中，3个印度士兵和1个象夫被杀，2个象夫负伤，大象落到了日本人的手里。剩下的人蜂拥着回到西岸。

招募大象的工作继续进行着。1943年的炎热季节，17头新大象被选调，但仍达不到威廉姆斯的要求。造桥的需求遍及曼尼普尔邦和钦敦江之间的狭长地带。大象的工作主要在加包谷地区，这里曾在1942年的大撤退中赢得了"死亡之谷"的声誉。当时，数以百计的难民死于疟疾、天花、痢疾脱水和极度疲惫。南面的敌人变得越来越凶悍，英国巡逻兵和渗入该地区的日本士兵冲突不断，冲突就发生在战象连的工作区附近。

情况变得越来越糟。在威廉姆斯所在处的正南方的沿海地区，英军发起了一次持续数月的大规模攻势，但遇到了重大挫折。从问题重重的指挥构架到缺乏装备的疲惫的士兵，大家都对此负有责任。英军被杀以及严重负伤的人数高达3 000人，是日本军人伤亡人数的2倍。

是时候重整队伍、重新训练和重新组织了。

1943年5月，威廉姆斯被召回边境，去往阿萨姆邦的爵叻司令部。指挥官问道，如果加包谷的所有英国士兵被命令在6月的季风雨爆发前再次撤回印度，他会如何安置战象连。

威廉姆斯对此感到震惊。尽管英国人时常处于劣势，但大多数士兵都开始相信局势已有逆转的可能，至少存在希望。这源于温盖特和敌后迪特游击队的功劳，他们对敌人造成了一定程度的杀伤。大多数

战象连

士兵曾认为日本人不可战胜，但迪特游击队灵活地行动，避开敌人，炸毁了桥梁和铁路，取得了值得庆祝的胜利。

英军士兵可以设想自己能击败日本人。迪特游击队本可由一流的战斗力量组建，但他们的成员大多为普通平民。"一群成长于英国城市的铁匠、砖瓦工和会计，运用他们的智慧对抗日本人并取得了胜利——虽非决定性的胜利，但也是胜利"，美联社报道，"他们证明了温盖特准将的观点：实战训练也能提高士兵对抗敌人的本领。"

温盖特在这段战争中损失了三分之一的手下，斯利姆将其称为"昂贵的失利"。然而，这些努力证明了：日本人并非不可战胜。因为迪特中队的存在，他们开始相信，自己和日本人一样适合丛林作战。

威廉姆斯很生气，眼看英国人从敌人手里夺回缅甸具有希望，司令部却在考虑季风雨季的撤退计划。更糟糕的是，这意味着他的象夫以及所有为他提供帮助和支持的本地居民将再次看着英国人打道回府。他绝不能忍受。

他无计可施，保护好他在缅甸的大象，唯一的办法是原地留守。他力争和布朗一起坐守缅甸，直至季风雨季结束。军队高层也许会认为这是一件荒谬的事情，但威廉姆斯在季风雨肆虐的丛林里度过了几乎 25 年，他有自己的生存法则。

他回到了达武，当地的村民已为英国军队策划了一次盛大的庆祝活动。多么讽刺，缅甸人正计划向正准备再次抛弃他们的英国人表达尊重。威廉姆斯决定将撤退的消息暂时保密。

1943 年 6 月 12 日，威廉姆斯收到了一封来自司令部的感谢信。雷金纳德·萨夫林（Reginald Savory）中将写道：

> 亲爱的威廉姆斯：
> 我昨天本想前来与你道别，但运气不好，你出去了。这封信是向你辞行并感谢你一直以来给予我们的巨大帮助。如果没有你的大象拖运木材以及修建桥梁，我的工作或许会困难许多。现在，知道你的战象连可以在整个季风雨季帮助掩护我们在谷地的部

PART THREE 战 象

队，对我是一种安慰。

我必须感谢你，你丰富的当地知识帮助了我准确理解这个国家的信息。

1943 年 6 月 17 日，雨夜，威廉姆斯在薄暮中看着最后一辆军用卡车隆隆地驶过大象修建的矮堤。"象夫们怎么想的我不知道，我能告诉他们的是，布朗和我将留下与他们共同御敌。"

CHAPTER 24

高歌猛进的战象连

威廉姆斯和布朗，带着拉布拉多犬科珀，在持续整个夏天的季风雨季止步不前。"我想，那是我们两个欧洲人在缅甸经历过的最残暴的雨季"，威廉姆斯写道。这是一场持久战，除了无休止的雨水带来的不适之外，威廉姆斯的腹部开始反复灼痛，他没精力管自己的身体。他收到苏珊的信件，得知癣菌病正困扰西隆社区。尽管特雷弗很健康，但还是被戴上了嫌疑人的帽子。现在，威廉姆斯的侄子迈克尔和侄女黛安娜搬来与他们同住。苏珊的信里充满了欢乐——迈克尔经常在院子里摘辣椒吃，辣椒的烧灼感会让他在车道上大呼小叫地冲来冲去。黛安娜和特雷弗常通过二楼的窗户爬到屋顶，跳入各自的房间。苏珊喜欢他们所有人又生活到了一起。

在季风雨季驻留的早期，广受英国人尊敬和喜爱的廓尔喀士兵（从尼泊尔招募而来）来到了莫雷，很多人都在生病发烧。当时，日本人已切断了荷属东印度群岛的奎宁补给线，造成了药品短缺的窘相。威廉姆斯设法弄到了这种药品，他给士兵用了药，但还是有不少士兵丧命。"在雨季结束时，我不得不制作了14个十字架。"威廉姆斯写道。

大象营地很快变成了他们活动和信息的中心，针对缅甸的军事策略几个月来一直处于争论中，各门类的专家光临莫雷研究战争局势。大象营地变成了招待所。一个造访的记者曾记录，"仅24个小时，他就数到了1个少将和4个上校。"

他们从英帕尔到此往返的旅程非常方便，因为两地区的公路畅通

PART THREE 战　象

无阻。英帕尔除了是印度东部省份曼尼普尔邦的首府外，还是600平方英里（1 554平方公里）泪滴状平原内的一个省级乡村复合体。在第4兵团（隶属斯利姆的第14集团军）杰弗里·斯库恩斯（Geoffrey Scoones）中将的治下，这里逐渐成为了一个重要的后勤基地，配备了通信中心、机场、后勤仓库、医疗站，以及足够的补给转储点。

1943年11月23日，星期二，4名战地记者前往莫雷，拜访战象连以及声誉渐隆的"大象比尔"。出于军事安全的考虑，他们并未泄露采访地点。菲利普·温特（Philip Wynter）的报道记述的是缅甸某地。记者们在此处发现了一个小而舒适的场所，几座小屋被带刺的铁丝网包围并由廓尔喀士兵守卫。午夜，这队人住进威廉姆斯的竹屋，边喝印度产的朗姆酒边互相交换新闻题材。一个记者写道："尽管敌人近在咫尺，瞭望台甚至能看到日本人的炊烟，但我们似乎正处于一个激情似火的派对。"

新闻记者希望知道关于大象的一切，威廉姆斯很高兴能亲述自己与大象相关的故事。除了趣闻外，这些记者还需报道缅甸战争中不断变化的战争局势，"我们的部队占领了缅甸的乡镇，但次日，日本人就会重新夺回。"

缅甸前线的中部正发生游击战。
英国部队、强硬的印度人，以及缅甸游击队员在日本人的前线和后方行动。他们的武器既有先进的冲锋枪，也有落后的弓箭；他们的运输方式既有吉普车，也有大象。

他报道战象连如何将烂泥小路改建为真正的公路，"他们用大象铺设柚木原木以建桥和涵洞"。

威廉姆斯在记者中很受欢迎，不仅因为他的个性和他所从事工作的独特性，还因为他给士兵们的痛苦经历带来了慰藉。丛林生活正吞噬这些战士的生命。

威廉姆斯适应这里的一切——酷热、疾病、地形。然而，这些对

战象连

新兵来说都是致命的威胁。他们也许今天还在徒步穿越干热的平原，明天就陷入雨水导致的淤泥。公路变成河流，小路变成泥沼。跟随雨水的是让人透不过气来的湿热，让他们的皮肤感染真菌、腐烂，让尸体发胀、变黑。

人们饱受蚋、蜱、蚊子和蚂蟥的骚扰，遭受痢疾、霍乱、登革热、疥疮、战壕足的折磨，和皮肤、骨、关节的感染。绝大部分人都会感染疟疾。

在特别糟糕的一段时间，有 10 名士兵因伤遣散，120 名士兵因疟疾而离开战斗。在另一个被围困的据点，80% 的美军士兵感染了痢疾，但他们还需继续战斗。一些士兵不得不穿着"臀部部分被剪掉的裤子"坚持战斗。

丛林生活非常艰难：漆黑的夜晚，植物茂密到能引发幽闭恐惧症；缺水（或者，水因净化药片变得苦涩）；可能遭遇致命的毒蛇。战争的压力可以令士兵们精神崩溃，他们将其称为进入"丛林快乐"状态。他们面临的困境是折磨太过漫长，老兵曾评述，"没有其他军队战斗过如此长的时间；没有其他军队面对过如此凶残的敌人；没有其他军队需要应付如此恶劣的条件。"

尽管条件恶劣，战争局势还是得到了不小的转变，英国人终于开始渐渐占据了优势。有很多因素促成了这一转变。

在交战的初期，经历过一些有疑问的领导者后，部队终于迎来了救星比尔·斯利姆——他是最有能力且最适合缅甸战场的司令官。盟军士兵的数量渐渐开始占据上风，补给也得到了加强。他们拥有了更强大的坦克。他们还有了美军空中力量的介入，强化了空中优势。这意味着，地面士兵可以放心地挖掘壕沟并占领阵地。

其他一些因素也在发生改变。日本人开始挣扎，他们的战线扩张得太厉害，他们需要面对超长的战线和数倍于己的盟军。他们在缅甸的士兵很难及时得到大本营的补给。他们痛恨这个国家，将缅甸称作"jigoku（地狱）"。他们的食物壳开始锈蚀，里面的食物开始变质；美国的 K 种口粮袋（K ration）在热带的潮湿天气里依然坚挺。日本的

PART THREE 战　象

将军中流传着一种说法："我让东条英机失望了，我也许会死在缅甸。"

斯利姆的第14集团军，士兵接受了更好的训练且得到了更强的装备，兵员也得到了补给。他们承担着夺回东南亚的任务。在雨季末，部队涌回了缅甸。

威廉姆斯的营地内外爆发了新的活力，大象的工作量开始增加。工兵们对大象的感受从怀疑变为震惊。实际上，威廉姆斯写道，"部队对大象的需求渐长，超出了我的应对能力。"这些动物变得紧俏，以至于威廉姆斯不得不处理一些争端。

人们持续不断地争论，战象连隶属于哪个单位：皇家印度军后勤兵团（Royal Indian Army Service Corps）还是皇家工兵部队（Royal Engineers）？威廉姆斯一直将大象视为造桥者而非驮兽。他的薪酬被部队文官们争论了一年时间，他们没法计算出大象顾问的准确等级。薪酬标准之争持续到斯利姆本人出面帮威廉姆斯争取利益为止。

另一个问题是，大象得不到合适的照顾，战象连分散于很多不同的部队。动物们被分成规模不一的小组，和它们的象夫一起被派到需要它们的地方工作。威廉姆斯不可能同时前往各地指挥自己的全部大象，所以，它们被交给了士兵。士兵们并不了解大象，也难以听进象夫的建议。廓尔喀士兵喜欢全挤在大象的背上，并用它们的耳朵吊步枪。英国士兵会命令象夫在晚上将大象拴起来，而大象需要在这个时间外出觅食。士兵不遵循大象照料的基本原则，通常会引发意外。一个廓尔喀哨兵在值夜岗时看到了未受约束的大象。大象因长期被约束而试图寻机奔向丛林，士兵开枪击中了大象的头部。威廉姆斯奔到了现场，庆幸它还活着。子弹从大象眼睛下方射入，穿过脸颊飞向了胸口。脸颊的伤口有一个"5先令的银币"那般大。这个伤口倒不难治疗，但由于子弹已嵌入了胸口，必须手术移除。即使受伤，这头强硬的公象在三周内就恢复了健康并回到了工作。

整个战争中，威廉姆斯都在治疗大象因炸弹袭击造成的撕裂伤，包括从日本人手里夺回的大象。许多被日本人俘虏过的大象身上会起水泡，它们背负的电池酸液漏至背上造成了渗液性烧伤。这是他在被征用的大象身上见过的最吓人的伤口。它们的身体遭遇半英寸深可见骨的伤并不罕见。如果这些动物足够幸运，等到了威廉姆斯，他做的第一件事就是解除它们的任何驮运工作。然后，他会用M&B粉（又叫M&B 693）治疗它们，这是一种最新的磺胺类抗生素，疗效较好。

不时地，"大象比尔"会在午夜接到阵地传来的电话，告诉他长牙象在营地周围嗅来嗅去，寻找盐袋或其他配给品。如果该营地足够近，他会开车过去赶走这些动物。

威廉姆斯在部队中刊发了大象管理注意事项的手册，但问题仍然不断爆发。最后，他拒绝向虐待大象的"惯犯"部队提供任何大象。

大象的负伤和疾病状况，促使威廉姆斯在钦敦江的支流乌尤（Uyu）河岸边建立了一个伤兵营，或者大象医院。看到大象受苦令他很是伤心，他的整个职业生涯都与大象不可分割。"在大象医院清点受伤和生病的大象数目令我沮丧。"他写道。

战象连依然混乱。战争持续加剧，现存的大象仅能组建为数不多的一些小队。班杜拉是一支精英队伍中的一员，这支队伍由46头大象组成，在距离达武以北8英里（12.8公里）的地方工作。威廉姆斯把它放在那里，不仅是因为它值得跻身最好的大象之列，还为了让这头长牙象离莫雷的司令部足够近。班杜拉的队伍从事最复杂和最艰难的修路和建桥工作。

《时代》杂志写道，"辅助印度军队最著名的大象是班杜拉，它以一个著名缅甸将军的名字命名。"新闻宣传了它的一个夸张的传奇故事，"班杜拉的象夫得到了'危险报酬'，"杂志说，"因为这头大象曾杀死过两个敌人的守卫。"澳大利亚的报媒曾将这一数字夸大到5人。

《生活》杂志的记者详述了大象们的具体的建桥工作，他亲眼看着大象将原木放到了原木集中地。"大象跪了下来，用它的头轻轻推动原木，然后站立并观察自己的成果。如果没做对的话，象夫会发出更多的喊叫，并踢打它。大象会再次跪下，用头轻轻推动原木。活儿干对了，象夫和大象开始着手处理其他原木。"

PART THREE 战 象

威廉姆斯在西隆的家人。

　　这是大象们的基本工作，它们的工作总是伴随着远处的枪炮声。尽管战争对这些动物造成了不良影响，但班杜拉仍保持着健康。因为自由遭到了限制，它们开始变得不安和易怒。在这段时间，班杜拉挑衅并杀死了另外 2 头长牙象，象夫不得不用其他小组的大象接替了它们。如果是在伐木场，威廉姆斯就能分开这些巨大的、骄傲的长牙象，以避免悲剧的发生。

　　这是巨大的损失，威廉姆斯写道，"但人们会原谅班杜拉做的任何事情，因为大象紧缺。"虽然出现了一些意外（时常丢失大象），"大象比尔"还是在不断扩建自己的象群。整个战争期间，他曾一度将大象数量扩充至 1 652 头。

　　战象连正高歌猛进。与往常一样，这些动物向威廉姆斯显示它们有多么聪明。首先，它们适应引擎声的速度比他想象的要快得多。其次，它们完全明白如何达到人们提出的要求。它们很难得到和平时期

战象连

在假期中，威廉姆斯可以驾着他的吉普车到西隆与家人重聚。这幅照片是他与苏珊、特雷弗和侄女黛安娜的合影。

分配的每月 15 磅（6.8 公斤）的食盐配额，但它们以自己的方式找到了这种矿物质。它们跟踪空投区域，在晚上偷溜过去寻找那些在着陆时裂开的或者散落在附近的无人发觉的食盐袋。

　　威廉姆斯完全沉浸在了他的大象世界，1943 年圣诞节前两天，奇迹发生了：他得到 7 天假期可回西隆看望自己的家人。那时，特雷弗刚 6 岁，而拉莫娜还不到 2 岁。威廉姆斯驾驶着他的吉普车（吉普车的一边涂上了醒目的红色大象徽章）往西开了 400 英里（643 公里）的崎岖路程，在圣诞节前夕到达了家门口。尽管腹痛折磨着他，但吉姆仍陶醉于这次短暂而快乐的重聚。他教孩子们如何爬树，并亲自演示，提醒他们要一直保持身体的"三个部位"与树接触，一次只能移动一条腿。他用火柴盒和线给孩子做了"电话"。他照顾了一只受伤

PART THREE 战　象

的信鸽并坚信它对战争非常关键。特雷弗还自豪地给邻居小孩展示了他父亲开回来的吉普车。

苏珊和厨师拿出了他们的储备做了一顿最好的饭菜，吉姆的最爱是猪腰子派和土豆泥，他们就像过去那样喝了整夜的鸡尾酒。他沉沉地睡着了，孩子们围着他欢笑着拆开了礼物。

1944年1月1日凌晨4点，漆黑寒冷，吉姆回到了吉普车的方向盘前，带着印度助理往东出发了。吉普车转过一个弯道，前灯闪过了一道阴影。他认出了那是头小牛犊。他停下了车，发现道路上有头孟加拉公虎，浑身覆盖着冬季条纹皮毛。这头500磅（226公斤）重的大猫坐在车头发出的亮光中眨着眼睛。老虎或许受了点惊吓，又带着点懒洋洋的自信。它的个子令人震惊，当它缓缓伸展身体站起时，巨大的头和挡风玻璃一般高。吉普车似乎缩成了玩具般大小。威廉姆斯说，"我感觉自己似乎成为了玩具司机。"条件反射式的，他按响了喇叭。

老虎转身顺着公路漫步向前行走。它消失在弯道时，毛茸茸的睾丸摇晃的样子深印入威廉姆斯的脑海。威廉姆斯坐在方向盘后，点燃香烟，等待着老虎的离去。

他坐在那里，思量着刚才发生的事情。他本可利用这个机会增添一个战利品。但他发现，自己认同这只大猫，它不愿离开温暖的公路，就像自己不愿离开家人一样。

回到莫雷，他终于得到了一直期待的消息，军队正认真考虑全员回归。所有的大象都被召集起来致力于改善从达武往南80英里（128公里）推进到吉灵庙（Kalemyo）的主干公路。有谣言，日本人欲进军至加包谷，正好是威廉姆斯修路工作的地方。他看到了更多的人和更多的活动。随着英国的军队和装备进入该区域，盟军飞机划过天空，威廉姆斯对战争感到越来越自信。

英帕尔将是这次行动的中心，交战双方都将这个地方视作战役的转折点。

日本人正谋划对这个重大盟军基地【包括科希马（Kohima），

战 象 连

北方的一个补给城市】展开一次大规模袭击。这里的战略地位和丰富的物资储备将增强他们对缅甸的控制，并能支撑他们部署下一次行动——入侵印度心脏。牟田口廉也（Mutaguchi Renya）将军只为自己的部队准备了轻型补给，因为他相信自己能迅速取得胜利，他的士兵可以充分地利用当地的资源。

另一方面，盟军确信日本人高估了自身的实力。斯利姆已完成了似乎不可能的部署——他将坦克转移到了丛林覆盖的地形中，他还掌握了强大的空中力量，可应付随时发起的战斗和补给。盟军的战略家计划挖壕防守，引诱敌人向西深入，陷入泥潭。英国士兵将由飞机补充补给品，日本士兵由于缺乏空中优势而势必陷入饥饿的窘境。所有的计划都是最高机密；威廉姆斯绝不可能事先知晓斯利姆的想法，但他的推理与事实基本符合。

缅甸之战的一个预演是 1944 年 2 月发生的一次小规模战斗，就发生在若开地区。日本人仍然具有速度和突然性的优势，但他们被打败了。因为他们不再占有人数上的优势，更关键的是，英国人现在还拥有了空中优势。

若开之战是英国人在缅甸取得的第一个重大胜利。符合这个国家的传统的战斗特点，胜利充满血腥且简单野蛮，伴随这次胜利的巨大代价是高额的士兵战损。战斗期间，还发生了诸多惨剧——如，日本人俘虏并杀害了一个战地医院的 35 名病人和医务人员。实际上，获胜的盟军比撤退的日军损失的士兵更多：英军和印军伤亡人数为 8 000 人；日军为 5 000 人。

1944 年 3 月初，威廉姆斯接到了师长的电话，内容似乎有悖于他关于英军复兴的理论。师长的声音听上去很阴沉，他邀请威廉姆斯于次日和杰弗里·斯库恩斯将军以及道格拉斯·格雷西（Douglas Gracey）少将在英帕尔共进午餐。这令威廉姆斯感到不安。

威廉姆斯立刻走到布朗的小屋，将这个消息告诉了他。布朗拿出了朗姆酒试图详细讨论未来可能发生的事情。这并不明智，他们的迷惑、自作聪明的猜测并不能给他们带来什么。他们显露出忧虑的表情，平日里的休闲氛围烟消云散。他们吃完了晚饭,早早地休息了。

第二天,在司令部,威廉姆斯被带进了一个帐篷,那是师司令部的办公室。他将要听到的情报为绝密级,他被问到,需要多长时间才能将整个战象连转移出缅甸。威廉姆斯再次震惊了,难道又是一次大撤退。

"我的心脏快速跳动,带着苦涩的失望。"威廉姆斯写道。即便如此,他还是走到了摆着巨大地图的桌子旁。"我知道山谷中每头大象的精确位置,"他说,"大约需要5天时间,可收拢所有的大象。"他接着说,"必须设立两个集合点:一个在甘芫(Kanchaung)——达武以北8英里(12.8公里)处;一个在敏达(Mintha)——继续向北延伸12英里(19.2公里)。"

他必须严格保守秘密,只能有限地给布朗透露部分细节。这次紧急行军的秘密代码已确定,威廉姆斯将在大象营里的军用电话上接听到秘密代码(然后行动)。

威廉姆斯坐上了吉普车。他驱车停在敏达附近的"卫星"大象营,尽量假装高兴地盼咐下属们收拾好行装。然后,他在丛林漆黑的夜里,开车回到了大象营。当一切布置结束后,他和布朗阴郁地喝起酒来。喝完酒,各自上床试着入睡,尽管耳边不时地传来丛林中猛烈的炮火声。

威廉姆斯不知道的是,撤离大象是为了在地狱般的战斗爆发前保护它们的安全。来自司令部的命令预告着,缅甸收复战役以来针对日军的一次最大攻势即将爆发。这将是决定性的战役,一个转折点——在此之前,这里曾是盟军的挫败地;现在,盟军占据空中优势、精兵强将,和充满士气的士兵。此外,英国人设法将坦克挪到了英帕尔,而日本人认为,在丛林覆盖的山区布置坦克绝无可能。如果计划实施顺利,战象连将在几个月后重回此地展开新的建桥工作。

CHAPTER 25

疯狂的主意

接下来的 4 天，威廉姆斯和布朗着手进行大象的组织工作。他们在集合点堆满了储备的配给食品，用卡车将象夫的家人运至安全地带。在 8 英里（12.8 公里）外的甘羌，暂时接管班杜拉所在的 46 头大象的精英团队。布朗将前往敏达，将 33 头大象组成的散漫队伍带往英帕尔。克伦族的象夫在钦敦江的伏击中失去了自己的大象，他们跟随威廉姆斯的队伍行动。他们将被分为两个组以协助大象队伍的运动。

1944 年 3 月 16 日晨，日军猛烈攻击达武，撤离大象的一切事宜都已就绪。中午，营地的电话响了。电话那头的声音报出了撤退的秘密代码，还告知他，日本人已迅速渡过北边的钦敦江，敌人即将钻进盟军布设的陷阱。尽管日军的孤注一掷来得比预期更早且更凶猛，但斯利姆已作好了充分的战前估计。

第一阶段将非常艰难。敌人试图在英帕尔取胜的策略为"三管齐下"——同时从南面、东面和北面三个方向发起进攻。威廉姆斯对此情况并不清楚，但越来越大的战场噪声使他感觉到敌军部队正迅速向他的方向靠拢。他跳上了吉普车，疾驰到甘羌告诉哈恩和布朗，他们必须在第二天凌晨出发。威廉姆斯打开了地图，画了一条到达英帕尔的路线供哈恩参考。哈恩似乎被任务的紧迫以及日本巡逻队的出现惊呆了。"如果你干不了"，威廉姆斯说，"唯一的办法是，即刻将大象射杀。"这才让哈恩下定决心。在离开时，威廉姆斯告诉哈恩："再见，祝你好运！你可以做到，你必须做到。不要为在路上损失的大象

PART THREE 战　象

难过，你要尽自己的最大努力保护它们。"

布朗从哈恩的营地出发，到敏达将计划告诉了那里的人。接着，他回到大象营继续辅助威廉姆斯。夜晚，他们甚至能听到车辆发出的噪音，敌人整夜都在强行军。1944年3月17日午夜，野战电话响了：敌人气势汹汹地渡过了北方的钦敦江，他们正试图通过两条主要的公路入侵。好消息是，英国士兵也正在向北运动，越过了布朗需要去的地方敏达。

哈恩按计划离开甘凫，前往英帕尔。破晓时，布朗离开大象营与第二队大象碰面。大象们抵达敏达后会将消息传递回来。威廉姆斯对敏达行动有了一种不祥的预感，尽管他不知道为什么。他在营地里焦急地等待，心烦意乱。他打电话给司令部，报告甘凫的大象已经上路，但敏达那边的行动尚不清楚。司令部命令他，立刻前往英帕尔准备迎接即将到达的大象。

威廉姆斯还没来得及烧掉地图和材料，布朗就带着"满身绷带和鲜血"回来了。他的卡车当时正以每小时40英里（64公里）的速度平稳行驶，意外地撞到了树上。卡车毁坏了，他并未到达敏达。一个过路的医疗兵救疗了他，并警告他从现在开始任何交通都将禁止，因为与敌人的"交火"预计将在2个小时内全面展开。他冲回了大象营，希望能赶上威廉姆斯。他们呼叫着请求上司允许他们驾车去找那些还在敏达等待的大象，但他们的请求遭到了反复拒绝。因为日军的攻势已阻断了他们的前进线路，他们没法联系到大象。尽管机会渺茫，但他们希望在去往英帕尔的路上，可以到山上联系上这个队伍。

几个小时后，他们驾车出发，周围传来了战场猛烈的炮火声。他们既担心大象，又担心毁掉了诱敌深入的撤退计划。"敌人来了，"威廉姆斯写道，"我又一次逃跑，还与33头大象失去了联系。"在中途的帕勒尔过夜后，他们在1944年3月18日到达了英帕尔。好消息是盟军的优势得到持续，"毫无疑问，我们控制了缅甸的天空。"英国《每日快报》（*Daily Express*）得意洋洋地写道。但威廉姆斯的心里只有混乱和忧虑。他了解到，敏达的大象并未开始行军，只是被驱散进了丛林。在那里，它们或许能有更多机会避开敌人。

哈恩和班杜拉队伍的消息也未收到，战象连似乎被冲散了。

威廉姆斯和布朗违抗了上级的命令，他们不愿在英帕尔被动等待。在混乱中，没人能知道大象在哪儿。他们开着吉普车，搜寻每条还未落入日军控制的道路。每当他们偶遇开往北方的英军部队时，威廉姆斯都会焦急地问："你见过大象吗？"

威廉姆斯在游击队总部调查自己的大象时，了解到日本人距离自己已非常近。1944年3月20日，在达武附近，盟军和敌人的坦克师发生了一次殊死战斗，所有日本的轻型坦克均被摧毁。这是个好消息，但威廉姆斯更关注自己的大象。一个配备野战电话的游击队少校挂断了电话，转头对威廉姆斯说："对不起，你的大象被误认为是敌人的运输队，它们在从斜坡下来时遭到了我们的射杀。"威廉姆斯感到一阵恶心，但很快弄清楚了，杀死的只是一小群野生大象，并非哈恩的队伍。即使如此，时间也所剩无几。上级军官们已认定，大象均已丢失，威廉姆斯和布朗应立即撤退。他们再次违抗命令，继续自己的搜寻工作，开着吉普车进入了不安全地带。

最后，争分夺秒的威廉姆斯找到了哈恩。他在英帕尔平原行进了为期两天的地狱行军，他不得不选择夜晚赶路以避开日本兵。他成功了，他只丢失了1头大象，班杜拉和其他大象得到了安全。确保它们一切正常后，威廉姆斯带着好消息驱车回到司令部。在司令部，他收到命令，一旦剩下的45头大象抵达，立即带着它们前往英帕尔平原的西北部地区。

此时，威廉姆斯已渐渐明白，在军官们眼中，大象非常珍贵。实际上，军官们估算了大象队伍的价值。高层军官希望它们能远离激烈的战斗，白热化的战斗不需要建桥，这些大象将在战后承担起重要的工作。

撤出缅印边境并不简单，在英帕尔和安全的英控阿萨姆邦之间是连绵的5座5 000~6 000英尺（1 524~1 828米）的高山。这是个狂野的计划，崎岖的山路充满危险，地图上也无任何标注。这是威廉姆斯不熟悉的地形，他们将探索新路。此外，没有大路可走，仅有的小道也许已遭到敌人的控制。

威廉姆斯还必须谋划出遭遇意外时的撤离路线，并筹备好补给。他的身体状况并不理想，牙齿开始抽痛，腹痛也仍在继续。他还需要妥善处理象夫家属，这些家属不可能加入他们的长途跋涉。

他联系了在当地做难民工作的朋友，为象夫的妻小订购了安全的船票，敦促布朗和哈恩前往英帕尔平原的外缘。同时，他和归队的钦敦江·怀特坐上了吉普车，前去探寻最好的出境点。威廉姆斯认为，沿着巴拉克（Barak）河（在起源地曼尼普尔，只是条小溪）行进也许是条可行路线。巴拉克河流入阿萨姆邦的苏尔曼（Surma）山谷，能为大象提供整个路程的水和食用植物。

下午3点，威廉姆斯和怀特到达了英帕尔—迪马普尔公路跨巴拉克河的大桥。他们停在102里程碑，为自己的发现感到高兴。虽然要穿越瀑布和峡谷，但巴拉克河可提供丰富的水和食物。

当他们回到营地时，传来了坏消息，日军恰恰聚集在了英帕尔—迪马普尔公路的102里程碑处。3个小时前，威廉姆斯还站在那里。他们计划的路线成了禁区，现在，他们可以选用的只剩下一条羊肠小道。

接着，威廉姆斯找了兵团司令员。规划撤离路线俨然是浪费时间，威廉姆斯主张直接打包离开。与其规划逃跑计划，不如摆脱繁琐手续直接出发，随机应变。司令员批准了，但要求威廉姆斯在达门隆（Tamenlong）镇停下来，并向总部发回信号。

威廉姆斯做好了一切出发准备。事情再次起了变化，模范军队第17师穿过敌线回到了司令部，还带来了69名妇女和儿童（主要是廓尔喀战士的家人），他们以前所在的钦山现已被日军控制。这些难民也需送达阿萨姆邦。

威廉姆斯主动提出帮助他们，尽管他非常清楚，带上这些脆弱的难民将妨碍他的迁移工作——带着一群丛林经验丰富的象夫、战士和大象穿过这些从未被测绘过的危险山区已经是一种极大冒险。生病的女人和孩子将拖慢他们的行进速度，使他们更易遭遇敌军。在威廉姆

战象连

斯心中，1942年的大撤退仿佛仍在眼前。在高山上，大象会滑倒、恐慌，并掉下悬崖，而半饥半饱的人类旅行者会有高概率感染丛林疾病。

即便困难，威廉姆斯还是坚持自己的观点，如果总部能将怀孕的妇女和老人（5人）用飞机撤离，他将护送其他人撤离战区。他的提议得到了接受。这似乎是一次疯狂的自杀之旅。

首席军医的评论概括了战象连的悲观境地。他说，"虽然战斗惨烈，但我宁愿留在战场也不愿跟着威廉姆斯撤离，那无异于自杀。"甚至斯利姆也想知道，"大象比尔"如何能避免在"穿越无路的山区时"与日本兵相撞，他们为夺取胜利近乎疯狂。

然而，威廉姆斯非常自信。他认为与自己的大象在一起将度过一切困难。

他迎难而上。包括班杜拉在内的大象和64个难民，还有象夫一起被运到了位于英帕尔平原最西北角的出发点，此处曾被称为"被世界遗忘的角落"。整个高地都被茂密丛林覆盖的山脉封锁。

他很感激苏珊和孩子们可以安全地待在印度。他匆匆地给她写了一张便条。他认为，这张便条被送达的机会很大。他告诉她，自己即将开始一次长征，并说她可能会有一段时间收不到自己的信。他做好了一切准备，离开英帕尔加入被留在平原的战象连。

"我再次孤单地坐进了我的吉普车，带着我的老拉布拉多犬科珀，行驶了一段短暂的路程。"威廉姆斯写道，"科珀似乎意识到了局势的危险，安慰性地舔了舔我，欢快地摇了摇尾巴；它的视线穿过挡风玻璃，舌头吊在外面，咧嘴笑着，似乎在说，'下一站，苏尔曼山谷。'"

威廉姆斯、布朗、怀特和哈恩挤在一起，讨论他们的计划并达成了共识。第二天清晨，1944年4月5日，他们开始穿越山峦叠嶂的、神秘和荒凉的边境。

大象身上载满了配给品——寝食所需最低限度的必需品，以及无法行走的虚弱难民。

克伦族的伐木场工人装备了司登冲锋枪（Stens）和步枪。

波多走到威廉姆斯的身旁，带来了班杜拉的坏消息。它正处于狂暴期，被锁了起来。分泌物从它巨大头颅的颞侧流下，一路往下流到嘴巴处，染出黑色的条带。波多和它的象夫拿着长矛看守着，这太糟糕了！班杜拉在他心中地位崇高，但也不可包庇。看到波多盯着自己，威廉姆斯笑着说，"我会冒险让它一试。"他指着西边蓝色的群山说，"长时间的爬山将会令它很快遗忘狂暴期。"威廉姆斯知道，艰苦的旅行会压制长牙象沸腾的荷尔蒙。他希望班杜拉不会打扰自己的计划。

第二天早晨，威廉姆斯被熟悉的声音吵醒。在黎明前的冷风中，他周围的人和动物骚动着。工人们正拆帐篷，生火做早饭；在大象喝水和进食的时候，水桶发出轻轻的叮叮声。尽管带着不祥的预感，威廉姆斯还是像往常一样，陶醉于大象营地无声诗歌一般的苏醒方式。晨雾中，天空依旧黑暗，大象们若隐若现。

大象们沐浴着初升太阳发出的琥珀色光芒，队伍里有 45 头完全成熟的成年大象和 8 头小象。它们排成一队。当然，班杜拉除外。威廉姆斯走到班杜拉的身边，看见它狂暴期腺体正向外大肆分泌液体。他选择忽略，毕竟这不是杞人忧天的时候。

英帕尔西部光秃秃的山脚，两条主要公路已被敌人阻断，这个特殊的队伍只能沿着仅剩的唯一通道攀爬，这条路曾被称为骡道。威廉姆斯在地图上从英帕尔往西画了一条直线，跨过人迹罕至的山区到达西尔查（Silchar）安全的巴拉德汗（Balladhun）茶园：长度为 120 英里（192 公里）。

这个队伍非常庞大：53 头大象、40 名武装的克伦族战士、90 名象夫和大象随从、64 名难民妇女和儿童，还有 4 个军官。"这是非比寻常的一群人，"威廉姆斯写道，"没人知道前方会出现什么，也没人讨论。"

威廉姆斯也许曾失去过信心，不过，他对缅甸人的乐观情绪和勇敢力量大为惊叹。许多人并不适合长途行军，但因为大象要负载补给品，只有病得最严重的人才会选择骑行。"怜悯，"威廉姆斯写道，"是我们无法提供的奢侈品。"

他们整日赶路，拖在最后的掉队者会在黄昏时赶上大部队。威廉姆斯选择了一条干净、奔腾的河流旁的一个野营点过夜。这里有充足的水源和大量可供大象食用的饲料。这些动物卸下包裹后，自行到河边饮水。人们可以很容易地找出班杜拉，因为它已恢复了平静。"正如我期待的那样，"威廉姆斯写道，"疲惫的行军打消了春思。"

第二天早晨，他们再次很早起床出发，接下来的每天他们都会如此。难民们从未抱怨，威廉姆斯为他们的坚忍感动。人们的身体状态越来越糟，但他们只会在实在熬不住时才登上象背。每天结束行军时，会有约十几个难民骑着大象进入营地。但第二天早上，疲倦和生病的妇女和孩子们会再次坚持独自行走。至于象夫，他们对孩子们的关心和照顾，得到了额外的香烟配额作为补偿。

到达门隆后，他们向总部发回了信号并继续向正西方向前行，到达了豪钦（Haochin）地区。

在镇子里，威廉姆斯和怀特发现了混乱和恐惧。这个不毛之地只有 30 名武装士兵和 1 个印度军官，以及 1 名缺乏经验的平民仆人。他们对敌人的动向一无所知。这些人正在此等待托马斯·亚瑟·"蒂姆"·夏普（Thomas Arthur "Tim" Sharpe），这个印度政府部门的官员未能按期到达此处。

威廉姆斯向上级报告了自己的既定路线，并请求组织向困在该区域的人们空投补给。他和怀特迅速撤离了此处，事实上，他们正从一个多达 50 人的日本巡逻队的眼皮下经过。威廉姆斯和怀特成功回到了大象中，不过，跟在他们后面的夏普被俘虏了（夏普迷路了，跟着威廉姆斯队伍的脚迹行进）。据称，他被敌人用刺刀戳了无数次并遭到杀害。

队伍攀登得越来越高，日出出发，日落休养。即使夜晚也没有舒适可言，他们会被冰冷的雨水鞭打。成员们的健康情况开始恶化，连身体强壮的旅行者也开始生病、挨饿和疼痛，大家的体重都在迅速下降。"在现在的海拔高度，寒冷、疟疾开始袭击女人，发烧病人迅速增加，"威廉姆斯写道，"还有脚痛、痢疾、肺炎和乳房肿胀的病人。"

"大象也需要救助，"他写道，"但我们不能停留太长时间，总担心敌人的伏击。"

情况变得糟糕，小道逐渐消失在茂密的植被中，大象迈出的每一步都必须由挖掘小队提前清理出来。感觉自己还健康的女人们会坚持搭手帮忙——用丛林小刀削掉矮树丛和竹丛。威廉姆斯记录，路途越来越危险，景色越来越迷人：青葱的草木、惊人的美景，雾气从山谷中升起。

他们继续赶路，似乎已达到5 000英尺（1 524米）的高度了。"痛苦不堪的巨兽们爬得很慢，"威廉姆斯写道，"布朗遇到了麻烦，因为一些年纪大的大象几乎要崩溃了。"像以往一样，班杜拉仍然绽放着光彩。"它是森林的骄傲。"威廉姆斯写道。

地图继续愚弄他们，标记其上的村镇早就烟消云散。这里的村民们经常改换自己的驻地。威廉姆斯根据墓地和人类行走留下的痕迹前行。

第9天，威廉姆斯在前方侦察时，突然发现了一个"人迹罕至的"区域。这里在地图上的标记是从北向南延伸的悬崖，与一条小溪平行。他发现了那条小溪，那里有大象所需的充足的食物。队伍可以提前停下来，得到休整，这是他们一直寻找的理想驻地。

因为其他人还远远地落在后面，威廉姆斯可以先满足一下自己的好奇心。他渡过小溪，继续向山脊上行进。从地图上看，那里似乎是个可控的地点。他希望能提前赶往确定是否安全，现在还有足够的时间。

进入茂密的植被后，行走越来越缓慢，地形陡峭、竹林茂密。对大象来说，这或许会成为一种惩罚。经过2英里（3.2公里）的勘察活动后，他认为该路具有可行性。

突然，他遇到了一个令人难堪的景象：一面无法逾越的岩壁，纯岩石的峭壁，足有270英尺（82.2米）高。威廉姆斯写道，"我的心收紧了。"这比他在埃及见过的金字塔还高，仅是盯着岩壁顶部就让人头晕目眩。

这面岩壁能通过吗？他转向左侧，费力地沿着峭壁脚向南行进。前行了1英里（1.6公里）远后未发现任何改变。他写道，"人类可以靠双手爬上去，大象绝无可能。"

作为一名经验丰富的丛林老手，威廉姆斯确实侦察到了一个区域，那里的茂密植被似乎在1年前被人为砍伐过。他在附近发现了一个碎石堆——倒塌的岩石区域，或许能提供一些踏足点。他推测，这也许是由当地的一些敏捷山民们所造。事实上，健壮的人类或许能通行，大象却会非常困难。他不得不继续寻找可穿越的出口，不论多么辛苦。

尽管如此，他还是在地上做了标记，用小刀在树上切了一个大口子，留着备用。筋疲力尽的他劈砍着路上的植物回到了溪边。在等待大象的时候，威廉姆斯集中精神思考他们的困境——至少要花2天时间制定策略，好在此处环境不错，洗浴和饮食都不成问题。

敌人的威胁依然存在，他们仍未在大象身上使用象铃。细微的风吹草动或许就能引来大批敌人。大象列队出现了，它们的背上坐着象夫和孩子。缓缓地、有条不紊地，巨大的灰色队伍聚集到了溪水边，空气中开始传来嗡嗡声，大象变得兴奋起来，期待卸下身上的重担。

威廉姆斯对工人和难民们发话，解释了他们当下面临的麻烦。起初，他的听众似乎很沉闷，但当他宣布要在此处休整两日时，女人们立马高兴起来。威廉姆斯不知应该感到高兴还是烦恼，他继续解释道："前面还有艰苦的工作和巨大的麻烦，我们或许会无路可走。"

在象夫从大象背上卸下负担并带着它们到溪里洗澡时，女人们在溪水边洗起了衣服。

日落前，人们点燃了炊火，将刚搓洗干净的衣服挂了起来。小简易床也给孩子们搭建完毕。威廉姆斯、布朗、哈恩和怀特吃着乏味的口粮，商定着次日组织3个小队前往附近调查。那天晚上，他们睡得非常香。

第二天，军官领头分别带队赶往那座悬崖——哈恩将沿着悬崖底部向北运动，怀特向南运动，而布朗将在那个滑坡地段评估队伍攀登的可行性。威廉姆斯在营地里往水里扔手榴弹，给难民们提供了丰富的鲜鱼。

布朗被人们称为蓝眼睛的"大猩猩"，因为他高大、强壮。他快速劈开前路抵达了威廉姆斯之前标记过的那棵树。他和自己的小队站在悬崖下往上看，研究潜在的攀援踏足点和抓手处。可受力点非常少，但他还是决定试一下。他摸索着，汗流浃背地持续计算着如何行动。他抓住了一块突出的岩石，一步一步往上爬。终于，带着擦伤的皮肤和受伤的膝盖，他成功登上了悬崖顶。在顶部，他有了两个新发现：一条小路往南通向更大的"西尔查—毕申普尔"小道并延伸至阿萨姆邦；那里有一个生机勃勃的钦人小镇。那里似乎是个大型的少数民族驻地，有很多不同的部落和家族分布在印度和缅甸之间的边疆。布朗与村民们谈论了当地的地形和通行线路。最后，两个村民拿着他们的长矛，陪他一起回了溪边营地。

　　回到营地，大家交流着自己的发现：爬上悬崖顶具有可行性，但非常困难。他们开玩笑道，威廉姆斯有恐高症，最好蒙住他的眼睛。钦人小镇的新朋友告诉他，那条路是整个悬崖附近最具可能性的通道。布朗还提到，在崖顶，他们将足够靠近西尔查—毕申普尔小道。他们可通过凹凸不平且陈旧的小路穿过山区，直达他们的目的地小镇。

　　最终，布朗的判断与威廉姆斯的判断达成了一致——如果怀特和哈恩空手而回，他们或许会面临遭难。队伍中的大部分人没法爬上悬崖，更别说大象了。

　　他们等了很长时间，怀特和哈恩直到天黑也未回来。他们花了很多时间，走了很远的路，努力地寻找出口。

　　显然，这座悬崖似乎在无限延伸，从北至南，没有尽头。没什么可惊讶的，本地人的观点才是真理：布朗登上的那个小滑坡点是唯一可行的出口。如寻找替代方案，必须往南拐或者重回到他们来时的路，两者都意味着与敌人碰面的几率大大增加。威廉姆斯不知道怎样才能绕过这座障碍物，但他知道，他们没有退路。

　　落入敌人之手，会让所有人不寒而栗。威廉姆斯知道，即使是女人和小孩，也难逃敌人的残忍杀害。

　　随着战争的深入，军人们逐渐目睹了日军的残忍。一名缅甸的前线战士说，"这是一种奇怪的感觉，我并不担心在战场中阵亡，但非常担心成为俘虏。他们会将我们受伤的战士绑在树上一整夜，次日用来练习刺杀。还有一次，我们的几个小伙子在被俘后均被割掉了私处，我无法想象在那种场合下的流血至死伴随的恐惧和痛苦。"

当他们看到日本人的屠杀行为后，许多战士也以同样的方式回敬。"在之后的战争中，我们对他们不会抱有任何仁慈。我们会将他们的俘虏直接杀掉。"一个战士说。另一个战士回忆，他发现一打被俘的廓尔喀士兵被绑在树上，"他们身体被剖开一条长长的口子，切成两半。这真是激怒了我们。我们想，'如果再看到他们，我们绝不留情。'"

女人们也像男人那样被开膛破肚。不过，在临死前，她们通常会遭到强奸。

落在日军手里的战俘的命运令人毛骨悚然。在缅甸，被俘的男人会挨饿、挨打，并累死在营地，疾病泛滥成灾。到战争结束时，统计显示，德国人俘虏的英国士兵约有 5% 死亡，日本人俘虏的英国士兵死亡率高达惊人的 25%。

多年后，历史学家试图解释这种行为的复杂原因。在某种程度上，他们得出结论，这是因为日本严酷的纪律、国民性狂热、宗教、儿童教育、以顺从压制个性的文化信仰、完全忠诚的需求，以及通过体罚强制执行的勇敢所致。但对于战场上的盟军士兵来说，他们充满了报复情绪。

那天晚上，威廉姆斯只能做出几个有把握的决定。首先是削减行李。虽然这会对他们后面的行军带来困难，但必须执行。

其次是绝不可抛弃大象，抛弃大象对他来说是不能接受的。他曾见到过大象落于敌手的样子，他对大象们受到的虐待异常愤怒：它们被关押在极差的环境中。为了得到象牙，日本兵甚至从大象敏感的根部锯掉长牙。"日本兵锯掉大象象牙的方式是犯罪，"威廉姆斯说，"这绝不会发生在我的身上。"

第二天早上，他们按照出发前上级的要求，在小溪附近拉开了红

PART THREE 战　象

色的降落伞。但威廉姆斯并不指望路过这里的盟军飞机能发现他们，并为他们投送补给品。接着，他带领着侦察小队出发了——哈恩、布朗、怀特、波多和另一个资深的大象人以及两个来自钦人小镇的向导。这个小队奋力穿过丛林到达了那个滑坡点。在悬崖底部，人们汗流浃背，拍打着皮肤上的蚊虫，仰头注视着陡峭的岩壁。悬崖陡面的高处有一个非常狭窄的突出部，其下是几块露头的岩石。这能帮他们攀登吗？

"我没有蒙上眼睛，"他写道，"但我确实四肢着地爬了多次！"他想办法爬了上去，然后成功完成了更吓人的下降过程。

回到地面后，一个想法浮现于威廉姆斯的脑海。这是个荒唐的方案，他自己都不敢相信：在岩石上凿台阶，以连接那些天然的突起，构造出大象天梯且必须在 48 小时内完成。

不，这完全不可能。

真的吗？这个峭壁由多孔的砂岩构成，凿进去是可行的。

已存在的岩石突起不够大象立足，但可砍掉从内壁长出来的灌木丛，以释放出足够的立足宽度。

大象天梯，这是一种疯狂的想法。他们讨论着，开始说服彼此这是可行的。他们改良了计划，敲定了细节，每人都在献计献策。

CHAPTER 26

大象天梯

威廉姆斯知道，在阶梯的起始位置必须有几处地方可供大象后腿站稳，以支撑它们伸出前腿迈进。登上天梯后，大象们如果往下看，同样会遭遇恐惧心的折磨，象夫们必须提前考虑到并做好大象的心理疏通工作。

如果象夫能让大象登上天梯，半路中，某头大象畏缩不前或试图回转？这真是个可怕的想法。掉下来的大象会压扁后面的人和一切事物，这种狂乱还具有传染性。

不过，按这个逻辑推论：如果恐慌能在大象中传播，信心也能。这是威廉姆斯在大象渡河中观察出的经验。现在，他们需要给大象树立信心。

大象领导者必须承担这个重任。谁会成为大象领导者？在面临宽阔的水道时，它们明白自己要游过去。但被带到一个陡峭的石梯前，它们也许并不知道上爬将是唯一可生还的机会。这次，象夫必须卜测答案——以某种方式获悉大象的想法。如果威廉姆斯坚持，他必须首先确定大象队伍的先后顺序。整个讨论过程中，波多一直保持着沉默。波多的意见很重要，但威廉姆斯知道，他只会在做好了准备后才发言。

在其他人步行回营地的时候，怀特和两个当地人爬上并翻过了那座悬崖。他们前往那个镇子里联系并雇佣尽量多的人手以参加他们的后续工作。

"大象比尔"要思考很多事情。他离悬崖越远，头脑里疑问就越多。这是一次创举。汉尼拔或许曾带着他的战象穿越过比利牛斯山脉（Pyrenees）和阿尔卑斯山脉，但他们曾遭遇过类似的危机吗？更何况，学术界对汉尼拔的准确路线一直存有争议。威廉姆斯知道，对他的大象而言，这是一个全新的任务。

　　整天时间，波多都是独处状态，老头子不发一言。最后，到达营地时，波多就像丛林祭司那样发言了，"一切都会好起来的，德钦"。他用传统的"主人"称呼方式称呼威廉姆斯，"班杜拉会带头。"

　　他给出了自己的祝福。即便如此，威廉姆斯仍想知道波多是否真的相信这点。但他又害怕得到自己不满意的答案，不敢追问。威廉姆斯在缅甸的半个世纪里，班杜拉从未令人失望。现在，这头智慧、敏捷、自信的大象，即将带领战象连创造一个奇迹。

　　计划继续进行，人们开始用神奇的方式执行计划。怀特找来了大约12个男人，每人都带了一把好刀。就在那天下午，他并未回到营地，而是直接将队伍带到了滑坡点。他们从悬崖的突起开始，一直工作。

　　怀特在晚上回到了营地，每人都决定好好睡一觉。

　　"很多天都没这么好好吃饭和休息了，营地里每个健康的男人和女人都在第二天早上黎明时分上了路。"威廉姆斯写道，"他们分成了4个小组，分别到悬崖壁的4个不同地方。"

　　整个团队的工作非常努力——在岩石上凿出台阶或是清理内壁的丛林植物以拓宽着力面。威廉姆斯被他们的努力打动。

　　日落前，工人们停下了手里的活儿。连续不断的、粗糙的之字形阶梯延伸至悬崖壁上部。没有比威廉姆斯本人更好的试爬对象了，疲倦但愿意尝试的他开始向上攀爬。有时，他不得不四肢着地，但相比之前已好了许多。他非常感激，人们在所有可能位置的边缘都堆上了灌木丛，以遮挡视线，避免带来视觉上的恐惧。他就天梯必要的调整做了笔记并进行了适当的计算。

　　他爬回了原处。工人们的工作非常出色，但达到完美了吗？他不敢确定。"我们只知道一件事，"他写道，"我们没有退路。"

　　那天晚上，在营地里，他们将注意力放到了食物和休息上。次日早上，他们再次回到工作点，又花了整天时间建造大象天梯。累断脊骨的工作持续了数小时。日落前，他们才停下了手里的工作，起身以欣赏自己创造的杰作。

不可否认，还有两个地狱般的位置太狭窄、危险。第一个点上，凿出的几块台阶仅有大象脚的宽度。第二个点上，狭窄的边沿是否能支撑住大象的体重存在风险。

好在 48 小时的筋疲力尽的工作后，总算完工了。波多认为，岩石已被改造到了极限程度。威廉姆斯很焦虑，所有人和动物的生命都系于他的手上。

他回到自己的斯巴达式小营地，祈祷每人都能睡个好觉。最后的计划确定了：

威廉姆斯将成为领队者，然后是波多和班杜拉。威廉姆斯会走在班杜拉和它的象夫的前面。班杜拉将成为大象的领导者，其他大象会跟在它的后面。这些动物将背着平常的包裹，在象夫的引导下登上大象天梯，但不用携带难民。接着，女人们和孩子们会跟在它们的后面。那些没法爬行的病人将被工人们背着跟在最后。整个过程不允许任何人说话。

那天晚上，所有人都在篝火边吃饭。大象未被允许自由进食，它们被锁在了附近，象夫帮它们搜集饲料。这些动物在被限制时总会显露出不安，但由于食物充足，它们似乎也较满足。

所有人都躺在床上休息，篝火渐渐熄灭，夜间的声响越来越小。

黎明来得很快。

拔营进行得安静且肃穆。威廉姆斯穿上了他熟悉的丛林制服，卡其布短裤和衬衫，帆布高帮鞋。他独自穿过潮湿的绿色森林到达了悬崖处。他有意让自己独处一会儿，或许因为他不想让自己的焦虑影响到大象。他总是说，大象总能捕捉到人类的真实感情，它们可以轻松分辨出人类是自信还是伪自信。

当威廉姆斯抵达那个滑坡点时，阳光刚好跃出地平线，亮度刚好能支持他攀爬。头晕眼花的他，四肢着地向上爬行。他成功翻过了最难的一级阶梯，又上行了200码（182米）。然后，强迫自己坐下来等待。他坐在石头上一动不动，在丛林的高处倾听着。下面的小溪传来激流的声响，似乎加强了这次冒险的气氛；南面的西尔查—毕申普尔小道"远远地传来了枪炮声"。战争正追赶着他们，威廉姆斯能感受到战争距离自己很近。他不知道的是，日本人正节节败退。

他还有2个小时的独处时间，他思念着苏珊。此时，她应该听说了英帕尔已变为了大战场的消息，她一定会非常担心。这引发了他胃部的不适，旅途中胃痛变得越加严重。

在威廉姆斯坐在大象天梯的中间部位思绪时，象夫们拆掉了营地，找好了各自的位置，带着大象列队行进到了岩壁。"大象比尔"感觉到了他们的抵临，并非听到。鉴于恐高症，他不能将身体移到边缘处观看。班杜拉带领的队伍大步走向了悬崖底部。集合完毕后，波多发出了平静且自信的命令："Thwar（爬）。"班杜拉对这个命令理解且熟悉。

大象先将自己的两只前腿放在第一个狭窄的台阶上。然后，它带着无法估量的力量和平衡感，提起身体后部，四只脚都站在了人造石阶上。

整整9分钟，它一动不动。它似乎一直沉思着自己的下一步行动。随后，它作出了决定。就像渡河时那样，年轻的母象成为了领头者，毅然跳入水里。当时，那些在下面观看的人们以为班杜拉会向后摔倒。然而，班杜拉抬起了它的前腿，缓慢而小心地将其迈至了下一个石阶。安静、慎重、精确地往上攀登。

1个小时后，还在焦急等待着，甚至没法往下瞥一眼的威廉姆斯被吓了一跳——班杜拉的巨头和长牙出现在了他的面前。人和大象的眼睛对视着，威廉姆斯注视着它黑色的大眼睛，上面覆盖着巨大的睫毛。它是如此熟悉，眼睛里带着自信。

谈不上危险，班杜拉似乎像大山那般安全。它几乎像人那样直立着，慢动作将自己整个举高至下一步。班杜拉能老练、优美、精确地踏入合适的位置，它的脚垫几乎包住了每一级石梯。

战 象 连

　　威廉姆斯往上挪了几步，这次他敢往下看了。他的视线穿过大象的两腿之间。他看见了熟悉的波多，紧随其后。

威廉姆斯描绘了他生命中最不可思议的一个时刻：班杜拉攀爬大象天梯。

　　威廉姆斯转过身，未发出任何声响，走完了剩下的路程。队伍的整个攀岩行动并未完全成功，但他祈祷着好运气的降临。

　　他在顶上等了2个小时，终于再次看见了班杜拉。他知道，对这头大象来说，没有任何的休息时间——每一步都是对力量、平衡和信心的考验。

　　班杜拉总共花了3个多小时从悬崖底爬上顶部。当班杜拉出现在崖顶时，威廉姆斯写道，"我的轻松和兴奋之情难以言表。"这头11 000磅（4 989公斤）重的大象完成了人们对它的要求，达到了它耐力的极限。同时，在班杜拉爬上崖顶 1 个小时后，它的腿依然在不自觉地颤抖。

能将手放在它的身侧并确认它的安全太让人欣慰了。在爬山的开始，他不希望让班杜拉察觉到自己的恐惧和不安；但现在，他甚至希望班杜拉能阅读出自己的情绪。无声的信息在他们之间传递。面对着威廉姆斯，波多看上去非常严肃，似乎一直压抑着兴奋。

一个接着一个，所有 52 头大象全部完成了攀爬。这真是个奇迹。

他写道，"这是一个伟大的时刻，英雄的时刻，波多立了大功。"

威廉姆斯在大象的陪伴下度过了一生。在这个山腰上，他见证了信任的终极形式，这也是"动物－人类"关系的巅峰。他从大象身上学到了信任、信心、领导力的真正意义。它们凭直觉感知行动；它们可以评估形势；它们忠诚；它们有超越自身体力的勇气。它们知道，比利·威廉姆斯是它们的朋友。他写道，"这是对他一生工作的肯定。"

多年后，斯利姆将军在谈及这次攀登时仍然会说，"这个故事讲述了一个男人多年来如何通过品格、耐心、同情心和勇气赢得人类和动物的信任。当考验到来时，他们之间的信任发挥了创造性作用。"

"大象比尔"感到了这次攀爬的深远影响。

大象们先行攀至顶峰，难民们紧随其后，最后一个难民在黄昏时才赶上队伍。威廉姆斯写道，"这天实在太漫长"。

第二天早上，他们下山到达巴拉克河，这是一条最终会汇入孟加拉湾恒河（Ganges）三角洲的水道。这里的坡度很陡，人会不由自主地往下走。

刚到达河边，威廉姆斯决定让大象休息，使它们的体力得以恢复。大象们可以自行洗浴，它们有足够的时间浸泡并痛饮洗澡水，只要它们喝得进去。河流两岸有丰富的食物，它们能轻松进食。这里，没有日本巡逻队的威胁，它们可以自由活动了。

当然，即使后背没了追兵，要抵达目的地仍需要一周时间的苦行军。此时，不少孩子已染上了热病。队伍将沿着这条河继续前进，这

战象连

是通往西尔查的确定路线，但这条路线仍布满了流沙、淤泥、沼泽、竹林，以及难以穿越的茂密藤蔓。

他们在路上已行进了两周时间，口粮正迅速减少。之前，他们仅安排了15天的口粮。但实际情况是，地图并不精确。根据威廉姆斯的计算，他们总计需要30天的行程。唯一的安慰是，最接近目的地的那段路程是穿越通行难度较低的农村地区。

每天，他们都会步行至体力的极限，且总是空着肚子抵达晚上的驻营地。在最后一段时间，军官的口粮减到了每天每人半烟罐的大米，再补充一点丛林里可糊口的任何东西。队伍必须保证足够的补给给女人们做印度薄饼，这是一种工人们可以蘸酱吃的传统面饼。

幸运的是，他们经过了附近的一个村庄，享受了一顿丰盛的烤猪。一户村民的猪跑丢了，他们和村民商议后用枪击毙了逃逸的猪，并向村民支付了购买猪的费用。

然而，威廉姆斯的队伍还需要穿越很多荒野。

走出山区，他们挣扎着穿过沼泽。他们在一条河床上步行了8英里（12.8公里）路程，水齐膝深，底部的淤泥像流沙一样。悲惨的是，丛林的许多植物从水底延伸出来，穿梭于林中，导致行进障碍。砍掉突出水面部分的竹子又会留下尖利的根部，将有更大可能割破后来者的脚。鉴于此，孩子和女人们不得不在缓慢移动的象背上来回跳动。其他那些独立行走的人，时常会被断竹尖划破衣服。最后，他们不得不脱掉衣服。"这可不是害羞的时候，"威廉姆斯写道，"大家并不用为裸体而感到烦恼。人们想着的只有生存。"

有一天，从早上5点到下午5点，他们总计前行了10英里（16公里）路。晚上，人们都疲惫不堪，他们很感激威廉姆斯找到了一块开阔地。威廉姆斯几乎骨瘦如柴，他坐了下来并铺开了地图。除非地图出现重大错误，否则，他们应能很快抵达茶叶种植园。

早上，威廉姆斯、9头大象和病得最重的难民儿童作为先行队前往种植园。因为一支小型队伍或许是最温和的引见方式。其余人则留在原地待命休息，直到消息传回后再动身。

PART THREE 战 象

在前方，威廉姆斯带着班杜拉启程了，它是整个苦难旅程中唯一的身体状况保持良好的大象。巨象的背上驮着货筐，里面装有8个廓尔喀儿童，全都发着高烧，他们的小脑袋都垂在了筐口。

像往常一样，威廉姆斯充当侦察兵，他会领先大象队伍很长的距离。他独自冲入森林，穿过深深的树荫，直至新世界在太阳底下向他打开。

威廉姆斯写道，"从茂密的丛林树墙中走出，进入了茶叶国度的开阔平原——绿茶的海洋，一望无垠。我到达了我在地图上精确计划的地点。鸽子咕咕叫着，我感觉喉咙一阵哽咽，几乎不相信自己的眼睛。"

在大约1英里（1.6公里）外，他看到了大平房，那是阿萨姆邦诸多茶园平房的典型样式。他私下做了一个感恩的祷告，发着高烧的孩子们并未落下很远，他们很快就能抵达附近的医院。这天是1944年4月26日，也是他的旅队带着仅能维持15天的补给离开英帕尔平原的3周之后。

"当我靠近那栋房子时，"威廉姆斯回忆，"我可以看到一个穿着白色衬衫的人站在走廊上……一个男人用苏格兰口音向我欢呼：'你从哪里来，要到哪里去？需要进来喝一杯吗？'"

威廉姆斯说，没有什么能比这更让他激动了。走上门廊，他看到了一张可爱的早餐桌。种植园主詹姆斯·辛克莱（James Sinclair）是个中年单身汉，他自我介绍并为威廉姆斯提供了热咖啡和鸡蛋。威廉姆斯一边往肚子里填着早餐，一边描述着难民们的困境。辛克莱曾听说过关于这支战象连旅程的流言，但他以为是日本人带着大象正往他的方向赶来。

当怀特带着班杜拉身上的孩子出现时，威廉姆斯激动地冲过去告诉他们，辛克莱已安排了庄园的医生照顾他们。他们会被迅速带去进食并接受治疗。

之后，威廉姆斯想办法找到了电话，呼叫了距离这里20英里（32公里）外的西尔查城区，向当地政府作了报告。他为难民们找到了一个运行良好的难民营,确保了妇女和儿童的安全。威廉姆斯说,"这是我最大的安慰。"日落前,所有的廓尔喀人都被安置妥当。

那天晚上,威廉姆斯和他的工人终于可以奢侈地休息了。他和怀特享受着室内的自来水管、体面的晚餐,和辛克莱提供的干净床单。不知为何,威廉姆斯在英帕尔得到的那箱朗姆酒还剩下两瓶。现在,他们打开了其中 1 瓶与主人一起分享。布朗和哈恩带着另一瓶与大象和象夫在外面扎营,头顶上的天空布满了繁星。对大象而言,茶乡也是梦幻之地:那里有绿色植物的自助餐以及可供饮用及洗浴的充足的水源。

第二天早上,在辛克莱的帮助下,男人们把大象和象夫安置在附近的营地,威廉姆斯计划让他们在这里待上一段时间。

为了履行他的行政职责,尽管惧怕飞行,威廉姆斯仍登上了一架军用飞机赶往东南方的库米拉(Comilla)城向他的上司报到。他们惊讶于他还活着,因为没有英国皇家空军的飞机看到过那顶红色的降落伞。

威廉姆斯还查出了克伦族象夫家人的位置。他们住在阿萨姆邦的另一个难民营里,他让布朗和怀特带着两个高级象夫看望了她们并把消息带回给了她们的丈夫。同时,为这些家庭的重聚做好了安排。

14 天后,威廉姆斯看望了廓尔喀的难民。

当一切都料理好后,威廉姆斯去往西隆寻找自己的家人。"他瘦得就像稻草人,"苏珊写道。对她来说,自己之前打听到的有关吉姆的消息皆为道听途说。现在,在自己家里,她终于看见了自己的丈夫。他很快被苏珊送进了医院,他腹部可怕的灼痛被诊断为十二指肠溃疡。这种频繁的疼痛将伴随他一生,当时的医疗界还远未实现这种疾病的完全治疗。6 周后,威廉姆斯回到了他的大象身边。

他为剩余的战象连成员争取到了长期居所。他说,"这些大象在经历了这次长途行军后需要得到一段长时间的休息。"所以,它们将会在世界上最青葱、最茂盛、最美丽的角落之一停留大约 4 个月的时间。从他住的小屋沿路只需步行 2 英里(3.2 公里)就能看到他的大象。

PART THREE 战　象

威廉姆斯素描的贝雷桥，这座横跨钦敦江的大桥建成于 1944 年 12 月。历史学家将其称为大象的妙举。

威廉姆斯和当局进行了斗争，当局者试图将这些动物转移到德里（Delhi）并编入印度军队。同时，他还要承受茶叶种植园主的怒火，他们不愿这群饥饿的大象吞噬他们的庄稼。他在阿萨姆邦这个绿色伊甸园为大象们争得了几个月的和平。对波多和其余长期与大象共事的象夫来说，这意味着休息和充足的食物。最后，他们因建桥任务被再次召唤，威廉姆斯要把他的队伍带回缅甸。在那里，他们的工作将改变历史的进程。在某种程度上，大象们用本地材料建造的 270 座桥梁节省了大量的轻便预制件，正因如此，盟军才得以用节省下来的预制件建造了著名的最大的贝雷（Bailey）桥。这座横跨钦敦江的大桥于 1944 年 12 月正式建成。它的建成对盟军的后勤保障起到了决定性作用。如果没有这座桥，人员和物资运动难以得到保障，冬季战役也许只能取得僵持的战果而非全线胜利。

战 象 连

　　这些都是后话。当前，大象们需要放松。到了1944年夏天，日本人开始处于疲于应付的状态。眼下，班杜拉和其他52头大象将远离战争的恐怖，处于安全之中。

　　战争接近尾声时，威廉姆斯越发思念和大象在一起的平静岁月。这是他绘制的水彩画。

　　威廉姆斯看望了长牙象班杜拉，与往常一样，给它带了甜罗望子果。在树荫下，他让班杜拉趴到地面。他站在大象身边给它喂食，看着大象一边满意地半闭着眼睛，一边嘈杂地吃着点心。

　　对这名大象人来说，心中充满了悲伤，因为他与大象待在一起的生活也许即将结束。他不知道未来会如何，但他能确认的是：他即将回到缅甸，盟军将继续取得胜利，战争结束后他一定会离开这里。大英帝国将收缩自己的疆域，威廉姆斯已失去了他的大家庭中的缅甸成员，大象则会紧随其后。他与这些动物建立起来的羁绊宏大且深刻，以至于，他只能用宗教概念来表达，称大象是他的"宗教信仰"。

　　看到这样的前景，他激发起一种幻想：让有幸活下来的战象回归

PART THREE 战　象

森林，变为自由的野生大象。就像基督教的教理一样，他甚至向自己列举这一设想可行的所有理由：战争中有数百头大象消失于缅甸，它们或许大部分已经死亡，少部分逃走且受伤。又或许，这些受伤的大象能用自己的土方自救并获得了生存的机会，如用泥巴敷住伤口。

他想象着，在那些遍及丛林的最偏远的角落，战象连释放出的英雄般的大象能与它们的野生亲戚重聚，就像它们在伐木岁月中所经历的那样。但这次，它们的脖子上没有了柚木铃铛，不会有象夫在清晨的黑暗中呼叫它们。尽管威廉姆斯认为，伐木象的生活远好于野生象，但它们或许更渴望拥有自由。战争有时会让人同时变得强硬和柔软。

想象着未来那些令人安心的场景，他站在班杜拉的身边，珍惜着现在的所有时间。在茶叶的海洋中，他用手抚摸班杜拉的圆筒状的身体，他有机会紧握一些转瞬即逝的东西，让时间停留于此。"起来（Htah）！"他向班杜拉喊道，这头伟大的长牙象随即站起。

后 记
EPILOGUE

詹姆斯·霍华德·威廉姆斯对敌的英勇行为在电报中曾被两次提及，他在1945年被授予了大英帝国勋章。第二次世界大战后，日本虽已投降，孟拜公司仍在挣扎着继续缅甸的运营，但缅甸已不再欢迎这些英国森林人。

1946年2月，吉姆·威廉姆斯和他的家人回到了英格兰。他们定居于吉姆的出生地康沃尔，他的父母很久前就去世了。与那些成年阶段皆在海外度过的人一样，他们已不适应回国后的生活。起初，特雷弗憎恨英格兰，并称这里并非自己的家。他总是提及"寒冷、冻疮和食品券"给自己带来的不快，他想念保姆瑙拉。对吉姆而言，他的家在缅甸。性格使然，他不会说出自己的沮丧。"曾经，我发誓自己无比思念远在欧洲的家。回家后，我发现自己真正渴望的是缅甸的丛林。"他写道。

许多在东方工作过的人都害怕回到英格兰靠养老金为生。宽敞的家、仆人、赛马、汽车，和俱乐部生活一去不返。但威廉姆斯在乎的并非这些，他在缅甸发现了真实的自己。回到英格兰，那个对大象了如指掌以及熟稔丛林生存的男人失去了自我。他总是开玩笑，曾经与大象的生活给他提供了一种技能，在英国的马戏团（in the sawdust ring）控制大象表演。他买下了一个牧场和附近的一个水磨坊，给伦敦提供黄水仙。有段时间，他担任杀虫剂公司的执行官，但他心中仍忘不掉缅甸和那里的大象。

特雷弗颇似威廉姆斯——聪明、精力充沛，痴迷于动物。拉莫娜慷慨乐观，对自然世界充满好奇。在学校里，她很难被其他孩子接受。吉姆和苏珊将她带出学校，让她用自己的方式学习。吉姆总是喜欢不合群的人，他以一种罕见的理解和容纳心对待他们。

在康沃尔，吉姆仍然沉醉于他的一些旧日消遣——再次在荒野漫游，沉湎于他最爱的儿时点心。很快，他瘦削的丛林体型消失了。

1948 年 11 月，威廉姆斯去了一次美国，《纽约客》杂志刊登了一篇由 E.J. 卡恩二世（E. J. Kahh, Jr.）撰写的关于他的长篇传略。这为威廉姆斯带来了一份回忆录的出版合同。起初，书名草定为《战争与和平中的大象》（Elephants in Peace and War），战争时代他就已动笔撰写初稿。这本书在 1950 年以《大象比尔》的书名出版，这本畅销书给威廉姆斯打开了新世界。他又能开始自己的旅行了，去往全球各地开展自己的生物讲座。

他仍然渴望和大象在一起的生活。1955 年初秋，一份邀请不期而至。著名的奇普菲尔德（Chipperfield）马戏团的迪克·奇普菲尔德（Dick Chipperfield）电话邀请"大象比尔"看望马戏团拥有的 27 头母亚洲象，它们将在 120 英里（192 公里）外的埃克塞特（Exeter）进行表演。这掀起了威廉姆斯压抑已久的悸动。"在和我的大象道别后，我感觉它们或许永不会出现于我的生活，"威廉姆斯曾写过，"现在，我欣然接受了邀请。"

雄伟的丛林大象纷至沓来浮现在他的脑海：班杜拉、玛瑞、玛胡尼、小"领路人"，甚至是疯狂的杜信玛。它们是如此重要，以至于在离开缅甸前，他进行了一次艰苦的朝圣之旅，看望了他可以履及的 417 头大象，只是为了道别。

不幸的是，那时他已失去了心爱的班杜拉，它在战争结束之前就遭到了杀害。他一直认为那是一次谋杀。在茶叶种植园的悠长假期后，

后 记

威廉姆斯为他的回忆录草绘了两幅封面。

班杜拉和战象连的其余成员回到了缅甸。日本人被赶出了这个国家，越来越多的大象加入了盟军大象队伍。在逐渐明朗的胜利中，它们建桥、拖曳柚木到锯木厂造船，运输补给的需求变得越来越高。大象从未被这样迫切地需求过。"班杜拉面对这样繁重的工作首当其冲，"威廉姆斯写道，"它甚至会借着月光工作。"威廉姆斯时常去看望它，班杜拉的身体还很健康。

有一次，威廉姆斯拜访波多所在的劳动营，发现班杜拉缺席了检查队伍。当威廉姆斯询问时，波多说班杜拉已消失了2天了。实际上，这头长牙象已消失了很长时间。尽管战争仍迫切地需要柚木，威廉姆

战象连

斯仍然违抗了命令，擅自关闭了营地运转。他派出所有人去森林中搜寻班杜拉，没有任何消息。威廉姆斯陷入了焦虑，也正在此时，他被上司叫走了。5 天后，他冲回了波多的营地，依然没有看见班杜拉。威廉姆斯向波多倾泻了他的怒火，波多抽泣着承认班杜拉已死亡，但他表示自己并不知情。

两个象夫带着威廉姆斯到了尸体处，班杜拉躺在那里。他难以置信地凝视着那具正腐烂着的尸体，完全无法接受。班杜拉的右象牙被砍掉了，左象牙还留存着，辗进了泥土里。一颗射入头骨的子弹要了它的命。威廉姆斯因悲伤和愤怒而浑身颤抖。他怒火冲天地回到营地，派出装备冲锋枪的哨兵 24 小时不间断地看守它的尸体。如果刽子手敢回来取剩下的那颗象牙，他的克伦族战士会立即击毙他们。

威廉姆斯展开了一次强力的调查，盘问士兵并搜索了当地钦人村庄的房子。杀死班杜拉的那颗子弹是普通的军用子弹，这一特征使他很难锁定行凶者。他解雇了撒谎的波多，并没收了所有的当地武器，但他的调查没有得到任何结果。

悲痛的威廉姆斯取掉了班杜拉的左象牙，他会永久保留下去。他最初的目的仅是留下对班杜拉的回忆，但事实上，留下的只有无止境的悲伤。他越发相信，或许是波多出于对它的疯狂依恋而杀害了它。波多，威廉姆斯相信，绝不愿任何其他人接管班杜拉的照料工作。波多的退休时间临近，他对新的象夫接管班杜拉感到恐惧。在发现班杜拉死亡之后的那段痛苦的日子里，波多和威廉姆斯经历了复杂且矛盾的关系。威廉姆斯对波多充满了苦涩的爱。这个男人教会了他一切，与他分享了班杜拉。没有波多，也许根本不会有班杜拉的存在。但或许正是波多对班杜拉的爱毁了它。威廉姆斯对波多充满了愤怒。尽管威廉姆斯救下了班杜拉的左象牙，但他仍然祈愿拥有右象牙的是波多。因为，这对他们来说都是极为神圣的，班杜拉是他们之间的联系。

威廉姆斯哀悼了班杜拉，就像哀悼自己的兄弟，他像埋葬战争英雄那样埋葬了它。他在缅甸和印度边境的某处设立了纪念碑，刻在一棵巨大的柚木树上的文字："班杜拉出生于 1897 年，阵亡于 1944 年。"

后　记

此后，威廉姆斯再未见过波多。哈罗德·布朗后来听说，波多成为了土匪窝的首领。1954 年，一个从仰光大使馆离职的美国人捎话给威廉姆斯，波多还活着，回到了他在莫雷附近的距离维托克几英里外的一个村庄的家里。

威廉姆斯找到了新职业：用回忆录撰写他的大象，但他抗拒随之而来的名人地位。

　　回到英格兰，马戏团大象让威廉姆斯有机会重新接续他的旧生活。他被带到大象的身边，它们正站着咀嚼干草。这些摇摆着、扇着耳朵的巨兽似乎也很想认识他。它们注视着威廉姆斯的眼睛，挥舞着象鼻想缩小他们之间的距离。他往前走，无意识地将手伸向它们。他通过抚摸理解大象，这是他在旧生活中常用的方式。他抓住它们的鼻子，沿着它们圆筒状的身体抚摸。威廉姆斯感觉似笑似哭起来：它们的样子、它们发出的声音、它们散发的味道，让威廉姆斯仿佛回到了过去。

　　他被带到年轻小象身边。小象的耳朵一直有个感染了的小洞，无法愈合。奇普菲尔德认为，这是它从野外被俘获时留下的子弹伤。威廉姆斯检查了伤口，解释这是穿刺伤，或许是在接受训练时曾被带子系过。威廉姆斯检查并清洗了伤口，切开了小脓肿并嘱咐了马戏团的人在接下来的几天如何照料它。他又变为了曾经的"大象比尔"，虽然是如此短暂。

离去的时候，他走出了几步又折返回去。他脱掉自己的长大衣，用内侧擦抹大象的皮毛。"下定决心，"他说，"把它们的气味带回家。"

威廉姆斯继续撰写了其他几本回忆录：《班杜拉》（1953）、《梅花鹿》（*The Spotted Deer*）（1957），美国版名为《恐惧的气味》（*The Scent of Fear*），以及他去世后出版面世的《大查理》（*Big Charlie*）（1959）和《追寻美人鱼》（*In Quest of a Mermaid*）（1960）。

回忆录为他带来了收入上的暴涨，也带来了他极为抗拒的名人地位。多年来，他接到过许多电影导演的邀请，邀请者包括加里·库珀（Gary Cooper）、欧内斯特·博格宁（Ernest Borgnine），甚至有索菲亚·罗兰（Sophia Loren）。不过，电影并未真正落地拍摄。威廉姆斯亲自写了剧本，并在此过程中考察了缅甸、锡兰（Sri Lanka，斯里兰卡）和暹罗（泰国）等地区。他飞往东方考察电影的拍摄地，安排大象演员表。回到家里，他参与购买了5头大象并运到了婆罗州（Borneo）充当柚木搬运工。

1957年春，特雷弗前往澳大利亚，就读于那里的兽医学校，圆了他与父亲共同的梦想。站在南安普顿（Southampton）的码头，与特雷弗挥手道别时，吉姆的眼里满是泪水。他轻声地对苏珊说，他也许不能在有生之年再次见到儿子了。

他的预感是对的。1958年7月30日，60岁的詹姆斯·霍华德·威廉姆斯在一次急性阑尾切除手术中去世。由于习惯了溃疡的灼痛，他误认为这次的新刺痛是老毛病。这个从不言痛的男人，坚韧地强忍着阑尾破裂的痛苦，直至死亡。

致 谢
ACKNOWLEDGMENTS

陪伴我追寻 J.H. 威廉姆斯故事的第一个伙伴是罗宾·帕金斯·乌乌尔卢（Robin Perkins Ugurlu），她在 2010 年春天和我一起去了塔斯马尼亚（Tasmania）。罗宾为我的书《女士和熊猫》（*The Lady and the Panda*）提供了宝贵的意见，之后的 10 年，她成了我亲密的朋友和旅行伙伴。她具有超人的魅力，无论我们去往哪儿，那里人们的内心大门总会给我们敞开。当我们与威廉姆斯的儿子特雷弗会面时，她的天赋起到了非常棒的作用。

我收集了 6 本回忆录（其中一本由威廉姆斯的妻子苏珊撰写），组成了关于"大象比尔"一生的系列出版记录。但现在，我需要的是那些未发表的、不为人知的和私人的印迹。我曾和特雷弗联系过几个月的时间，他是一位知名的赛马兽医，但我并不清楚他拥有多少独家资料。我们必须得当面谈谈。

真相在特雷弗的可爱的房子里被揭开，这所房子位于北塔斯马尼亚一个风景如画的小镇。他在餐厅的一张餐桌上打开了一个旅行箱，将里面的信件和剪报陈列开来（事实上，这些文件均已被披露）。罗宾和我开始翻阅这些泛黄的纸片，特雷弗在楼上研究马腿的 X 光照片。那天，我们在一个村庄酒吧共进午餐，然后，继续着各自的阅读。晚餐上，我们享用了苏格兰威士忌，并爆发出阵阵会意的笑声。到睡觉前，我们已成为了亲密的团结三人组。

第二天早上，罗宾和我再次到了特雷弗的家，他用力拉出一个大箱子，里面塞满了珍贵的档案：未发表的手稿、自传体的电影剧本、打字机打出的演讲稿、日记片段、手写的便条和散文。这是"大象比尔"资料的黄金国（El Dorado）。显然，昨天是特雷弗对我们的考验。所幸，罗宾和我通过了考验，我很兴奋。这些浩瀚的机密文件将浮现出本书的核心：它将描述出真实、有趣、接地气，以及更富感情的詹姆斯·霍华德·威廉姆斯。

无法用语言来感谢特雷弗作出的贡献。因为他的慷慨、远见和大力推动，本书才得以成型。除了为我们提供海量的材料，他还慷慨地分享了自己的回忆并帮助我们确定了他父亲留下的空白日期。通过对特雷弗的采访，我们可以在另一个视角下了解詹姆斯·霍华德·威廉姆斯——通过儿子见证父亲高瘦的身材、巨大的热情、幽默的性格、充沛的体力，以及善良的品性。他的儿子继承了吉姆·威廉姆斯的嗓音。所有这些对我们来说，仿佛都是上帝的恩赐。除此之外，我还结识了一位亲爱的朋友，"我们是哥们儿，一辈子的哥们"。谢谢你，亲爱的特雷弗，感谢你所做的一切。

感激丹尼斯·西格尔（Denis Segal），他发现了 J.H. 威廉姆斯在伦敦政府和军队的服役记录。有人告诉我，丹尼斯在 10 分钟内发现的文件堪比其他学者 10 年的追踪。事实证明，这并非夸大其词。他为我们提供了巨量的不为人知的信息。他如超级计算机般的聪明头脑总是无比活跃，等着回答人们提出的任何问题。即使调研结束后，我们依然保持着电子邮件的联系，与这样的人交朋友你会极度愉悦。

感谢凯文·格林班克（Kevin Greenbank）博士，剑桥大学南亚研究中心的档案管理员。凯文向我提供了关于缅甸的珍贵材料，包括茶叶种植园主和二战难民救星盖尔斯·马克雷尔（Gyles Mackrell）的素材，并帮我引荐了丹尼斯·西格尔。凯文是个谦虚的男人，但他却是个不可思议的博学家。

致　谢

满满的爱和感谢献给黛安娜·克拉克（Diana Clarke）。黛安娜是这个故事中让我心碎的小女孩。当她和哥哥迈克尔在1940年到达吉姆和苏珊的前门时，仅3岁大、失去了母亲且患有重病。她很快成为了这个家庭钟爱的成员，特雷弗将她视作亲妹妹。为了帮助我，她追忆起关于吉姆和苏珊的细节，很多细节只有女儿才会留意。今天，她仍然像那时一样勇敢、善良、大方。在本书撰写的后期，她作出了英式礼仪的表率。特雷弗和黛安娜在伦敦重聚的那天，我和他们通了电话。他们已有几十年未曾相见。我问黛安娜，他们是否哭了。"噢，没有！"她说，她停顿了一下，轻轻地说，"我们眨了很多次眼睛"。我很荣幸能与她成为朋友。

我要感谢简·弗里曼（Jan Freeman），她是我无与伦比的朋友和编辑。没有简的红笔修改，就不会有本书的出版。一个同事曾问我，是否有胆量给简看看我的"原始稿件"。实际上这并不可怕，因为简不仅是严苛的读者，她也是最温柔的朋友。

感谢约翰·博斯托克（John Bostock），孟买博玛贸易公司博斯托克的儿子。他慷慨地给我提供了许多当年的家庭私信，这些信件记录了他们与威廉姆斯全家在1942年一起从缅甸出发的艰难旅程。在他父亲的文件里有一份"撤离方案"，长达17页。该文件详细记录了旅程必需的补给以及所有撤离者的名单。所有物品都被精确计算过，细致到铺盖、锡沐盆和餐叉的数量。他母亲寄回的家信，充满了细腻的感情，提供了对这段旅程珍贵的一窥。

感谢大卫·艾尔（David Air）和他那帮退休的茶叶种植园主们，感谢你们提供了关于"大象比尔"在西尔查停留时的细节信息。

感谢费利西蒂·古多尔（Felicity Goodall），《缅甸大撤离》（*Exodus Burma*）一书作者。他慷慨地分享了自己多年的研究成果。哈佛大学学者基丹（Kyi Thant）帮我们规范了本书的缅甸语。

我要感谢那些大象，它们是比利·威廉姆斯去缅甸的理由以及本书的灵感来源。它们以及威廉姆斯对它们的爱，是吸引我注意这个故事并让我坚持完成写作的核心动因。我知道，如果不能理解他的大象，我绝无机会理解这个男人。写作的最后旅程，我拥抱了生命中最重要的礼物——它们是两个非凡的大象女族长，露丝（Ruth）和埃米莉（Emily）。

2010年，马萨诸塞州新贝德福德（New Bedford）市梧桐树公园动物园（Buttonwood Park Zoo）的园长比尔·郎鲍尔（Bill Langbauer）博士邀请我和视频艺术家克里斯蒂·戈根（Chirsten Goguen）前去与"女孩们"见面。埃米莉独自在这个动物园生活了大半辈子。那时，动物园还很破败和过时。露丝在20世纪80年代被马萨诸塞州一个垃圾场的私人业主抛弃后被人送达了这里。它被人们认为是个危险的攻击手，它会用自己的象鼻袭击任何试图靠近它的人。一个名为比尔·桑普森（Bill Sampson）的饲养员是个有着软心肠的倔老头，他恢复了露丝的名誉，证明了它是友好的动物。比尔富有耐心且值得信赖，他将露丝转变为顺从的宠物象——值得信任的动物。

克里斯蒂和我每隔一周就会去看望这两个"女孩"，从埃米莉和露丝身上，我们学会了所有与大象相关的爱。它们教会了我们，在伸手抚摸它们时要闭上眼睛（沙子会从它们的毛皮上散落下来）、它们喜欢被挠的部位，以及大象如何能快速打开椰子（"女孩"会直接将脚放在椰子的硬壳上，闭上眼睛发力下压）。我不需要用J.H.威廉姆斯所描述的大象情感来说服自己，这两个"女孩"已确证了一切——勇敢、善良、智慧、幽默和忠诚。我希望这些动物的生活区能得到扩建和翻修。这是非常有意义的事情，我的一些朋友也正为此而努力。

我没有威廉姆斯随身携带着的指导手册，但我幸运地拥有了5个卓越的指导：比尔·郎鲍尔、珍妮·瑟曼（Jenny Theuman）、凯·桑托斯（Kay Santos）、约翰·伦哈特（John Lehnhardt）和凯蒂·佩恩（Katy Payne）。

比尔博士是著名的大象研究专家，也是梧桐树动物园的园长。他给我打开了眼界，让我得以完全沉浸在这些非凡生命的心灵和思想中。比尔博士还是一名科学家、一名怀疑论者，以及一个正直和快乐的男人。就像他的大象那样，他的存在可以使身边的人变得更好。

致　谢

　　珍妮和凯是敏感和睿智的大象饲养员，他们为我们分享了大象生活的诸多细节。珍妮聪明而健谈，凯安静而直爽，他们都是高超的大象耳语者。

　　约翰·勒恩哈特是我第一本书《现代方舟》（*The Modern Ark*）的大象导师。从那时起，他一直是我的挚友以及大象顾问。他那时是国家动物园的负责人，现在正进行着自己的奇妙冒险——在佛罗里达州为大象建造庇护所。

　　最后，凯蒂·佩恩是象神（Ganesha）送给我的礼物。我阅读并反复温习过她的书《大地寂雷》（*Silent Thunder*）。多年来，一直欣赏她在大象行为和语言交流方面作出的研究。我和凯蒂有过很长时间的交流，和她一起在海滩漫步。她会阅读我的写作方案，我也会重读她的《大地寂雷》，我们从各自作品里交流着爱的认识。

　　如果我们是大象，我最亲爱的朋友们会成为我的杜瓦信——彼此极度忠诚但不共有DNA的姐妹女族长：艾米·麦当劳（Amy Macdonald）、玛丽·萨沃卡·克劳利（Mary Savoca Crowley）、埃伦·马吉奥（Ellen Maggio）、简·弗里曼和路易斯·肯尼迪（Louise Kennedy）。感谢它们对我提供的无私支持。

　　感谢兰登书屋（Random House）的简·冯·梅伦（Jane von Mehren），谢谢你相信这个故事。感谢乔纳森·亚绍（Jonathan Jao）所做编辑工作的远见、力度和细心。感谢他的助理莫利·特平（Molly Turpin），感激你细致、敏锐的阅读。

　　最后要感谢的是我的文学经纪人柯蒂斯·布朗公司（Curtis Brown, Ltd.）的劳拉·布莱克·皮特森（Laura Blake Peterson）。我能在图书世界里畅游，离不开劳拉对我的帮助。因为她的存在，魔法般的机遇掉进了我的怀里。我从未亲眼见过她付出努力的过程，但我看到了美妙的结局。她擅长自己的工作。她聪明、有趣、善良，且能勇气十足地保护我。与她的每次交往，都能令我受益。

合格